Emmy Buckley

Of Ocean and Storm

W0290260

EMMY
BUCKLEY

# of ocean & storm

Roman

Forever

Forever by Ullstein
forever.ullstein.de

Wir verpflichten uns zu Nachhaltigkeit
- Papiere aus nachhaltiger Waldwirtschaft und anderen kontrollierten Quellen
- Druckfarben auf pflanzlicher Basis
- ullstein.de/nachhaltigkeit

MIX
Papier
FSC FSC® C083411

Originalausgabe bei Forever
Forever ist ein Verlag der Ullstein Buchverlage GmbH Berlin
1. Auflage Januar 2024
© Ullstein Buchverlage GmbH, Berlin 2024
Wir behalten uns die Nutzung unserer Inhalte für Text und Data Mining im Sinne von § 44b UrhG ausdrücklich vor.
Gesetzt aus der Quadraat powerd by *pepyrus*
Druck und Bindearbeiten: CPI books GmbH, Leck
ISBN: 978-3-95818-714-6

Lóa

»Oh, mein Gott. Du bist hier. Ich meine, nicht dass ich daran gezweifelt hätte, aber ... wow.«

Doch, hast du, liegt es mir auf der Zunge, weil ich genau weiß, dass das die Wahrheit ist. Und ich kann Greta dafür nicht einmal verurteilen. Bis vor zwei Stunden habe ich selbst nicht damit gerechnet, dass ich wirklich hier auftauchen würde. Aber hier bin ich – mit rasendem Herzen, schlotternden Knien und der beißenden Angst, dass es ein Fehler war, überhaupt das Haus zu verlassen.

Das alles lasse ich mir nicht anmerken, als mich Greta in eine Umarmung zieht, die mich vollkommen überrumpelt. Wir sind nicht eng befreundet, haben uns außerhalb des Fußballtrainings nie unterhalten, weshalb ich nicht recht einschätzen kann, wie ich mich verhalten soll. Wie lange geht so eine Umarmung? Wie fest muss ich drücken? Erwartet sie, dass ich ihr ein Kompliment für ihr Parfüm mache, das mir durch die plötzliche Nähe so intensiv in die Nase steigt?

Ehe ich mir zu sehr den Kopf darüber zerbrechen kann, lässt sie auch schon von mir ab und betrachtet mich, doch ich kann ihren Blick nicht deuten. Vielleicht ist es immer noch Unglaube, weil ich tatsächlich hier bin. Oder Verwirrung, weil ich mich so seltsam verhalte.

Aber wann tue ich das mal nicht?

»Alles okay bei dir?«

»Klar.« Ich sollte aufhören, ständig alles zu hinterfragen, und mich einmal im Leben natürlich verhalten. Also lächle ich, obwohl es sich vollkommen falsch auf meinen Lippen anfühlt.

»Sicher?«

»Mhm.«

Greta runzelt die Stirn, aber dann erwidert sie mein unbeholfenes Lächeln und hakt sich bei mir unter. Gemeinsam gehen wir zum Ende des Parkplatzes. Die Sonne ist fast untergegangen und hat den wolkigen Himmel über uns in ein strahlendes Rot getaucht, das sich im stillen Wasser des Hafenbeckens spiegelt.

Ich komme nicht oft nach Tórshavn, doch manchmal – so wie jetzt – wünschte ich, ich würde es öfter tun. Der Hafen hat mit den bunten Reihenhäusern und den Industriekränen einen ganz eigenen Charme. Unmittelbar neben uns ankern vor allem kleinere Boote, aber ein Stück weiter draußen erspähe ich eine Fähre, die um diese Jahreszeit einmal wöchentlich Passagiere nach Hirtshals in Dänemark bringt.

Daneben liegt der winzige Campus meiner Universität, den ich in der Regel ebenso meide wie das, was ich gerade im Begriff bin, zu tun.

»Wir freuen uns alle so sehr, dass du hier bist«, plappert Greta, während wir am Kai entlangspazieren. »Ich hätte echt nicht damit gerechnet, dass wir dich doch noch mal dazu bekommen, mit uns was trinken zu gehen.«

Am liebsten würde ich sie darauf hinweisen, dass es nicht an ihren Überredungskünsten liegt, dass ich heute hier bin, sondern an meiner eigenen Verzweiflung. Ich bin nicht hier, weil ich besonders scharf drauf bin, mich mit Leuten, die ich einmal die Woche beim Fußballtraining sehe, zu betrinken. Ich bin hier, weil ... weil ich denke, dass es normal ist. Als zwanzigjährige Studentin sollte ich den Samstagabend nicht mit Tierdokus bei mir zu Hause verbringen, sondern etwas mit Leuten unternehmen. Ich sollte rausgehen. Sollte Spaß haben. Sollte Freundschaften schließen und das Leben genießen. Nur warum fällt es mir dann so verdammt schwer, auch nur eines dieser Dinge zu tun?

Schon beim Überqueren der Straße schlägt mir Musik aus dem Irish Pub entgegen. Ausgerechnet heute tritt dort eine Live-Band auf, und der damit einhergehende Lärm treibt meinen Puls weiter in die Höhe. Vor dem grauen, kastenförmigen Gebäude mit den grünen Farbakzenten hat sich bereits eine Menschentraube gebildet. Wahrscheinlich sind es gar nicht so viele, aber für mich fühlt es sich so an, als hätte sich die gesamte Insel hier versammelt.

Ich kann das nicht, schießt es mir durch den Kopf. *Ich kann das nicht. Ich kann das nicht. Ich kann das nicht.*

Panisch beiße ich die Zähne zusammen, balle die Hände zu Fäusten und schlucke. Mein ganzer Körper ist bereit, auf dem Absatz kehrtzumachen, ins Auto zu steigen und wieder nach Hause zu fahren. Nur mein Stolz hindert mich daran.

So viel zu meinen glorreichen Plänen, über denen ich jetzt schon seit Wochen brüte. Meinen Plänen, dass sich endlich etwas ändern muss. Dass *ich* mich verdammt noch mal ändern muss.

»Es ist ziemlich voll«, höre ich mich sagen, nachdem ich automatisch vorm Eingang des Pubs angehalten habe. Insgeheim hoffe ich, dass Greta mir recht gibt und erkennt, dass wir uns vielleicht nicht den besten Abend ausgesucht haben, aber sie grinst nur.

»Die anderen sind schon hier und haben uns einen Platz klargemacht. Komm.«

Sie lässt mir keine Zeit für Widerworte, sondern legt ihre Hand um meinen Unterarm und zieht mich einfach mit sich.

Fürs Erste bleibe ich von dem zweifellos engen Innenraum verschont. Stattdessen steuern wir zielstrebig die langen Tische auf der Terrasse an, von wo aus man den Hafen überblickt. An einem davon warten bereits ein paar andere aus unserer Fußballmannschaft. Anjali winkt uns heran und rückt sofort ein Stück zur Seite.

»Sind wir nur zu viert?«, fragt Greta skeptisch, während sie sich auf den freien Platz neben Terese fallen lässt.

»Scheint so«, antwortet Anjali. »Die meisten haben irgendwas anderes vor oder sind sonst wo unterwegs.«

Vage erinnere ich mich, dass es beim Training heute Mittag genauso leer war. Es ist das vorletzte freie Wochenende, ehe das neue Semester startet. Viele sind im Urlaub, während ein paar aus dem Team schon abgereist sind, weil sie in Kopenhagen studieren. Trotzdem bin ich überrascht, dass wir nur eine Handvoll Leute sind. Aber auch dankbar. So fällt es mir leichter, mich auf die anderen zu konzentrieren und ihren Gesprächen zu folgen. Und wenn ich mich auf etwas fokussiere, kann ich mich von dem Trubel und dem Lärm um uns herum ablenken. Eine simple, aber effiziente Taktik, die mich schon das ein oder andere Mal davor bewahrt hat, komplett in Panik zu verfallen.

»Und wie kommen wir zu der Ehre, dass du heute mitgekommen bist?«

Ich blinzele überrascht, als Terese das Wort an mich richtet. Unsicher, ob sie nur neugierig ist oder sich gerade indirekt darüber beschwert, dass ich sonst nie mit zum Pub komme, zucke ich mit den Schultern. »Ich schätze, Greta war einfach sehr überzeugend.«

»War sie das?«

»Wir freuen uns jedenfalls, dass du dabei bist«, mischt sich Anjali ein und streicht sich das glatte schwarze Haar aus der Stirn. »Ich meine, wie lange spielst du schon im Verein?«

»Zwei Jahre«, antworte ich. Nach dem Schulabschluss bin ich von meiner Jugendmannschaft zum EB gewechselt.

»Siehst du? Und wir wissen rein gar nichts über dich!«, beschwert sich Greta.

»Na ja, ich bin Lóa, zwanzig Jahre alt und eure Torhüterin. Reicht das nicht?«

»Es wird doch hoffentlich mehr über dich zu wissen geben als das, was auf eine FIFA-Sammelkarte passt.«

Ich zucke wieder mit den Schultern, weil ich ehrlich gesagt keine Ahnung habe, was so wissenswert über mich sein soll, weil ich dieses ganze Freundschaften-schließen-Zeug schon seit der Grundschule nicht mehr gemacht habe. Und die anderen werden sicher nicht wissen wollen, was mein Lieblingsdinosaurier ist. *Oder?*

Die zweifelnde Stimme in meinem Kopf macht mich fertig. Niemand hat mir einen Grund dafür gegeben, und trotzdem fühle ich mich, als würde ich gerade alles falsch machen. Als würde über mir ein riesiges Schild schweben, das mich als schrägen Vogel der Gruppe markiert.

»Was ist zum Beispiel dein Lieblingsdrink?« *Oder vielleicht ist es doch nicht so anders als früher …* »Ich geb dir einen aus.« Anjali, mit der ich bisher höchstens ein paar Worte gewechselt habe, kommt mir vor wie ein Engel. Ob sie bemerkt, wie unwohl ich mich fühle? So oder so bin ich dankbar, dass sie mich durch dieses Gespräch führt. Am Ende würde ich den anderen sonst wirklich noch etwas von Dinosauriern erzählen, weil mir nichts Besseres einfällt.

»Cola.«

Dem Stirnrunzeln der anderen nach zu urteilen, habe ich gerade verkackt.

»Trinkst du keinen Alkohol?«, bohrt Anjali nach.

»Ich muss noch fahren. Und um ehrlich zu sein, habe

ich noch nicht viel probiert außer mal einen Schluck Bier von meinem Vater.«

»Oh, wow, du kommst wirklich nicht oft raus, kann das sein?«, stellt Greta erstaunt fest.

Ich kämpfe gegen den Impuls, schon wieder mit den Schultern zu zucken, statt eine vernünftige Antwort zu geben. »Zumindest nicht in Pubs, nein.«

»Worauf hättest du denn Lust?«, eilt Anjali mir erneut zu Hilfe. »Du kannst gern bei mir übernachten, wenn du magst. Meine Schwester holt mich später ab. Oder sie bringt dich nach Hause, wenn du nicht zu weit draußen lebst.«

Unsicher beiße ich mir auf die Unterlippe. Einerseits ist es mir unangenehm, mich Anjali so aufzudrängen, aber gleichzeitig will ich auch nicht als Einzige mit einem Glas Cola hier sitzen. »Wenn es keine Umstände macht?«

»Natürlich nicht. Also, trinkst du gern Säfte?«

»Ja, aber keine stillen Getränke. Und vielleicht nichts, das zu stark ist ...«

Terese kichert. »Keine Sorge, wir sind nicht hier, um dich abzufüllen.«

»Das kommt erst beim nächsten Mal«, fügt Greta hinzu, und ich kann nicht einschätzen, wie ernst sie das meint. »Wie wär's für heute mit Cider?«

Ich nicke. Das Lieblingsgetränk meines besten Freundes Luka, und laut dem schmeckt es einfach nur wie Apfelschorle mit Alkohol. Sicher nicht die schlechteste Idee. »Cider klingt gut.«

Wie aufs Stichwort nähert sich ein Kellner unserem

Tisch. Sein Gesicht kommt mir vage bekannt vor, aber ich kann nicht zuordnen, woher.

»*Top of the morning to ye, lasses*«, grüßt er uns mit einem aufgesetzten Akzent, der klingt, als hätte er zu viel *Outlander* geschaut.

»Was zur Hölle, Chris?«, kommentiert Greta die Begrüßung irritiert.

»Komm schon, sag nicht, das hat euch nicht überzeugt. Ich arbeite schon die ganze Saison an dem Akzent.«

»Wozu das denn?«

»Der Chef meint, dass ich so besser zum Ambiente passe.«

»Zum Ambiente?« Terese bricht in Lachen aus. »Chris, du arbeitest in einer Kneipe, an der das Irischste die Touristen sind, die einmal im Jahr vorbeischauen. Was wollt ihr bitte mit Ambiente? Und der Akzent klingt total unecht!«

Chris zieht die Mundwinkel nach unten und wendet sich an Anjali und mich. »War das wirklich so furchtbar?«

Wird auf jeden Fall knapp, wenn du eine Statistenrolle in Outlander *willst*, schießt es mir durch den Kopf, aber mein Mund bleibt verschlossen. Was, wenn ich ihm damit zu nahe trete oder er den Witz als Beleidigung auffasst? Das kann ich nicht riskieren.

Anjali ist dagegen weit weniger rücksichtsvoll. »Ich hatte kurz Sorge, du hättest einen Schlaganfall.«

»Auuutsch«, macht Chris und fasst sich an die Brust. »Mitten ins Herz.«

»Übertreib nicht.«

Er räuspert sich. »*What can I get ye?*«

»CHRIS!«, rufen die anderen drei einstimmig.

»Ja, okay, was darf's sein?«

»Das Übliche für uns«, gibt Greta ihre Bestellung auf, »und einen Cider für Lóa.«

»Lóa?«

Ich hebe kurz die Hand, um ihm zu zeigen, dass ich damit gemeint bin, woraufhin sich seine Augen überrascht weiten. Fast so, als hätte er irgendeine Erkenntnis, während ich immer noch rätsele, woher er mir so bekannt vorkommt.

»Das wären dann zwei Guinness für Greta und Terese, ein Mojito für Anjali und ein Cider für Lóa. Kommt sofort.«

Kaum ist er in der Menge verschwunden, verdreht Greta die Augen und wendet sich an mich. »Mein Bruder«, erklärt sie. »Vielleicht hast du ihn schon mal am Spielfeldrand entdeckt.«

»Habe ich«, stelle ich fest.

»Ich verspreche, er ist in Wahrheit nicht so cringe, wie er gerade wirkt. Er verhält sich nur so peinlich, wenn Anjali in der Nähe ist.«

»Er steht nämlich auf sie«, ergänzt Terese in gespieltem Flüsterton.

»Merkt man gar nicht.«

Die anderen lachen über meinen Kommentar.

»Jedenfalls ist Anjali zu herzlos, um ihn an sich ranzulassen«, führt Greta weiter aus.

Anjali schnaubt. »Stimmt doch gar nicht. Er müsste nur den Mund aufmachen, dann würd ich ihm vielleicht eine Chance geben.«

»So wie damals, als du ihn abserviert hast?«

»Das war in der Grundschule! Ihr könnt doch nicht immer noch darauf rumreiten.«

»Ich wusste gar nicht, dass ihr euch schon so lange kennt«, stelle ich überrascht fest.

»Nur Greta und ich«, erklärt Anjali. »Wir wohnen auch beide in Leynar. Terese ist erst vor ein paar Jahren aus Kopenhagen hergezogen und wohnt jetzt ... wo noch mal?«

»Auf Nólsoy.«

»Fährt so spät noch eine Fähre rüber?«, will ich wissen.

»Machst du Witze?« Terese betrachtet ihre Reflexion in ihrem Handydisplay und korrigiert mit dem kleinen Finger ihren Lidstrich. »Ich übernachte bei Greta. Was ist mit dir? Wo wohnst du?«

»Meine Eltern kommen aus Tórshavn. Aber ich wohne in Gásadalsgarður.«

»Wäre die Hauptstadt nicht praktischer, wenn du hier studierst?«

Ich presse die Lippen zusammen und betrachte den Tisch. Die glänzend grüne Farbe blättert an einigen Stellen ab, sodass das gräuliche Holz darunter zum Vorschein kommt.

»Schon ... Aber es ist kompliziert.«

»Wieso? Verstehst du dich nicht mit deinen Eltern?«

»Tess«, fährt Anjali sie an.

»Sorry. Du musst natürlich nicht alles beantworten, was ich frage. Ist nur ungewohnt, dich plötzlich dabeizuhaben.«

Ich lächle sanft, dankbar dafür, dass sie noch einmal zurückgerudert ist. »Ich weiß. Es ist nur ... echt kompliziert.«

Je mehr ich mich mit den dreien unterhalte, desto mehr

taue ich auf. Ich bin weit davon entfernt, zu behaupten, ich wäre hier ganz in meinem Element, aber nach einer Weile hinterfrage ich zumindest nicht mehr jedes Wort, das aus meinem Mund herauswill. Der Cider hilft mir dabei. Ich mag den süßherben Geschmack, das Prickeln der Kohlensäure auf meiner Zunge und die Wärme, die durch den Alkohol langsam in meinem Körper aufsteigt. Das leichte Gefühl macht mich lockerer, sodass ich bald gar nicht mehr so genau weiß, wieso ich mich all die Jahre darum gedrückt habe, mit den Mädels aus der Mannschaft etwas trinken zu gehen.

Es fühlt sich beinahe natürlich an, etwas so Normales zu tun, und entgegen meinen Bedenken komme ich mir nicht wie das fünfte Rad am Wagen vor. Unsere Gespräche drehen sich um Fußball und um die Uni – zumindest bis zwei Neuankömmlinge Gretas Aufmerksamkeit erregen. Ihr Stirnrunzeln reicht, um Terese, die gerade von ihrer geplanten USA-Reise im Dezember erzählt, zu unterbrechen.

»Hab ich was im Gesicht?«, fragt sie irritiert.

»Direkt am Eingang«, raunt Greta. »Kennt ihr die beiden? Aber guckt jetzt bloß nicht alle auf einmal.«

Ihre Warnung kommt zu spät. Synchron wenden wir unsere Köpfe um und starren allesamt in Richtung der beiden Männer, die an der Tür stehen. Sicher war Gretas Frage nicht an mich gerichtet, denn ich kenne sowieso niemanden, aber nach allem, was ich heute Abend mitbekommen habe, bilde ich damit die Ausnahme. Offenbar kommt wirklich die halbe Insel samstagabends ins Irish Pub, und es gibt hier niemanden, wirklich niemanden, den die anderen nicht kennen.

Außer anscheinend die beiden neben der Tür. Der eine davon, ein Typ mit blonden Haaren, der mich an Jamie Campbell Bower erinnert, zündet sich eine Zigarette an, während sein Begleiter die Hände in den Hosentaschen vergräbt.

»Touristen?«, schlägt Terese vor.

Greta schüttelt den Kopf. »Ist Ende September nicht ein bisschen spät dafür?«

»Keine Ahnung, aber ich würd's gern herausfinden.«

»Was?!«, fährt Anjali dazwischen, da hat sich Terese bereits aufgerichtet. »Tess!«

Sie hört gar nicht zu, sondern schnappt sich ihr Bier – es ist das dritte – und läuft schnurstracks auf die beiden Männer zu. Ihr Lächeln ist dabei absolut einnehmend, und ich beneide sie darum, dass sie den Mut hat, einfach so zu wildfremden Menschen zu gehen und sie in ein Gespräch zu verwickeln. Offenbar bin ich mit diesem Gedanken allerdings allein.

»Hat sie denn gar keine Scham?«, murmelt Anjali fassungslos.

»Tess doch nicht. Weißt du noch, die Klassenfahrt in der Elften, als sie in Kopenhagen einfach in den Supermarkt marschiert ist und uns Alkohol besorgt hat?«

»Oh Gott, ja. Erinnere mich nicht daran! Ich bin tausend Tode gestorben, weil ich dachte, ein Lehrer könnte uns irgendwo auflauern.«

Während Anjali und Greta in Erinnerungen schwelgen,

beobachte ich stirnrunzelnd die Szene und kann immer noch nicht glauben, dass Terese zu ihnen gegangen ist. Aus der Entfernung wirkt es so, als würden sie und die beiden Männer sich schon ewig kennen. Der Blonde, dessen rot glühende Wangen davon zeugen, wie viel er schon getrunken hat, legt ihr freundschaftlich den Arm um die Schulter, bevor …

»Kommen sie etwa her?« Die Worte sind heraus, noch ehe mein Verstand realisiert hat, was ich da sehe.

»*Oh shit, shit, shit!*«, flucht Greta. »Verhaltet euch ganz natürlich.«

Wenn das nur so einfach wäre. Unwillkürlich verstärke ich den Griff um mein Glas und starre in die goldene Flüssigkeit. Es ist mein Drittes, aber obwohl ich den Alkohol definitiv spüre, kehrt die Nervosität mit einem Mal zurück. Dabei hatte ich mich gerade erst an die Situation gewöhnt, mich sogar wohlgefühlt. Nur jetzt stoßen plötzlich neue Menschen dazu, die ich nicht kenne, sodass ich nicht weiß, worüber ich mit ihnen reden kann. Nicht jeder mag Fußball. Und sicher will sich niemand anhören, dass ich …

»Leute!«, ruft Terese über den Lärm der anderen Barbesucher hinweg. »Ich muss euch jemanden vorstellen.«

Nervös sehe ich auf. Mittlerweile ist sie an unseren Tisch getreten, die beiden Männer vom Eingang im Schlepptau. Ich kann den Zigarettenqualm des einen bis hierher riechen. Ein Geruch, der mich an das Haus meiner Eltern erinnert und mich erschaudern lässt.

»Das hier sind Lee und Alex«, sie deutet erst auf den

Blonden, dann auf den Schwarzhaarigen, »und ob ihr es glaubt oder nicht, die beiden kommen aus London.«

»Aus London«, kommt es überrascht von Anjali, wobei sie ins Englische wechselt. »Was verschlägt euch denn hierher, ans Ende der Welt?«

»Die Sehnsucht nach Abenteuern«, erwidert Lee so förmlich, als käme er direkt aus einer uralten *Doctor Who*-Episode, was Terese zum Lachen bringt.

»Sind die beiden nicht zuckersüß?«, fragt sie in unserer Landessprache.

Greta seufzt. »Warum hört sich das so an, als wärst du ein Raubtier auf Beutezug?«

»Ach, komm schon. Die beiden sind nett. Und dir täte es gut, vor dem Semester dein Englisch aufzupolieren.«

Ich bin verblüfft darüber, wie sie über die beiden Männer sprechen, während diese ahnungslos danebenstehen.

»Sicher nicht mit deinem nächsten One-Night-Stand«, schnaubt Greta augenverdrehend, doch Anjali hat bereits andere Pläne.

»Setzt euch.«

Terese grinst wie ein kleines Kind, als sie sich mit Lee uns gegenüber hinsetzt. Unterdessen rücken Anjali und ich zusammen, um Alex Platz zu machen. Die Bänke hier draußen sind definitiv für je zwei Personen geschaffen, aber dicht beieinander reicht der Platz für uns drei. Auch wenn ich mir wünsche, ich wäre nicht in der Mitte.

Hastig trinke ich den Rest meines Cider, um das Kribbeln loszuwerden, das sich in meinem Körper ausbreitet, als ich mir der Nähe der beiden Fremden bewusst werde.

Ich hasse das alles. Nicht diese Situation, sondern das, was sie mit mir macht. Wie diese kleine Veränderung mein Herz zum Rasen bringt und dass ich nicht einfach locker bleiben kann, sondern stattdessen fünftausend Mal überlege, wie ich mich jetzt am besten verhalte.

Ich atme tief ein, was mich wahrscheinlich nur noch unsympathischer macht. Vielleicht wirke ich sogar aggressiv. Dabei will ich das gar nicht. Ach, verdammt.

»Ich hol mir noch was zu trinken.« Meine Stimme ist zu laut, klingt beinahe panisch, und ich richte mich so schnell auf, dass es vermutlich aussieht, als würde ich am liebsten die Flucht ergreifen. Was irgendwie sogar der Fall ist. Und gleichzeitig auch nicht. Vielleicht hilft mir noch ein Drink, endlich diese scheiß Nervosität abzulegen und mein Gehirn wenigstens für fünf Minuten abzuschalten.

Die verwirrten Blicke der anderen ignorierend, quetsche ich mich an Anjali und dem Dunkelhaarigen vorbei, um aufzustehen, und eile ins Innere der Bar. Warme Luft und der Geruch von Alkohol schlagen mir entgegen, aber zu meiner Überraschung steht die Menge hier drinnen weniger dicht gedrängt als draußen. Wahrscheinlich, weil die anderen Gäste wie wir den eher milden Abend nutzen wollen, bevor es in den nächsten Wochen unweigerlich kälter wird.

Insgeheim muss ich Terese recht geben, denn sonderlich irisch wirkt das Innere der Bar wirklich nicht. Das Mobiliar ist rustikal dunkel gehalten, aber bis auf die Biersorten und ein paar obligatorische Guinness-Poster gibt es hier drin nichts, das irisches Flair versprüht. Selbst die Band spielt einfach nur akustische Versionen bekannter Popsongs.

Ich geselle mich zu den Menschen, die die Bar belagern, und drücke die rechte Hand auf meine Brust. Mein Herz rast immer noch wie wild, aber hier drin wird es ein wenig besser. Der Lärm ist nicht ganz so unerträglich, und jetzt, wo ich mich nicht auf die anderen konzentrieren muss, fällt es mir etwas leichter, die vielen Eindrücke zu verarbeiten.

Ich schließe die Augen, um mich auf die Musik zu fokussieren. Die weiche Stimme des Sängers, untermalt von einer Gitarre, einer Violine und einer Flöte. Der Song kommt mir bekannt vor, doch ich komme nicht drauf. Dabei bin ich sicher, ihn gestern erst gehört zu haben. Irgendwas von Harry Styles? Nein ...

»Hey!«

Ich fahre so erschrocken zusammen, dass beinahe ein Schrei über meine Lippen kommt. Panisch öffne ich die Augen, muss ein paar Mal blinzeln, bis ich realisiere, wo ich bin, was ich eigentlich hier wollte und wer mich gerade angesprochen hat.

Es ist einer der Typen, die Terese an unseren Tisch geholt hat, der mit den dunklen Haaren, dessen Namen ich schon wieder vergessen habe, weil ich so durch den Wind bin. Er grinst schief, wobei sich ein Grübchen in seiner linken Wange bildet.

»Sorry, ich wollte dich nicht erschrecken.«

»Alles gut«, behaupte ich, noch immer halb atemlos. »Ich war nur in Gedanken.«

»Hör mal. Es tut mir leid, dass wir uns so aufgedrängt und euren Mädelsabend ruiniert haben.«

»Was?« Ich runzele die Stirn. »Oh nein, nein, habt ihr nicht. Ich war nur überrascht, als Ter-, äh, Tess euch zu uns an den Tisch geholt hat, das war alles.«

»Um ehrlich zu sein, war ich auch ziemlich überrumpelt, als sie uns angesprochen hat.«

»Ihr fallt eben auf«, erkläre ich. »Als Touristen und so.«

»Was, haben wir etwa so verloren ausgesehen?«

»Ein bisschen.« Komischerweise fällt es mir leichter, mich mit ihm zu unterhalten, wenn wir unter uns sind. Sein Grinsen hat etwas Einnehmendes.

»Trotzdem werde ich das Gefühl nicht los, dass dir das Ganze unangenehm war.«

»Mir?« *Denk nach, denk nach.* »Nein. Ich war echt nur überrumpelt, das ist alles.«

»Sicher?«

»Mhm.«

»Darf ich dir trotzdem einen Drink spendieren?«

Oh. Ich bin vollkommen überfordert, habe keine Ahnung, wie ich mich verhalten soll. Das hier ist völliges Neuland für mich. Ich habe davor noch nie eine Bar betreten, und jetzt stehe ich hier mit einem ziemlich attraktiven Engländer, der mir einen Drink ausgeben will.

Ich weiß nicht, ob mir die Aussicht gefällt, aber gleichzeitig will ich ihn nicht vergraulen, indem ich ihm sage, dass ich für mich selbst bezahlen kann. Also spiele ich mit.

»Klar, gern.«

»Was willst du trinken?«

Eine Flasche Tequila auf ex. »Überrasch mich.«

»Okay.«

Während er zur Bar geht, bleibe ich wie angewurzelt stehen. Meine Gedanken drehen sich im Kreis. Und mit einem Mal kommt mir alles, was ich vorhin noch als angenehm empfunden habe, unerträglich vor. Die Stimme des Sängers. Die Musik. Der Gitarrist, der sich gelegentlich verspielt. Und die vielen, vielen Gespräche um mich herum in drei verschiedenen Sprachen. Die Reize überfluten meinen Verstand, sodass ich den Engländer erst bemerke, als er wieder vor mir steht.

»Hier, bitte. Sorry für die Wartezeit.«

Wortlos, aber mit einem dankbaren Lächeln nehme ich mein Glas entgegen, dessen Inhalt eine goldene Färbung besitzt und nach Ingwer riecht.

»Moscow Mule«, erklärt der Fremde und stößt mit mir an. »*Cheers.*«

»*Cheers*«, erwidere ich, bevor ich das Glas an meine Lippen setze und gut die Hälfte in einem Zug hinabstürze, den stark alkoholischen Geschmack ignorierend.

Der Engländer lacht leise. »Mache ich dich nervös?«

Das alles hier macht mich nervös. »Ein bisschen.« Ich fokussiere mich auf sein Gesicht, um den Rest der Bar auszublenden. Fixiere einen Punkt zwischen seinen geraden schwarzen Augenbrauen.

»Wir können gern zu den anderen zurück.«

»Nein«, erwidere ich hastig. »Es ist hier nur ziemlich laut.« Ich trinke erneut, bis ich Hitze in meiner Kehle spüre. Was auch immer in diesem Getränk ist, es schmeckt verdammt lecker, und die Kohlensäure prickelt angenehm auf meiner Zunge.

»Oben ist die Musik nicht so laut. Wenn du dich unterhalten willst ...«

»Okay.«

Unsicher, woher er das weiß, folge ich ihm in die obere Etage der Bar, wo es neben Darts und einem Billardtisch einen kleinen abgetrennten Bereich gibt, in den es an diesem Abend niemanden verschlagen hat. Hier hinten hört man die Musik nur noch gedämpft, und durch ein Fenster hat man einen guten Blick auf den Außenbereich und den Hafen dahinter. Mittlerweile ist es draußen dunkel geworden, aber durch einen Strahler kann ich das Geschehen auf der Terrasse gut erkennen. Ich entdecke Greta, Anjali, Terese und den anderen Engländer an unserem Tisch, wo die vier sich angeregt über etwas unterhalten. Letzterer hat meinen alten Platz eingenommen, sodass es den Anschein hat, als würden sein Freund und ich ihnen nicht fehlen.

Fuck, wenn ich doch nur seinen Namen wüsste.

»Sorry«, sagt er, sobald wir uns hingesetzt haben. »Ich hab vorhin deinen Namen nicht mitbekommen.«

Ein bisschen hasse ich ihn dafür, wie leicht es ihm fällt, eine Frage zu stellen, die umgekehrt bei mir ein ganzes Dilemma auslöst. »Lóa«, antworte ich. »Ich bin Lóa.«

Das wäre sie, die perfekte Gelegenheit, ihn zurückzufragen, aber noch immer sträubt sich alles in mir dagegen, obwohl es vollkommen irrational ist. Weil es mir peinlich ist, zuzugeben, dass ich ihn vergessen habe. Mehrmals hole ich Luft, lege mir diesen einen, eigentlich simplen Satz zurecht.

Doch am Ende hat der Engländer das Thema gewechselt, bevor ich einen Ton herausbekomme.

Klasse. Bleibt mir nur zu hoffen, dass ich seinen Namen durch Zufall mitbekomme.

Mich nur auf den Fremden zu konzentrieren, hilft mir, allmählich die Nervosität abzulegen, hauptsächlich deshalb, weil er mich durch das Gespräch führt, als würden wir uns ein Leben lang kennen. Egal, wie wortkarg oder überwältigt ich mich fühle, er schafft es, genau die richtigen Fragen zu stellen, um mich zum Reden zu bringen.

Er kommt aus London und studiert dort BWL, zusammen mit seinem Begleiter Lee. Die Färöer-Inseln standen schon eine Weile auf Lees Bucketlist, aber weil er nicht allein herkommen wollte, hat er seinen Kumpel spontan mitgenommen. Seinen Kumpel, dessen Namen ich immer noch nicht kenne, aber ich bringe es einfach nicht über mich, ihn danach zu fragen. Doch irgendwann ist mir das auch egal. Seine Gesellschaft vertreibt die vielen Gedanken in meinem Kopf, und der Alkohol tut seinen Rest.

Schon bald tritt alles Weitere in den Hintergrund, und ich spüre eine Leichtigkeit, die ich bisher nicht gekannt habe. Mein Kopf ist herrlich leer, und es fühlt sich wie das Natürlichste der Welt an, mich mit dem Engländer über unsere Spekulationen zur nächsten Staffel *Stranger Things* zu unterhalten. Die Zweifel in meinem Kopf sind nur noch ein Flüstern, das ständige Hinterfragen jedes meiner Worte eine ferne Erinnerung. Ich kann einfach hier sitzen und tun, was ich schon immer hätte tun sollen: die Dinge geschehen lassen.

Irgendwann landet seine Hand auf meiner, doch zu meiner Überraschung störe ich mich nicht daran. Der plötzliche Körperkontakt, der mich sonst in die Flucht schlagen würde, fühlt sich ausnahmsweise angenehm an, genauso wie das Prickeln, das er in mir auslöst. Die Wärme, die sich in meiner Brust ausbreitet.

Chris bringt uns zwei Tequila Shots, die der Engländer für uns bestellt hat, weil ich ihm erzählt habe, dass ich schon immer mal Tequila trinken wollte. Mit Zitrone und Salz, wie ich es in Filmen gesehen habe. Keine Ahnung, woher der Gedanke kam. Der Geschmack ist okay, nur die fehlende Kohlensäure verursacht ein unangenehmes Gefühl auf meiner Zunge. Dennoch werden aus einem schnell zwei, und ich erreiche den Punkt, an dem ich realisiere, dass ich aufhören sollte. *Sollte*. Ich erkenne mich kaum wieder, als ich dem Engländer alles über die lokale Fußballszene erzähle, während ich meinerseits näher an ihn rutsche, bis er den Arm um mich legt. Wie eine normale junge Frau, die in einer Bar einen heißen Typen kennenlernt. Wie im Film.

Ich weiß, ich sollte vorsichtig sein, aber gerade genieße ich es viel zu sehr, nicht ich selbst zu sein. Alles ist besser, als ich selbst zu sein.

Deshalb realisiere ich gar nicht, was ich meine, als ich mich sagen höre: »Wollen wir von hier verschwinden?«

Das Dauergrinsen auf dem Gesicht des Engländers wird noch breiter, wenn das überhaupt möglich ist. »Gern.«

Meine Beine fühlen sich an wie Wackelpudding, sobald ich erst einmal stehe. Alles kribbelt. Die Welt scheint zu glühen. Ich lege meine Hand in seine und ziehe ihn einfach mit mir.

Auf dem Weg nach unten entdecke ich Terese und Lee knutschend in einer Ecke und muss kichern bei dem Gedanken, dass das genauso gut ich sein könnte. Wäre doch mal was anderes?

»Da bist du ja!« Kaum sind wir aus der Bar heraus, kommt Anjali mir entgegen. Eine tiefe Falte hat sich auf ihrer Stirn gebildet, als sie erst mich, dann den Engländer mustert. »Alles klar bei dir?«

»Ja, klar, alles paletti.« Ging mir nie besser.

»Sicher?« Sie sieht mir eindringlich in die Augen. Wahrscheinlich ist sie besorgt, weil sie mich noch nie so erlebt hat. Allerdings hat sie mich auch noch nie außerhalb des Trainings getroffen.

Ich nicke. »Sicher.«

»Gut. Greta und ich wollen noch eine Weile bleiben, wenn das für dich okay ist.«

»Ja, klar. Wir wollen uns nur die Beine vertreten«, erwidere ich, ohne zu wissen, ob wir das wirklich wollen.

»Alles klar. Schreib mir einfach, wenn etwas ist.«

»Okay.«

Ein letztes Mal sieht mich Anjali an, dann läuft sie zurück zu unserem alten Tisch.

»Uns die Beine vertreten?«, fragt der Engländer schmunzelnd.

»Ja. Es sei denn, du hattest etwas anderes im Sinn?«

»Möglich ...«

Wir folgen dem Rand des Hafenbeckens in Richtung

Innenstadt, kommen aber nur bis zur Statue von Nólsoyar Páll, neben der wir anhalten. Zunächst schweigend mustert mein Begleiter das Denkmal, das unseren Nationalhelden zeigt, wie er entschlossen in die Ferne starrt, über ihm zwei Vögel, die im Vergleich zu ihm beinahe beängstigend riesig wirken.

»Wurde er von Monster-Möwen gefressen?«, fragt der Engländer leise lachend.

»Nólsoyar Páll? Sein Schiff ist zwischen 1808 und 1809 verschollen. Seither wurde er nie wieder gesehen.«

»Das ist kein Nein.«

»Ich bin mir ziemlich sicher, dass er nicht von Monster-Möwen gefressen wurde.«

»Dann eben von diesen anderen Vögeln. Die, die einen in den Bergen verfolgen, wenn man auch nur an Sandwiches denkt.«

»Eissturmvögel?«

»Genau die.«

»Ich glaube nicht. Die werden maximal einen halben Meter groß und ernähren sich hauptsächlich von Fischen, Krebsen und …« Ich stocke, als ich seinen Blick bemerke. Dieser Blick, der mich schon mein Leben lang begleitet und sich in einem Satz zusammenfassen lässt. *Wieso zur Hölle erzählst du mir das?*

Sicher ist er nicht mit mir hergekommen, um sich einen Vortrag über die hier ansässigen Vogelarten anzuhören.

»Interessierst du dich für Vögel?«

»Nein«, lüge ich, um das letzte bisschen Coolness, das

ich noch habe, zu retten. »Ich glaube nur nicht an Monster-Möwen.«

Er grinst. »*Fair enough*. Dann muss ich mir wohl keine Sorgen um den Rückflug morgen machen.«

»Du fliegst morgen schon zurück?« Bei all den Dingen, über die wir uns unterhalten haben, habe ich komplett versäumt, zu fragen, wie lange er hierbleibt.

»Ja, leider. Bald startet das Semester, und ich sollte zumindest sichergehen, dass ich über den Sommer nicht alles vergessen habe, was ich gelernt habe.«

»Schade«, murmele ich. Denn das ist es wirklich. Ich habe schon lange niemanden getroffen, mit dem es mir so leichtfällt, mich zu unterhalten, aber natürlich lerne ich ihn bei meinem Glück am Tag vor seiner Abreise kennen.

»Ich weiß. Ich hab dich bisher nie im Pub gesehen, sonst hätte ich dich schon viel früher angesprochen.«

»Hättest du?«, frage ich überrascht, weil diese Vorstellung vollkommen absurd ist.

»Klar. Ich meine, du bist heiß und dazu offenbar eine Expertin auf dem Gebiet der Monster-Möwen. Wie könnte ich da widerstehen?«

Hat ... Hat er mich gerade »heiß« genannt?

Das verschmitzte Grinsen auf seinen Lippen beschleunigt meinen Herzschlag noch weiter. Genauso wie seine Nähe. Sein Arm, der auf meiner Schulter liegt. Sein Geruch. Und die Hitze seines Körpers. Ich schlucke schwer, als ich zu ihm aufsehe, und frage mich, wie zur Hölle ich nur in dieser Situation gelandet bin. Hier allein mit einem attraktiven Typen, der mir ohne Scheu sagt, dass er mich heiß findet.

Mir ist schwindelig, dabei kann ich gar nicht so genau sagen, woran das liegt. Ob am Alkohol. Meinen Gedanken. Oder doch an ihm, dem mysteriösen Fremden, dessen Namen ich immer noch nicht kenne.

Aber jetzt ist es definitiv zu spät, danach zu fragen. Und vielleicht macht es das auch einfacher, wenn morgen früh wieder alles beim Alten ist und ich diese seltsame Episode meines Lebens beendet habe. Ohne Namen wird die Erinnerung weniger greifbar sein. Und genau das will ich. Ich will nicht greifen können, was hier passiert. Will mir nicht darüber den Kopf zerbrechen, sondern einfach den Moment leben.

Ich lehne mich dem Fremden ein Stück mehr entgegen, ohne zu hinterfragen, warum ich das tue oder was er davon hält. Sein Blick verrät mir alles, was ich wissen muss. Eine stille Aufforderung im Braun seiner Augen. Ich stelle mich auf die Zehenspitzen, er überwindet die letzten Zentimeter zwischen uns. Dann küssen wir uns.

Mit dem Kuss erreicht der Nebel in meinem Kopf einen neuen Höhepunkt. Alles verschwimmt. Im einen Moment bin ich im Hafen von Tórshavn. Im nächsten in einem Hotelzimmer. Keine Ahnung, ob wir auf dem Weg hierher irgendwann voneinander abgelassen haben, aber so wie die Hitze durch meinen Körper pulsiert, kann ich es mir kaum vorstellen.

Uns noch immer küssend, erreichen wir sein Zimmer, und kaum geht das Licht an, spüre ich auch schon eine Wand in meinem Rücken. Der Fremde presst mich dagegen, während ich meine Hände unter sein Shirt schiebe. Mit den

Fingerkuppen folge ich den Linien seiner definierten Muskeln, fasziniert davon, wie sich etwas gleichermaßen so sanft und hart anfühlen kann.

Unterdessen wandern seine Lippen hinab zu meiner Halsbeuge, eine Berührung, die mir Gänsehaut über die Arme jagt und mir ein leises Stöhnen entlockt. In mir zieht sich alles sehnsuchtsvoll zusammen, ein Gefühl, das bisher noch kein anderer Mensch in mir ausgelöst hat.

Seine Hände wandern gierig über meinen Rücken zum Verschluss meines BHs. Doch dann zögert er, lässt kurz von mir ab, um mir in die Augen zu sehen. Normalerweise vermeide ich Blickkontakt, aber ich kann mich ihm nicht entziehen. Der Ausdruck im dunklen Braun seiner Augen ist zu intensiv, als dass ich meine Aufmerksamkeit auf irgendetwas anderes richten könnte.

»Ist es okay, wenn wir weitermachen?«

Ich bin überrascht darüber, dass er mich fragt. Obwohl wir schon längst in seinem Hotelzimmer sind. Obwohl wir eben noch einen Wimpernschlag davon entfernt waren, die lästigen Klamotten loszuwerden.

Einen Moment zögere ich, nehme die Frage ernst. In Anbetracht dessen, wie viel ich getrunken habe, wäre es vermutlich besser, Nein zu sagen. Vernünftiger. Aber gleichzeitig kann ich nicht leugnen, dass ich das hier will. Ich will ihn weiterküssen, weiter berühren und ihn in mir spüren, bis ich an nichts anderes denken kann. Ich will ihn.

Ich lege meine Hand in seinen Nacken und ziehe ihn zu mir herunter, bis unsere Lippen sich fast berühren. Einen winzigen Augenblick länger lasse ich die Frage unbeantwortet zwischen uns stehen, bis die Hitze in meinem Körper überhandnimmt und mein Verlangen unerträglich wird.

Dann flüstere ich mit heiserer Stimme: »Fick mich.«

Alex

Mein Schädel brummt, als hätte jemand die ganze Nacht mit einem Cricketschläger darauf eingeprügelt. Als könnte eine einzige falsche Regung dazu führen, dass er einfach platzt. Dazu sind meine Augenlider schwer wie Blei. Mein Magen flau. Es ist Jahre her, seit ich zuletzt so schlimm verkatert war. Normalerweise kenne ich meine Grenzen, aber anscheinend hat mich das gestern Nacht nicht aufgehalten.

Vage erinnere ich mich an die Tequila Shots und meine den Geschmack von Zitrone und Salz noch immer auf meiner Zunge zu schmecken. Widerlich. Normalerweise steh ich mehr auf süßes Zeug, aber ... Was zur Hölle hat mich dazu gebracht, mich darauf einzulassen?

Ich presse die Augenlider fester zusammen, während ich durch die Erinnerungsfetzen wühle. Ich war mit Lee im Irish Pub, eine junge Frau ist auf uns zugekommen und hat uns ihren Freundinnen vorgestellt. Obwohl ich eigentlich gut mit Namen bin, erinnere ich mich an keinen außer einen: Lóa.

Hastig öffne ich die Augen und blicke in ein schlafendes Gesicht, das mir die letzten Puzzleteile liefert, damit die Erinnerungen in meinem Kopf endlich ein ganzes Bild ergeben. Mir wird heiß bei dem Gedanken, was gestern Nacht passiert ist, und ich bin auch ein bisschen stolz, als ich Lóa betrachte. Ihre feuerroten, leicht gewellten Haare und ihre schneeweiße Haut, die über und über mit Sommersprossen bedeckt ist.

Ein Grinsen huscht über meine Lippen bei dem Gedanken daran, wie ich meine letzte Nacht in Tórshavn verbracht habe. Dann durchzuckt mich die Erkenntnis wie ein Blitz: *Letzte Nacht in Tórshavn.*

Shit. Oh shit. Oh shit.

Eilig taste ich nach meinem iPhone. Ich drücke auf den Knopf an der Seite, aber der Bildschirm reagiert nicht. Keine Ahnung, wie spät es ist, die Helligkeit draußen vor dem Fenster ist wenig vielversprechend. Ich richte mich auf und schließe mein Smartphone an das Ladekabel auf dem Nachttisch. Danach schalte ich den Fernseher ein. Ich werde vom Startbildschirm des Hotels begrüßt. Dazu ein Wetterbericht für heute, ein Bild vom Strand in Saksun und viel wichtiger: die Uhrzeit.

Mein Herz setzt einen Schlag aus. Der Bus, den ich eigentlich zum Flughafen nehmen wollte, fährt in zwanzig Minuten ab. Keine Chance, den zu bekommen. Aber vielleicht, wenn ich mich beeile …

Während ich einen Plan ausarbeite, klettere ich aus dem Bett und schlüpfe in meine Klamotten. Keine Zeit zum Duschen. Keine Zeit fürs Frühstück. Keine Zeit für irgendwas.

Ich haste durchs Zimmer, sammele meine Sachen ein. Und gerade jetzt wünschte ich, ich wäre nur ein bisschen ordentlicher, wünschte, dass ich mir die Mühe gemacht hätte, den Kleiderschrank im Hotelzimmer zu benutzen, statt aus dem Koffer zu leben und meine Klamotten überall zu verteilen. Danach renne ich ins Bad. Ich putze mir die Zähne, während ich gleichzeitig mit der freien Hand mein Waschzeug in den Kulturbeutel schaufele. Ich lasse zwei Mini-Fläschchen von dem Hotel-Duschgel mitgehen, spüle meinen Mund aus und werfe nur einen letzten hastigen Blick durch den Raum, um sicherzugehen, dass ich auch ja nichts übersehen habe.

»Wann geht dein Flug?«

Ich bin so in Gedanken gewesen, dass ich vergessen habe, dass Lóa noch hier ist. Fertig angezogen sitzt sie auf dem Bett und mustert einen imaginären Punkt über meinem Kopf. So, wie sie ihre Hände knetet, kann ich ihr förmlich ansehen, wie unwohl sie sich in dieser Situation fühlt, weshalb es mich überrascht, dass sie überhaupt noch hier ist. Die Frauen und Männer, denen ein One-Night-Stand mit mir im Nachhinein peinlich war, sind immer still und heimlich verschwunden, sobald sie wach waren. Aber Lóa sitzt hier, als wüsste sie nicht so recht, wie sie mit der Situation umgehen soll.

»In anderthalb Stunden«, erkläre ich. »Ich hab total verschlafen. Sorry, dass ich dich geweckt habe.«

Sie nickt und sieht sich unschlüssig um.

»Du kannst gern noch ein bisschen hierbleiben«, erkläre ich, »das Zimmer ist bezahlt, und unten an der Rezeption ist ein Briefkasten für die Karte. Nur ich muss schauen, dass ich irgendwie zum Flughafen komme, meinen Bus bek–«

»Ich kann dich fahren.«

Ich blinzele überrascht.

»Ich kann dich fahren«, wiederholt Lóa, leiser dieses Mal. »Mein Auto steht am Hafen, und ich muss sowieso in die Richtung.«

»Musst du?«

»Mhm. Ich wohne auf Vágar. Auf dem Weg komme ich am Flughafen vorbei.«

Erleichterung durchflutet mich. Ich werde meinen Flug nicht verpassen. »Okay, wenn es dir keine Umstände macht, nehme ich das Angebot gern an.«

»Klar. Also, ich meine, es macht mir keine Umstände.«

»Dann lass mich nur noch zu Ende packen.«

»Okay.«

Während ich den letzten Rest meiner Sachen zusammensuche, rührt sich Lóa nicht vom Fleck. Sie bleibt auf dem Bett sitzen und betrachtet das kitschige Wandgemälde zweier kuschelnder Papageientaucher darüber. Das Hotel wäre mit seinem minimalistischen Einrichtungsstil und den fragwürdigen Wandgemälden in jedem Zimmer nicht meine erste Wahl gewesen, aber da Lee mich zu diesem Trip eingeladen hat, blieb mir nichts anderes übrig. Die Alternative wäre gewesen, den Rest der Semesterferien zu Hause in London zu verbringen.

Apropos. Mein Handy hat inzwischen wieder genug Akku, sodass ich einmal schnell durch die Benachrichtigungen scrolle. Darunter ein halbes Dutzend Reminder für den verpassten Bus, den bevorstehenden Flug und den Transit in Edinburgh. Außerdem eine Nachricht von Lee.

Na, hattest du Spaß? ;)

Ich tippe schnell eine Antwort.

Was denkst du?
Kommst du gut durch?

Zur Antwort bekomme ich ein Selfie von ihm aus der *Eventyr Lounge* in Kopenhagen, was ich an dem Schild erkenne, vor dem er posiert. Obwohl wir gemeinsam Urlaub auf den Färöern verbracht haben, geht die Reise für ihn nicht sofort zurück nach Hause. Stattdessen fliegt er weiter nach Singapur, um seiner Familie mütterlicherseits einen Besuch abzustatten.

Eigentlich hatte er mich auch dorthin eingeladen, aber ich fühle mich jetzt schon mies, weil dieser ganze Urlaub auf seine Kosten ging. Er hat nicht nur das Hotel bezahlt, sondern auch meinen Flug, das Essen und alle unsere Drinks in den letzten Wochen. Obwohl ich mir sicher bin, dass es dem Geldbeutel seiner Eltern kein bisschen schadet, ist mein schlechtes Gewissen groß. Vor allem, weil ich ständig Angst habe, dass er irgendwann erwartet, dass ich mit Ausgeben an der Reihe bin, weil er nicht ahnt, dass ich nicht einmal annähernd vermögend bin. Außerdem graut es mir bei der Vorstellung, fast vierundzwanzig Stunden am Stück unterwegs zu sein – Emirates First Class hin oder her.

Lóa fährt mich jetzt zum Flughafen.

Wer?

Die heiße Rothaarige von gestern?

Die fährt dich zum Flughafen?

Seine Flut von Nachrichten ignorierend, packe ich mein Handy in die Hosentasche und sehe mich erneut um. Ich bin mir sicher, dass ich alles beisammenhabe. Nur Lóa sitzt noch immer etwas verloren und beinahe abwesend auf dem Bett.

»Du … musst das nicht machen«, sage ich vorsichtig.

»Doch, doch. Ist ja schließlich meine Schuld, dass du verschlafen hast.«

»*Unsere* Schuld«, korrigiere ich sie und kann das anzügliche Grinsen, das sich seinen Weg auf meine Lippen bahnt, nicht unterdrücken.

»Haha, ja.« Sie steht auf und vergräbt die Hände in der Bauchtasche ihres Hoodies. »Wollen wir los?«

»Ja, klar.«

Ich ziehe den Rucksack auf, schnappe mir den Koffer und die Zimmerkarte vom Schreibtisch, bevor ich ein weiteres Mal prüfend den Blick schweifen lasse. Nein. Bis auf das zerwühlte Bett sieht alles so aus wie bei meiner Ankunft. Ich habe definitiv nichts vergessen.

Durch den Stress beim Packen habe ich es bisher nur am Rande bemerkt, aber jetzt, wo ich mit Lóa im Auto sitze, einem grünen Toyota-SUV, erdrückt mich ihr Schweigen beinahe. Sie versucht keinen Small Talk, und als ihr im Kreisverkehr jemand die Vorfahrt nimmt, seufzt sie nur leise. Mehrmals überlege ich, was ich sagen könnte, aber am Ende ist die Stille so ansteckend, dass kein Wort über meine Lippen kommt.

Stattdessen schaue ich aus dem Fenster und werfe einen letzten Blick auf die wunderschöne Landschaft der Färöer-Inseln.

Als Lee mich gefragt hat, ob ich ihn begleiten will, habe ich mir ehrlich gesagt nichts darunter vorstellen können. Ich habe nicht mal gewusst, dass diese Inseln überhaupt existieren. Aber nach einer Woche Urlaub hier mit zahlreichen Wanderungen durch die grasbedeckten Berge bin ich traurig, dass ich schon wieder abreisen muss. Die Ruhe wird mir fehlen. Genauso wie das immer präsente Meer, das die achtzehn Inseln umgibt.

Während der Fahrt schwelge ich in Erinnerungen. Wir kommen an dem See vorbei, hinter dem versteckt in den Bergen das teure Restaurant liegt, in dem ich die Nationalspeisen probiert habe. Danach führt die Straße in einen der vielen Tunnel, die die Inseln miteinander verbinden. Von Streymoy geht es nach Vágar. Die Fahrt ist zu kurz, um mich richtig von diesem Land zu verabschieden, fühlt sich wegen der drückenden Stille aber trotzdem unendlich lang an. Als wir am Flughafen ankommen, bin ich gleichermaßen erleichtert und traurig.

Wie schon bei meiner Ankunft bin ich fasziniert, wie wenig am Terminal los ist. Kein Vergleich zum Chaos in Heathrow, wegen dem Lee und ich bei der Hinreise beinahe unseren Flug verpasst hätten. Hier dagegen gibt es nicht mal eine Bezahlschranke, die einen davon abhält, direkt zum Eingang des Gebäudes zu fahren. Lóa steuert darauf zu und findet einen Parkplatz unmittelbar vor der Tür. Außer uns stehen hier nur zwei weitere Autos und der Bus aus Tórshavn, den ich eigentlich hatte nehmen wollen.

Ein Blick auf die Uhr im Armaturenbrett verrät mir, dass ich nicht nur genug Zeit zum Einchecken und für die Gepäckabgabe habe, sondern auch gar nicht so viel später als geplant hier angekommen bin.

»Schaffst du es noch?«, fragt Lóa leise.

»Ja. Dank dir bin ich quasi um dieselbe Zeit angekommen wie der Bus.«

»Ach so.« Das Lächeln auf ihrem Gesicht wirkt gequält und erreicht ihre Augen nicht.

»Kann ich dir Geld fürs Benzin geben?«, will ich wissen, weil schon wieder diese peinliche Stille entsteht.

»Nein. Wie gesagt, der Flughafen liegt auf dem Weg zu mir nach Hause. Außerdem hast du gestern Nacht meine ganzen Drinks bezahlt.«

Stimmt, stelle ich fest, und mir graut es bereits davor, zu Hause meinen Kontostand zu checken. Lee hat zwar das meiste gezahlt, aber eben nicht Lóas und meine Drinks gestern Nacht. Oder die Souvenirs für meine Eltern.

»Okay. Dann auf jeden Fall trotzdem danke für die Mitfahrgelegenheit.«

»Gern. Guten Flug.«

Ich stocke, überrascht darüber, wie schnell sie mich abfertigt. Klar haben wir uns nüchtern weit weniger zu sagen als noch gestern Abend, aber irgendwie fühlt sich das hier trotzdem komisch an.

Egal. Vermutlich ist sie endlich an dem Punkt angelangt, an dem sie mich so schnell wie möglich loswerden und mit ihrem Leben weitermachen will. Verständlich, weil ich genau dasselbe vorhabe. Lóa ist heiß, und ich hatte einen verdammt schönen Abend mit ihr, aber eben nicht mehr. Und ehrlich gesagt bin ich sogar ein bisschen erleichtert, dass sie das wohl genauso sieht. Das erspart mir nämlich, ihr erklären zu müssen, dass für mich nicht mehr drin ist. Vor allem keine Fernbeziehung.

»Danke dir.« Ich beeile mich, aus dem Auto zu kommen, schnappe mir Koffer und Rucksack vom Rücksitz, bevor ich die Wagentür zufallen lasse, und wende mich ab.

Ich betrete das Flughafengebäude, das genauso leer ist wie der Parkplatz draußen. Es gibt keine Einkaufspassagen oder riesigen Tafeln mit Flugnummern. Stattdessen nur eine Informationsstelle mit Souvenirshop, ein paar Sitzbänke und einen Bildschirm, auf dem die drei Flüge angezeigt werden, die heute von hier starten. Ich gehe weiter durch zu den Schaltern, von denen vier geschlossen sind, während einer KLM-Passagiere wie mich bedient. Hier hat sich eine kleine Schlange gebildet, weshalb ich die kurze Wartezeit nutze, um wieder auf mein Handy zu schauen, wo eine Flut von Nachrichten auf mich wartet. Lee hat mir eine ganze Reihe Fotos aus der Lounge geschickt. Augenscheinlich gibt es dort sogar eine Dusche – ein Luxus, von dem ich hier nur träumen kann.

»Der Nächste, bitte.«

Die Frau, die am Schalter arbeitet, winkt mich mit einem breiten Lächeln zu sich heran. Wie bei den meisten anderen Färingern ist ihr Englisch beinahe akzentfrei, was mich immer wieder erstaunt. Ich halte ihr mein Handy hin, auf dem ich bereits den Boarding Pass geöffnet habe.

»Ich bräuchte auch noch Ihren Reisepass«, informiert sie mich.

»Oh, ja. Moment.«

Ich bin so in Gedanken versunken gewesen, dass ich nicht daran gedacht habe. Hastig ziehe ich den Rucksack ab und öffne das vordere Fach, wo ich normalerweise Geldbeutel und Pass aufbewahre, finde darin aber nur eine halb volle Schachtel Kaugummi.

Unsicher taste ich das Fach ab, aber da ist nichts. Dabei war ich mir sicher ... Mir kommt ein Gedanke. Wenn ich nicht mit dem Rucksack unterwegs war, hatte ich den Pass und meinen Geldbeutel immer in meiner kleinen Burberry-Tasche, die ich mir von dem Ferienjob bei Harrods gegönnt habe. Wahrscheinlich habe ich gestern Nacht nur vergessen, sie auszuräumen.

»Sorry, dauert einen Moment«, entschuldige ich mich bei der Frau.

»Klar. Lassen Sie sich Zeit.«

Ich bin der Einzige am Schalter. Ansonsten wäre mir diese Nummer vermutlich noch peinlicher, als sie es ohnehin schon ist. Ich durchwühle erst den ganzen Rucksack, um mich dann an meinen Koffer zu machen. Nachdem ich vorhin so hastig gepackt habe, kommt mir jetzt alles entgegengeflogen, und ich muss ziemlich lange suchen, bis ich die Umhängetasche mit dem karierten Muster finde. Triumphierend halte ich sie in die Höhe und schließe den Koffer wieder.

»So, jetzt aber«, setze ich an, während ich in die Tasche greife. Ich spüre sofort den vertrauten Widerstand meines Geldbeutels, kann den Reißverschluss und die Karten darin ertasten. Dazu einen Kugelschreiber und den Zettel mit der Handynummer der Kellnerin, mit der ich in Heathrow geflirtet habe und die ich definitiv anrufen werde. Nur meinen Pass finde ich nicht.

Allmählich erfasst mich Panik. Ohne auf die Reaktion der Angestellten zu achten, leere ich den gesamten Inhalt der Tasche auf dem Check-in-Schalter aus. Erfolglos. Mein Geldbeutel ist da, mit allen Karten, doch von meinem Pass fehlt jede Spur. Mir wird übel, und Kälte rieselt durch meinen Körper, obwohl mir klar ist, dass der Pass genauso gut in dem Chaos im Koffer sein könnte.

»Äh. Was, wenn ich meinen Pass nicht mehr finden kann?«

Der Blick der Frau wird mitleidig. »Dann müssen Sie bei Ihrer Botschaft einen Ersatz beantragen.«

»Und mein Flug?« Ich kenne die Antwort, aber in meiner Verzweiflung frage ich trotzdem nach.

»Selbst wenn ich Ihr Gepäck einchecken würde, müssten Sie spätestens am Gate durch eine Passkontrolle.«

Mir sinkt der Mut, aber noch gebe ich die Hoffnung nicht auf. »Okay. Danke. Ich schaue noch mal im Koffer nach.«

»Versuchen Sie auch mal, im Hotel anzurufen. Meiner besten Freundin ist das beim Rückflug aus Ägypten passiert. Am Ende hatte sie den Pass einfach nur im Zimmer liegen lassen und konnte ihn an der Rezeption abholen.«

»Danke, das versuche ich.«

»Viel Erfolg.«

Ich verziehe mich in eine Ecke des Terminals und beginne damit, meinen kompletten Koffer auszuräumen. Die Blicke der anderen Leute ignorierend, wühle ich mit einer Hand in meiner Wäsche, während ich mit der anderen das Telefon halte, um im Hotel nachzufragen.

Im Gegensatz zu der Dame am Schalter ist der Typ an der Rezeption allerdings alles andere als freundlich. Auf die Frage, ob vielleicht jemand meinen Pass gesehen habe, bekomme ich nur die barsche Antwort, dass der Zimmerservice noch nicht so weit sei.

»Und bis wann dauert es etwa?«

»Keine Ahnung. Probier's einfach später noch mal.«

»Mein Flug geht um fünfzehn Uhr. Könnte vielleicht jemand nachsehen? Zimmer 314.«

Ich erhalte ein unwilliges Grummeln, gefolgt von einem Seufzen. »Bleib kurz dran. Ich schicke jemanden.«

Mittlerweile bin ich zu angespannt, um davon genervt zu sein, dass er anscheinend nicht versteht, wie scheiße meine Situation ist. Aus dem Hörer ertönt eine nervige Warteschleifen-Melodie, und obwohl ich mittlerweile sämtliche Kleidungsstücke drei Mal abgetastet habe, fehlt von meinem Pass jede Spur.

Ich überlege, wann ich ihn zum letzten Mal hatte. Definitiv in der Bar gestern, oder? Doch dort hat niemand nach meinem Alter gefragt, weshalb ich ihn nie aus der Tasche genommen habe. Davor haben wir in der Stadt zu Abend gegessen. Und davor haben wir einen Bootsausflug nach Nólsoy unternommen. Je länger ich darüber nachdenke, desto mehr wird mir klar, dass ich keine Ahnung habe, wann ich meinen Pass das letzte Mal in der Hand hatte. Definitiv bei der Ankunft hier, aber danach?

Wenn ich ihn am Flughafen verloren hätte, hätte mir bestimmt jemand Bescheid gegeben. Er könnte also überall sein. Auf den Klippen auf Kalsoy, in dem Restaurant oben in den Bergen oder auf dem Grund des Atlantiks.

Vielleicht aber doch nur im Hotelzimmer?

Während ich darauf warte, dass der Typ von der Rezeption wieder ans Telefon kommt, packe ich meine Sachen zusammen und setze mich auf die freien Sitze gegenüber dem Schalter. Die Frau dort mimt mit den Lippen eine stille Frage, die ich mit einem Kopfschütteln beantworte.

Die Warteschleife endet, und es wird kurz still in der Leitung.

»Hallo?«, frage ich vorsichtig.

»Sorry fürs Warten.« Der Typ klingt außer Atem. Er wird

doch nicht etwa persönlich nachgesehen haben? So viel Einsatz hätte ich ihm nach unserem kurzen Austausch gar nicht zugetraut. »Ich musste selbst rauf, wir haben kein Personal heute.«

»Oh, danke. Haben Sie ...«

»Dein Pass ist nicht hier. Ich hab überall im Zimmer nachgesehen, aber nichts gefunden.«

Ich presse die Lippen zusammen. »Okay. Trotzdem danke für die Mühe.«

»Kein Ding. Schönen Tag noch.«

Er legt auf, und mir steckt ein bitteres Lachen in der Kehle.

Ich werde meinen Flug verpassen. Daran besteht kein Zweifel. Auch wenn ich die Hoffnung nicht aufgegeben habe, dass ich meinen Pass einfach nur in der Bar vergessen habe, hätte ich niemals genug Zeit, mit dem Bus zurück in die Hauptstadt zu fahren, um dort zu suchen. Ich bin gestrandet. Und ich habe keine Ahnung, was ich jetzt machen soll.

Ich starre auf mein Handydisplay und schreibe Lee.

Problem.

Die Nachricht geht durch, aber es kommt keine Antwort. Wahrscheinlich ist er schon unterwegs zum Gate. Oder er hat sich hingelegt, um sich auf die neue Zeitzone vorzubereiten. Oder er duscht noch mal. Es macht keinen Unterschied. Das hier ist ausnahmsweise nichts, bei dem er mir helfen könnte.

Ich öffne den Browser und google, was ich jetzt tun muss. Sofort werde ich auf die Seite der britischen Regierung weitergeleitet. Dort wird mir empfohlen, meinen Pass als verloren zu melden und ein Notfallreisedokument bei der zuständigen Botschaft zu beantragen. Keine Information dazu, wie lange es dauern wird, bis sie mir einen Ersatz ausstellen, aber ich gehe nicht davon aus, dass ich in der nächsten Stunde einen bekomme.

Was mache ich jetzt?

Ich könnte natürlich sofort das Notfalldokument beantragen, aber das würde bedeuten, dass ich meinen jetzigen Pass nicht mehr benutzen darf, falls er doch auftaucht. Vielleicht sollte ich daher zuerst im Pub nachsehen? Das wäre zumindest der wahrscheinlichste Ort. Und wenn er dort nicht ist, gebe ich bei der Botschaft Bescheid.

Okay.

Mit einem Plan im Kopf stehe ich auf. Im besten Fall liegt der Pass im Pub, ich hole ihn ab, buche einen neuen Flug für morgen, weine um mein Geld und übernachte am Flughafen. Und im schlimmsten Fall ... überlege ich mir einen Plan B.

Heute scheint definitiv mein Glückstag zu sein, denn kaum trete ich aus dem Flughafengebäude, fährt mir der Bus nach Tórshavn buchstäblich vor der Nase weg. Erst renne ich ihm hinterher, doch mit Koffer und Rucksack ist diese Idee zum Scheitern verurteilt, und der Busfahrer scheint mich entweder zu ignorieren oder trotz heftigem Winken keine Notiz von mir zu nehmen.

Mist.

Natürlich. *When it rains, it pours* – ein Unglück kommt selten allein.

Geschlagen kehre ich zur Bushaltestelle zurück, die sich unmittelbar vor dem Eingang des Terminals befindet. Ich will gerade herausfinden, wie lange ich auf den nächsten Bus warten muss, als mir etwas auffällt. Der grüne Geländewagen steht nach wie vor am Straßenrand. Lóas Auto. Was macht sie noch hier?

Eigentlich habe ich keine Lust, mich wieder mit ihr zu unterhalten – oder besser gesagt, mit ihr zu schweigen –, was sicherlich auf Gegenseitigkeit beruht, aber es wäre möglich, dass ich den Pass in ihrem Auto verloren habe. Wenn ja, könnte ich meinen Flug sogar noch schaffen …

Ich überquere die leere Fahrbahn und klopfe gegen die Scheibe auf der Beifahrerseite. Lóa sitzt drinnen und zuckt erschrocken zusammen, als sie mich bemerkt. Ihr rotes Haar ist völlig durcheinander, und ihre braunen Augen wirken fast glasig, doch schon im nächsten Moment huscht ein Lächeln über ihre Lippen.

»Hast du dich umentschieden?«, fragt sie amüsiert, während die Scheibe runterfährt. Plötzlich scheint sie wieder ein ganz anderer Mensch zu sein als vorhin.

»Nicht ganz. Du hast nicht zufällig meinen Reisepass gesehen?«

Lóa runzelt die Stirn. »Nein.«

»*Shit*«, fluche ich. »Würde es dir was ausmachen, wenn ich kurz hinten nachsehe, ob er vielleicht rausgefallen ist?«

»Ich helfe dir.«

Ich prüfe zur Sicherheit den Beifahrersitz, aber weder

dort noch darunter noch hinten auf der Rückbank werde ich fündig. Lóa nimmt sogar die Fußmatten raus – ohne Erfolg.

»Weißt du, wo du ihn das letzte Mal hattest?« Kapitulierend lässt sich Lóa auf den Rücksitz fallen und starrt an die Decke, als könnte dort plötzlich eine Schatzkarte auftauchen, die zu meinem verlorenen Pass führt.

Ich setze mich dazu, weil ich sowieso nichts anderes tun kann. »Nicht wirklich. Ich kann mir vorstellen, dass ich ihn im Pub verloren habe, aber sicher weiß ich es nicht. Er könnte überall sein.«

»Scheiße.«

»Mhm.«

»Dass du so ruhig bleiben kannst«, murmelt sie. »Ich würde sterben, wenn mir so was passieren würde.«

»Oh, glaub mir, in mir drin sieht es ganz anders aus. Am liebsten würde ich schreien, aber ich glaube nicht, dass es was bringt.«

»Wenn's dir hilft, halte ich mir die Ohren zu.« Lóa grinst. Und obwohl ich eigentlich gerade wichtigere Sorgen habe, hängen sich meine Gedanken daran auf. Daran, wie anders sie auf einmal wieder ist. Genauso locker wie gestern Abend. Vielleicht war sie vorhin nur so still, weil sie kein Morgenmensch ist?

»Wieso bist du überhaupt noch hier?«, frage ich. »Wolltest du nicht nach Hause?«

Lóa zuckt mit den Schultern. »Eine Freundin hat angerufen, kaum bist du ausgestiegen. Ich wollte sie nicht abwürgen, also haben wir telefoniert.«

Ich runzele die Stirn, versuche aber, nicht zu viel in die

Tatsache hineinzuinterpretieren, dass sich das Ganze wie eine seltsame Ausrede anhört.

»Was hast du jetzt vor?«

»Zurück nach Tórshavn fahren«, erkläre ich. »Im Pub vorbeischauen und fragen, ob sie meinen Ausweis haben.«

»Haben die heute geöffnet?«

»Keine Ahnung.« Bei meinem Glück bestimmt nicht. Ich lege den Kopf in den Nacken und schließe die Augen, weil ich förmlich spüren kann, wie der Optimismus meinen Körper verlässt.

»Montags geschlossen«, murmelt Lóa. »Zumindest laut Google.«

»Natürlich.« Ich beiße die Zähne zusammen. Natürlich muss das ausgerechnet mir passieren. Eine Nacht am Flughafen wird mich nicht umbringen, aber zwei? Und das mindestens, schließlich gibt es keine Garantie, dass mein Pass auch wirklich im Pub liegt.

Ich werde mir ein Hotel suchen müssen. Eines, das nicht so teuer ist, oder im besten Fall eines, in dem ich die Übernachtungskosten abarbeiten kann, bis ich nach Hause fliege. Eine Woche, zwei, oder wie lange auch immer es dauert, bis ich einen Ersatz für meinen Pass bekomme. So genau stand das nicht auf der Webseite. Danach muss ich mir einen Nebenjob suchen, damit ich das Geld irgendwie wieder reinhole. Und die Vorbereitungen fürs neue Semester? Vielleicht finde ich ein paar Sachen online, aber meine Mitschriften liegen alle zu Hause …

»Du kennst nicht zufällig ein B&B oder ein Hotel, das du empfehlen kannst?«

»Du warst doch im *Hafnia*. In der Nebensaison haben die sicher noch Zimmer frei.«

»Zu teuer«, antworte ich knapp. »Ich hab mein Urlaubsbudget quasi schon ausgereizt.«

»Ich hab ein Zimmer frei. Also kein *Zimmer*-Zimmer, aber ich hab Platz für Gäste zum Schlafen.«

»Ich will mich nicht aufdrängen.« Zumal es gegen alles gehen würde, wofür ich stehe. Nach einem One-Night-Stand bleibt man nicht zum Frühstück und erst recht nicht noch ein paar Tage länger. Egal, wie attraktiv er oder sie auch ist.

»Ist nur ein Angebot«, sagt sie. »Ich würde dich morgen in die Hauptstadt fahren und dir helfen, deinen Pass zu suchen. Wenn er nicht wieder auftaucht, kannst du dir danach immer noch ein Hotel suchen. Aber ehrlich, ich hab Platz und sowieso nicht viel zu tun.«

»Hast du nicht gesagt, du studierst?«

Ein Schulterzucken.

Unbehagen macht sich in mir breit bei dem Gedanken, mich darauf einzulassen. Dabei sollte es das gar nicht. Lóa erweist sich gerade als meine Lebensretterin, doch gleichzeitig fühlt es sich vollkommen falsch an. Intim auf eine Art, die mir nicht geheuer ist.

Aber welche Wahl habe ich schon? Ich habe genug Geld für ein paar Tage im Hotel, doch wer weiß, wie lange ich hier feststecke? Meine Eltern kann ich nicht anpumpen. Und Lee nach Geld zu fragen, ist keine Option, auch wenn es ihm sicher nichts ausmachen würde. Aber das kann ich nicht. Denn das würde nur unweigerlich zu Fragen führen. Fragen, die ich nicht beantworten kann.

Nein. Ich habe keine Optionen.

»Ich verstehe natürlich, wenn dir das unangenehm ist«, sagt Lóa, und plötzlich ist da ein feiner Rotschimmer auf ihren blassen Wangen. »Aber ich dachte, nach letzter Nacht macht es sowieso keinen Unterschied.«

Ich sehe sie an, und zum ersten Mal seit gestern Nacht sieht sie mir direkt in die Augen. Ihr Blick ist gleichermaßen aufrichtig wie auch undurchdringlich, sodass es mir schwerfällt, die Absicht hinter ihren Worten zu verstehen. Ob sie wirklich so pragmatisch ist, wie sie es gerade klingen lässt, oder ob sie vielleicht schmutzige Hintergedanken hat?

Und auch wenn ich es ungern zugebe, muss ich gestehen, dass ich es verdammt gern herausfinden würde.

Lóa

Was tust du da? Was tust du da? Was tust du da?

Die Antwort ist: Ich weiß es nicht. In erster Linie will ich dem Fremden natürlich helfen, weil ich mir ausmalen kann, wie verzweifelt ich in seiner Situation wäre. Gestrandet am Ende der Welt, ohne Freunde oder Familie und ohne das nötige Kleingeld, um mir schnell mal ein Hotel zu leisten und meinen Urlaub spontan zu verlängern.

Trotzdem kommt es mir falsch vor. Ich kenne ihn kaum. Und ich bin mir ziemlich sicher, dass der ganze Sinn von einem One-Night-Stand der ist, dass man sich danach nie wiedersieht. Aber jetzt ist es zu spät für diese Zweifel.

Ich habe mir dieses Loch selbst gegraben, also muss ich irgendwie das Beste daraus machen. Auch wenn das bedeutet, dass ich die neue Lóa noch ein wenig länger an der

Oberfläche lassen muss, damit der Typ sich nicht sofort fragt, was für ein Weirdo ich bin.

»Und es ist wirklich okay für dich?«, bohrt er noch mal nach, als wir das Flughafengelände verlassen und auf die Hauptstraße einbiegen.

»Klar. Wird bei mir oben eh manchmal einsam, daher stört es mich überhaupt nicht.«

»Wohnst du auf einem Berggipfel oder so?«

»Nicht ganz, du wirst es sehen. Von hier ist es auch nicht mehr weit.«

»Sag nicht, du wohnst an einem einsamen Kap?«

»Nah dran, aber nein.«

Er grinst. »Jetzt bin ich aber wirklich gespannt, wo es eine Möwen-Kennerin wie dich hinverschlägt.«

Der Spitzname bringt mein Herz kurz zum Flattern, weil er unweigerlich Erinnerungen an letzte Nacht in mir heraufbeschwört. Für ihn mag der Abend nichts Besonderes gewesen sein, aber in mir hat er etwas ausgelöst, das ich nur mit Mühe aus meinen Gedanken drängen kann. Jetzt gerade will es mir nicht gelingen. Ich spüre seine Lippen wieder auf meinen, höre meinen Namen gestöhnt an meinem Ohr, sodass sich die feinen Härchen auf meinem Unterarm aufstellen. Hitze schießt mir in die Wangen.

»Warte es einfach ab«, erwidere ich ausweichend. »Hast du schon einen Plan B, falls dein Pass nicht in der Bar liegt?«

Aus dem Augenwinkel sehe ich, wie er die Lippen zusammenpresst. Dann legt sich ein Schatten über sein Gesicht, als wir in einen Tunnel fahren.

»Ich kann ein Notfalldokument beantragen. Das sollte

kein Problem sein, ich habe nur keine Ahnung, wie lange so was dauert.«

»Und vorher kannst du nicht ausreisen?«

»Nein. Sie würden mich gar nicht erst in den Flieger lassen. Keine Chance.«

»Bist du ein guter Schwimmer? Bis nach Schottland sind es nur zweihundertsechzig Kilometer.«

»Hast du das ausgemessen?«

Ertappt beiße ich mir auf die Unterlippe. »Nein. Ich hab mir die Zahl nur ausgedacht. Keine Ahnung, wie weit es bis nach Schottland runter ist.«

»Definitiv zu weit zum Schwimmen. Ein paar meiner Freunde rudern in ihrer Freizeit, aber ich hab mich nie dazu überwinden können, ihrem Club beizutreten. Hätte ich doch nur auf sie gehört …«

»Dann?«

Er mustert mich von der Seite. »Keine Ahnung. Ich könnte mir am Hafen ein Boot organisieren und zurückrudern. Das wäre definitiv besser, als zu schwimmen.«

»Stimmt. Aber vielleicht hast du ja Glück.«

»Hoffentlich.«

Als wir den Tunnel wieder verlassen, blinzelt der Engländer überrascht, und obwohl ich mittlerweile schon ein Jahr in Gásadalsgarður lebe, kann ich mich an dem Anblick nicht sattsehen. Rechts hebt sich ein steiler, mit saftigem Gras bewachsener Berg in den Himmel, sodass sein Gipfel in der dichten Wolkendecke verschwindet. Links davon liegt das Meer und in einiger Entfernung die Insel Mykines. Die Straße führt in einer Serpentine hinab zu dem winzigen

Dorf, in das es mich nach dem Schulabschluss verschlagen hat. Obwohl. Nicht ganz. Bevor wir die Brücke erreichen, die über den Fluss hinüber in die Ortschaft führt, biege ich links auf einen Schotterweg ein. Wir fahren an der Farm vorbei, die der Familie meines besten Freundes gehört.

»Bitte sag mir nicht, dass du irgendwo unter einer Klippe wohnst.«

»Nein, wir sind da.«

Ich deute auf ein winziges Gebäude etwa hundert Meter vom Farmhaus entfernt. Ein Lächeln stiehlt sich auf mein Gesicht beim Anblick der schwarz gestrichenen Holzfassade und dem mit Moos bewachsenen Dach. Mein Zuhause.

»Du wohnst in einem Tiny House«, bemerkt er überrascht.

»Yep. Ich arbeite seit letztem Jahr daran.«

»Oh, wow. Du hast das allein gebaut?«

Ich schüttele den Kopf. »Ein paar Sachen habe ich gemacht, aber bei dem meisten hatte ich Hilfe. Das Holz der Fassade war mal ein Stall, und ... sorry, das interessiert dich vermutlich gar nicht.«

Er antwortet nicht, sondern hält den Blick weiter auf mein Haus gerichtet. Es ist alles andere als imposant, gerade so groß, dass es noch als Anhänger zählen könnte, aber es ist mein ganzer Stolz. Ich parke das Auto neben der Terrasse, die ich aus Paletten zusammenimprovisiert habe, und steige aus. Tief atme ich den vertrauten Geruch der Farm und des Meeres ein, woraufhin es mir augenblicklich ein bisschen besser geht.

Die Stille der Natur umfängt mich. Keine Autos, kein

Stimmengewirr, kein Stadtlärm, nur das Tosen des Windes und das Rauschen der Brandung und des Wasserfalls, der nur ein Stück von hier entfernt in die Tiefe stürzt. Langsam kommt mein Kopf zur Ruhe. Aber das währt nicht lange.

»Wow, da hast du dir echt 'ne tolle Location ausgesucht.«

Die Stimme des Engländers reißt mich aus den Gedanken, erinnert mich daran, dass mein Zuhause ab sofort nicht mehr ganz so einsam ist wie sonst. Dass ich die Stille jetzt mit jemandem teilen muss.

Ich sehe ihn an und fixiere einen Punkt zwischen seinen schmalen braunen Augen. Es ist mir gestern Nacht schon aufgefallen, aber hier im Tageslicht ist er noch attraktiver als im schummrigen Halbdunkel der Bar. Mit seinen zur Seite gescheitelten schwarzen Haaren, der hellbraunen Haut und dem leichten Bart, der die scharfen Konturen seines Kiefers betont. Ich frage mich, ob er asiatische Wurzeln hat. Und wie er verdammt noch mal heißt.

»Das Land gehört der Familie eines Freundes«, erkläre ich. »Ihnen gehört die Farm dort oben, aber sie haben mir angeboten, dass ich einen Teil ihres Grundstücks als Stellplatz benutzen darf, wenn ich im Gegenzug ab und an mit den Schafen helfe.«

»Oh. Mit den Schafen helfen heißt hüten und so?«

Ich lache bei der Vorstellung. »Nicht ganz. Das meiste erledigen sie allein, aber wenn es Zeit zum Scheren ist oder die Lämmer kommen, sind sie dankbar für jedes extra Paar Hände. Dann springe ich ein.«

»Wow.«

»Sicher siehst du so was in London nicht.«

»Nein«, erwidert er. »Ich sehe dort ständig irgendwelche seltsamen Sachen, aber definitiv keine Schafe.«

Ich will ihn fragen, wie es dort so ist. Ob es wirklich so laut und voll ist, wie es mich die Filme glauben lassen wollen, oder ob jemand wie ich sich dort tatsächlich wohlfühlen könnte. Aber für diese Fragen habe ich später noch Zeit. Zuerst brauche ich dringend etwas zu essen. Und eine Dusche.

Schon als ich den ersten Fuß auf die Terrasse setze, sind die Zweifel zurück. Dazu die Panik. Es gibt auf der ganzen Welt nur eine Handvoll Leute, die ich je zu mir nach Hause eingeladen habe. Meistens schiebe ich den Platzmangel vor, aber in Wahrheit habe ich nur Angst davor, dass sie mich für meine Lebensweise verurteilen. Dass sie irgendein Detail entdecken und irgendwelche Schlüsse über mich ziehen. Und genau diese Furcht kreist auch jetzt in meinem Kopf herum.

Wann habe ich das letzte Mal gewischt?

Ist mein Vorrat an Vogelfutter verstaut?

Was, wenn er meinen Fernseher einschaltet und sieht, was für seltsames Zeug ich mir auf Netflix reinziehe?

Mir bleibt keine Zeit, mir darüber den Kopf zu zerbrechen, denn wenn ich ihn jetzt bäte, kurz zu warten, würde mich das nur verdächtig machen. Es wird schon alles passen. Hoffentlich.

Kaum habe ich das Haus betreten, fallen mir sofort eine ganze Menge Dinge ins Auge, die einen seltsamen Eindruck erwecken können.

Ein Eimer Fett steht auf der Küchenzeile, weil ich gestern noch Fettbälle gemacht habe. Eine Box mit dem Ergebnis befindet sich auf dem Boden und ein Zehn-Kilo-Sack Körner daneben. Auf meinem winzigen Couchtisch liegt das offizielle Handbuch zur Tierwelt auf den Färöer-Inseln. Netflix läuft nicht, aber auf meinem Kindle ist eine Sherlock-Holmes-Wattpad-Fanfiction geöffnet. Und von den Kuscheltieren, die überall verteilt sind, will ich gar nicht erst anfangen.

Falls dem Fremden irgendwas davon ins Auge fällt, lässt er es sich zumindest nicht anmerken. Stattdessen liegt ein breites Lächeln auf seinen Lippen, als er sich im Innern meines Tiny House umsieht.

»Es ist einfach so viel größer, als es von außen wirkt«, stellt er fest.

»Ja, oder? Mir war es wichtig, Fenster einzubauen, die bis unter die Decke gehen, dadurch wirkt der Wohnraum viel heller und geräumiger.« Und meine Pflanzen kriegen genug Licht. Ich verschweige den letzten Part, obwohl ich mir sicher bin, dass ihm der kleine Dschungel nicht entgangen sein kann.

Quasi in jeder Ecke des Raumes steht eine andere Pflanze. In meiner Kochnische rechts von uns habe ich einen Kräutergarten, und an den mit schlichten Holzpaneelen vertäfelten Wänden klettert Efeu in die Höhe. Im Badezimmer wächst eine Avocadopflanze, und oben im Loft, wo ich schlafe, habe ich eine ganze Sammlung von Kakteen und Sukkulenten.

»Und du hast hier ein Bad und alles?«, will der Fremde wissen.

»Alles, was ich brauche. Überall ist versteckter Stauraum. Der Fernseher hinter dir lässt sich ausklappen, sodass man ihn vom Sofa aus besser sieht. Oben schlafe ich und habe einen Arbeitsplatz, und unter dem Loft ist das Badezimmer mit Dusche.«

Er nickt anerkennend.

»Und ich schlafe dann da?«

Er deutet nach oben, wo unmittelbar über uns ein engmaschiges Netz gespannt ist. Darauf liegen ein paar Kissen und weitere Kuscheltiere.

»Wenn du willst. Da oben lese ich gern oder schaue mir die Nordlichter an, wenn das Wetter mitspielt. Aber wenn dir das zu unsicher ist, lässt sich mein Sofa auch zu einem Gästebett ausklappen.«

»Das meintest du also mit kein Zimmer-Zimmer.«

»Ja, ich kann dir leider kein eigenes Schlafzimmer anbieten. Aber irgendwo müsste ich noch ein Zelt haben, wenn du scharf auf einen Survival-Urlaub bist.«

Ich zeige auf das Deckenfenster über dem Netz, auf dem sich einige Regentropfen sammeln. Hier auf den Färöern ist das Wetter immer wechselhaft, aber jetzt im Herbst ist es besonders schlimm.

»Uff.« Der Fremde erschaudert. »Nein, danke. Lee hat mich die letzten Wochen schon durch jedes Wetter geschleppt, ich bin ganz froh, im Warmen zu sein.«

»Apropos. Willst du was trinken?«

»Hast du Kaffee?«

Ich presse die Lippen zusammen und blicke vorsichtig in Richtung Kühlschrank. Schmerzlich wird mir bewusst, wie lächerlich und vor allem ungesund meine Getränkeauswahl ist. »Sorry, ich trinke keinen Kaffee.«

»Tee? Ah, verstehe.« Offenbar hat er meinen Blick bemerkt.

»Sorry, ich habe nicht mit Besuch gerechnet. Aber falls du länger bleibst, kann ich dir definitiv was organisieren.«

Er winkt ab. »Wasser reicht. Ich bin nicht wählerisch.«

Beneidenswert.

Während ich ihm sein Wasser und mir eine Cola Zero einschenke, macht der Engländer sich daran, den Inhalt seines Rucksacks auf dem Boden zu verteilen. Sicher ein verzweifelter Versuch, seinen Pass doch noch zu finden.

Ich stelle die Becher mit Fuchs-Print neben uns ab und betrachte seine zunehmend besorgter werdende Miene. Es ist, wie er gesagt hat: Im Innern ist er weit weniger ruhig, und gerade jetzt kommt seine Verzweiflung so gut durch, dass sie nicht einmal mir entgeht. Am Ende leert er auch noch eine kleine lederne Umhängetasche aus. Nirgends eine Spur von seinem Pass.

Mit einem unterdrückten Fluchen lehnt er sich zurück und verschränkt die Arme vor der Brust.

»Nichts?«, frage ich überflüssigerweise nach.

»Nichts.«

Unschlüssig betrachte ich seine Sachen, aber so viel gibt es nicht zu sehen. Diverse Ladekabel. AirPods. Ein karierter Schal, dessen Muster zu der Umhängetasche passt. Eine Plastiktüte mit Kosmetika. Und ein Studentenausweis.

Beinahe hätte ich vor Erleichterung geweint, als ich die Plastikkarte entdecke, mit der sich mein Dilemma in Luft auflöst.

University of London
Alex Jones
International Business MSc

Alex. Sein Name ist Alex. Wie konnte ich das nur vergessen?

Amüsiert betrachte ich sein Studentenfoto, auf dem er nicht nur hundemüde, sondern auch irgendwie verwirrt aussieht. Definitiv ein Stück jünger, als er jetzt ist.

»Das Foto ist nach einer Partynacht entstanden«, erklärt Alex, als er meinen Blick bemerkt. »Ich war bis frühmorgens weg und hab total vergessen, dass ich noch meine Sachen für die Einschreibung fertig machen muss. Meine Mutter hat mir die Hölle heißgemacht, weil ich darauf angeblich aussehe, als wäre ich ein Drogendealer.«

»So schlimm ist es nicht«, erwidere ich, obwohl ich ihren Eindruck definitiv nachvollziehen kann. Verglichen mit jetzt wirkt er auf dem Foto geradezu finster.

»Mhm. Sicher.« Er nimmt den Ausweis und steckt ihn zurück in die Umhängetasche, ehe er sich daranmacht, wieder alles in seinen Rucksack zu räumen. »Apropos. Ich glaube, ich sollte ihr Bescheid geben.«

»Klingt, als hättest du Angst davor.«

Er lächelt verlegen. »Ein bisschen. Sie ist super fürsorglich, denkt sich aber bei allem gleich das Schlimmste und reißt mir vermutlich den Kopf ab, weil ich den Pass verloren habe. Eltern, was?«

»Mhm«, erwidere ich, weil ich nicht näher auf das Thema eingehen will. »Brauchst du noch etwas? Ich würde ansonsten gern duschen gehen.«

»Nein. Ich glaube, das mache ich auch, sobald du fertig bist.«

Dann lass uns doch zusammen duschen. Der Satz kommt so unerwartet aus den Tiefen meines Unterbewusstseins, dass ich meinen Kopf am liebsten in einem Kissen vergraben will. Es ist mir nicht peinlich oder so. Das gestern Nacht ... Es war nicht mein erstes Mal, aber davor hat es sich noch nie so intensiv angefühlt. So heiß, dass mir allein bei der Erinnerung Hitze in die Wangen steigt. Etwas, womit mein Verstand noch nicht gelernt hat umzugehen.

Einen Moment blickt Alex mich an, grinst, als hätte er den Gedanken gehört. Als läge ihm genau dieselbe Frage auf den vollen Lippen. Aber dann wendet er sich ab.

Der Augenblick ist vorbei.

Und ich verfluche mich wie so oft dafür, dass ich nicht einfach aussprechen kann, was ich denke.

Alex

Nachdem Lóa in der Dusche verschwunden ist, schaue ich ihr eine Weile hinterher. Nur eine dünne Schiebetür trennt mich vom Bad, und ich habe nicht wenig Lust, ihr einfach zu folgen.

Ihr Blick eben hat Bände gesprochen. Die stille Einladung darin, der ich zu gern folgen würde. Aber gerade muss ich mich um das Chaos kümmern, in dem ich gelandet bin. Sobald ich das erst einmal unter Kontrolle gebracht habe, spricht nichts dagegen, den verlängerten Urlaub ein bisschen zu genießen.

Als ich nach draußen trete, verpasst die kühle Luft meinen unanständigen Gedanken einen jähen Dämpfer. Es ist eine Sache, spontan ein bisschen Spaß zu haben, aber ich sollte meine Prioritäten nicht vergessen.

Ich atme tief durch und lasse den Blick über die weite

Landschaft um mich herum schweifen. Lóa hat mit dieser Location einen echten Glücksgriff gemacht. Die Farm ist ein gutes Stück von uns entfernt, und das winzige Dorf am Fuß des Berges besteht aus vielleicht zwanzig Häusern. Das Gras ist saftig und grün, und die Regentropfen darauf funkeln in der Sonne, die für einen Moment durch die Wolken bricht. Dieser Ort ist wie ein Traum, und doch frage ich mich, ob es hier nicht manchmal einsam ist.

Ein eingehender FaceTime-Anruf reißt mich aus den Gedanken. Lee muss meine Nachricht mittlerweile bekommen haben, denn als ich abnehme, blicke ich in sein besorgtes Gesicht. Im Hintergrund erkenne ich das opulente Innere einer First-Class-Suite.

»Lebst du noch?«

Ich schüttele den Kopf. »Bist du schon in der Luft?«

»Nein. Wir warten auf Pushback, ich hab also ein paar Minuten.« Zur Demonstration stößt er sein Glas Champagner gegen sein Handy. »Also, wo brennt's?«

»Scheint so, als würde ich noch ein bisschen länger bleiben ...«

»Oh, wow. Und das, nachdem du dich beim Wandern ständig beschwert hast, du wolltest nach Hause. Nein, ernsthaft. Wurde dein Flug gestrichen, oder was ist los? Wo bist du überhaupt?«

Ich gehe ein Stück vom Haus weg und folge einem Trampelpfad in Richtung Meer. Leichter Nieselregen hat wieder eingesetzt, aber ich kann beim Telefonieren nicht still sitzen.

»Ich kann meinen Pass nicht finden. Du weißt nicht zufällig, wann ich ihn zuletzt hatte?«

»In der Bar? Obwohl, dort hat sich eigentlich niemand dafür interessiert.«

»Das Pub hat heute geschlossen. Ich schaue morgen vorbei, aber ich hab eigentlich keine Hoffnung, dass er dort ist.«

»*Shit*. Brauchst du etwas? Du bist nicht wieder im Hotel, oder?«

Ich balle die freie Hand zur Faust. Einerseits bin ich froh, Lees vertraute Stimme zu hören, aber andererseits habe ich mir noch nicht die richtigen Worte zurechtgelegt, um diese Situation zu erklären.

»Ich bin bei Lóa zu Hause. Sie hat mir angeboten, dass ich bei ihr übernachten kann, bis ich meinen Pass wiederhabe.«

»Was?!« Lee verschüttet fast seinen Champagner auf dem teuren Poloshirt. »Sag das noch mal.«

»Ich bleibe bei Lóa. Das ist die Kleine …«

»Vom Pub«, beendet er meine Erklärung. »Aber was? Wie? *Du*? Sag nicht, dich hat's erwischt. Liebe auf den ersten Blick?«

»Nicht ganz.«

»Sondern?«

Ich habe kein Geld. Es wäre einfach, so verdammt einfach, ihm das zu sagen. Aber ich bringe es nicht über mich. Denn das würde zu Fragen führen. Fragen, wieso *ausgerechnet* ich mir kein Hotel leisten kann, wo ich doch aus einer genauso vermögenden Familie stamme wie Lee. Das ist zumindest das, was meine Freunde glauben. Die Wahrheit ist, dass keiner meiner Elternteile reich ist. Dass ich mir die teuren Markensachen nur leisten kann, weil ich zwischen den Vorlesungen bis zur Erschöpfung arbeite. Dass ich eigentlich nur so tue, als wäre ich wie Lee, um irgendwie dazuzugehören.

Doch statt ihm all diese Dinge zu gestehen, setze ich nur ein breites Grinsen auf. »Wenn du die Wahl hättest zwischen einem langweiligen Hotel in einer Hauptstadt, in der nichts los ist, oder ein paar Tagen in einem Haus mit jemandem wie ihr …«

»Ahhh, ich verstehe. Du lässt echt nichts anbrennen.«

Erleichtert, dass er mir die zugegebenermaßen nicht ganz gelogene Nummer abkauft, schüttele ich den Kopf.

»Dein Portemonnaie hast du aber? Ansonsten kann ich dir meine Kreditkartendaten für dein Apple Pay durchgeben und –«

»Nein, meine Karten habe ich alle. Und selbst wenn, du musst nicht ständig alles für mich bezahlen.«

Lee lächelt breit, zeigt dabei seine perfekten Zähne. »Ach was, das ist echt kein Thema. Du würdest dasselbe für mich tun, Bro.«

Würde ich, wenn ich es könnte.

»Ja, gut. Aber trotzdem, ich komme klar.«

»Alles gut. Schreib mir bitte, wenn sich etwas tut. Ich muss auflegen, wir sind inzwischen auf dem Rollfeld.« Zur Demonstration dreht er das Handy so, dass ich das Fenster sehen kann. Dabei erhasche ich auch einen Blick auf die Suite, in der er heute fliegt. Die opulente Ausstattung in Beige und Gold, der breite Ledersitz und die Flasche 2012er

Dom Perignon, für die allein ich eine Woche arbeiten müsste.

Wie so oft muss ich feststellen, dass ganze Welten zwischen mir und meinem besten Freund liegen. Und wie hart ich noch arbeiten muss, um dort anzukommen, wo er bereits ist.

»Alles klar. Hab 'nen guten Flug und schick mir Fotos.«

»Natürlich.«

Sobald er aufgelegt hat, bleibe ich stehen. Ich habe mich ein gutes Stück von Lóas Haus entfernt. Hier mündet der Trampelpfad in einen Schotterweg. Neben mir führt eine Holzbrücke über einen kleinen Bach, der in Richtung Klippe fließt, deren Rand ich von hier erahnen kann. Ich meine mich zu erinnern, den Ort Gásadalsgarður in Lees Reiseführer gesehen zu haben, doch so voll, wie die letzte Woche war, haben wir es nie hierher geschafft.

Unschlüssig starre ich auf mein Handydisplay, während ich langsam zum Haus zurückgehe. Halb vier. Normalerweise säße ich längst im Flugzeug in Richtung Edinburgh, aber erst jetzt sickert die Gewissheit zu mir durch, dass ich wirklich nicht nach Hause komme. Dass ich hier auf unbestimmte Zeit festsitze und meine ganzen Pläne für die nächste Woche buchstäblich in Rauch aufgehen.

Mit einem Seufzen öffne ich meine Kontaktliste und starre auf die Namen meiner Eltern. Meinem Vater zu sagen, was Sache ist, wird kein Problem sein. Eine kurze Nachricht, in der ich alles erkläre, seine Rückfrage, ob er was tun kann, und das Thema ist erledigt. Mum dagegen … Ich kann mir jetzt schon ausmalen, wie dieses Gespräch ablaufen wird. Angefangen beim Unglauben, dass ich mich in dieser Situation befinde. Dann Wut darüber, dass ich meinen Pass überhaupt verloren habe. Gefolgt von Sorge, dass ich in der Wildnis der Färöer-Inseln verhungere.

Ich behalte recht. Das Gespräch läuft genau so ab, wie ich es erwartet habe, nur dass meine Mutter auch noch ihre Freundin Su, die gerade zu Besuch ist, mit ans Telefon holt, als könnte die das Problem mit einem Fingerschnippen lösen. Allerdings ist Su genauso ratlos wie ich. Niedergeschlagen beende ich das Gespräch und kehre ins Haus zurück.

Lóa hat mittlerweile geduscht und sitzt mit überkreuzten Beinen auf dem Sofa. Sofort bleibt mein Blick an ihrer Kleidung hängen: Shorts und ein Tanktop, das ihre schmale Statur betont und den Blick auf ihren Hals und ihre Schultern freigibt. Die Stellen, die ich gestern Nacht geküsst habe.

»Alles okay?«, fragt sie, als ich reinkomme.

Ich nicke. »Nur meine Mutter, die mir ein paar Survival-Tipps gegeben hat.«

»Hast du ihr erzählt, dass du draußen schläfst?«

»Nein. Aber bis vor Kurzem wusste sie nicht mal, dass es die Färöer-Inseln gibt. Sie rechnet mit dem Schlimmsten.«

»Was für eine Sprache war das eigentlich gerade?«

Ich blinzele überrascht.

»Sorry. Ich wollte nicht lauschen«, stellt Lóa klar. »Die Wände sind nur nicht so dick, und als du auf der Terrasse warst, hab ich ein paar Fetzen mitbekommen.«

»Kantonesisch. Meine Großeltern mütterlicherseits kommen aus Guangxi in China.«

»Oh, wow. Warst du schon mal da?«

»Nein. Ich bin in London geboren und aufgewachsen und habe so gut wie keinen Kontakt zu meiner Familie dort. Aber irgendwann will ich hin, sobald ich mit dem Studium fertig bin und genug Geld verdiene.«

»BWL, richtig?«, bohrt Lóa nach und rutscht zur Seite, damit ich mich neben sie setzen kann. Gegenüber von uns ist der Fernseher eingeschaltet. Es läuft ein Cartoon, den ich nicht kenne, allerdings ohne Ton und mit dänischen Untertiteln.

»Genau. In drei Wochen startet mein letztes Jahr im Master.« Unwillkürlich kommt mir ein Seufzen über die Lippen bei dem Gedanken, was ich bis dahin noch alles erledigen wollte.

»Nicht gut?«

Ich betrachte sie von der Seite. Sie hat die Augen konzentriert auf den Fernseher gerichtet und die Beine mittlerweile an den Oberkörper gezogen. Auf dem Kopf trägt sie ein Handtuch, aus dem sich eine einzelne, jetzt dunkelrote Strähne gelöst hat. Das Sofa bietet geradeso genug Platz für uns beide, weshalb ich ihr so nah bin, dass mir der fruchtige Geruch ihres Shampoos in die Nase steigt. Ein Duft, der die Erinnerungen an gestern Nacht in sich trägt. An ihre weichen Lippen, ihr leises Stöhnen und den verführerischen Blick aus ihren braunen Augen.

Nur mühsam widerstehe ich dem Impuls, näher an sie

heranzurücken, und konzentriere mich stattdessen auf unser Gespräch.

»Ich bin nur ein bisschen gestresst. Ich wollte die nächsten Wochen eigentlich lernen, aber jetzt weiß ich nicht mal, wie lange ich hier feststecke.«

»Du kannst meinen Laptop benutzen«, schlägt sie vor.

»Danke, das Angebot nehme ich gerne an. Nur komme ich darüber nicht an meine Mitschriften.«

»Stimmt. Aber ist das denn so schlimm? Ich meine, das Semester hat nicht mal angefangen. Oder musst du irgendwelche Kurse vorbereiten?«

Ich schüttele den Kopf. »Nein. Aber ich würde gern noch mal die Sachen vom letzten Jahr durchgehen. Alles, was ich in den nächsten beiden Semestern mache, fließt in meine Abschlussnote, da kann ich es mir nicht leisten, einfach nichts zu machen.«

»Klingt anstrengend«, murmelt sie. »Dass du dir jetzt schon so einen Stress machst, obwohl eigentlich noch Ferien sind.«

Ich presse die Lippen zusammen. »Du studierst doch auch. Oder fliegt dir das alles zu?«

»Ach, vielleicht bin ich da einfach zu entspannt.«

Sie lässt die Aussage wie eine simple Tatsache klingen, aber da ist so ein Unterton in ihrer Stimme, der verrät, dass mehr dahintersteckt. Etwas, wonach ich sie nicht fragen möchte. Das Letzte, worauf ich Lust habe, ist ein Gespräch darüber, dass ich das Studium vielleicht einen Ticken zu ernst nehme. Mit Lee gerate ich deshalb ständig aneinander. Aber bei ihm hängt auch nicht so viel davon ab wie bei mir. Ihm ist ein Platz in der Firma seiner Eltern sicher, während ich trotz Bestnoten und trotz meines Praktikums darauf hoffen muss, dass *Squire & Hackham Real Estate* mich nimmt.

»Die Waschmaschine ist übrigens draußen«, sagt Lóa, nachdem wir eine Weile geschwiegen haben. »Also – falls du deine Kleidung waschen willst.«

»Draußen im Sinne von ... im Feld?«

Sie lacht leise. »Nein. Eigentlich ist sie direkt unter uns, aber der Lärm wird in so einem kleinen Haus echt unerträglich, deshalb ist sie von außen zugänglich.«

»Das ist ziemlich schlau«, bemerke ich anerkennend.

»Ich weiß. Einer der Vorteile, wenn man selbst bestimmen kann, was wohin soll.«

»Ich glaube, ich werde erst mal duschen, wenn das für dich okay ist.«

»Ja, klar. Ich geb dir Handtücher.«

Ich folge ihr in den winzigen Gang, der den Wohnbereich vom Badezimmer trennt. Hier gibt es unter dem Loft und der Treppe jede Menge Stauraum für ihre Sachen. Aus einer Schublade fischt sie ein paar Handtücher.

Normalerweise rede ich mir ein, halbwegs anständig zu sein. Ich bin jemand, der Spaß an unverbindlichem Sex hat, ja, aber eigentlich kein Kerl, der einer Frau so direkt auf den Arsch starrt. Doch gerade kann ich nicht anders. Mein Blick bleibt an den engen Shorts hängen, an Lóas blasser Haut, die wirklich überall von Sommersprossen bedeckt ist. Überall.

Unwillkürlich mache ich einen Schritt auf sie zu. Mein

Verstand ist schon wieder völlig vernebelt von all den Dingen, die wir gestern Nacht miteinander angestellt haben und die ich jetzt nur zu gern wiederholen würde. Keine Ahnung, wie sie das macht. Keine Ahnung, wie sie es schafft, dass ein einziger Blick in ihre Richtung reicht, damit mein Verstand flöten geht.

»Hier.« Lóa richtet sich auf und atmet überrascht aus, als sie mich direkt neben sich entdeckt. Ein verlegenes Lächeln huscht über ihre Lippen, ein Rotschimmer legt sich auf ihre Wangen.

»Alex?«

»Sorry«, murmele ich.

»Ist alles okay?«

»Ja.« *Nein.*

Ich mache einen weiteren Schritt auf sie zu, verringere den Abstand zwischen uns, bis ihr Duft alles ist, was ich wahrnehme. Ihr Duft und ihre Hand, die sie auf meine Brust legt. Sicher kann sie spüren, wie schnell mein Herz schlägt, wenn sie mir nicht sowieso von den Augen ablesen kann, was gerade in mir vorgeht. Was sie mit mir macht. Was ich jetzt in diesem Moment will.

Die Frage ist nur: Will sie es auch?

Betrunken macht man manchmal Dinge, die man im Nachhinein bereut. Oder die man zumindest nicht nüchtern wiederholen würde. Bereut Lóa es, mit mir geschlafen zu haben? Würde sie in Zukunft lieber darauf verzichten? Ihr Blick ist so unergründlich, dass ich die Antwort nur erraten kann. Halb rechne ich damit, dass sie mich sanft von sich stößt und mir so zu verstehen gibt, dass das gestern eine einmalige Sache war und Sex definitiv nicht unter ihre Gastfreundschaft fällt.

Aber dann dreht sie ihre Hand leicht, vergräbt die Finger im Stoff meines T-Shirts und zieht mich zu sich herunter. Wie gestern treffen ihre Lippen auf meine. Aber dieses Mal schmecke ich nicht den Alkohol, sondern nur sie.

Mein Kopf wird leer. Sorgen rücken in den Hintergrund, bis ich nur noch fühle. Fühle, wie sie ihren Körper an meinen drängt, wie weich und kühl sich ihre Haut unter meinen Fingern anfühlt. Fühle, wie sehr ich sie will.

Am Ende bleibt in meinem Kopf nur Platz für einen einzigen Gedanken: Vielleicht ist es doch nicht so schlecht, dass ich hier gestrandet bin.

Lóa

Heute lasse ich das Training ausfallen, etwas, das der alten Lóa nicht im Traum eingefallen wäre. Die ist nämlich immer zum Fußball gegangen, solange sie nicht todkrank im Bett lag.

Die neue Lóa dagegen schickt ihrem Coach nur eine schnelle SMS, dass sie es heute nicht schafft, bevor sie keinen weiteren Gedanken mehr an den verpassten Termin verschwendet ... Na gut. Der letzte Teil ist gelogen, denn selbst nachdem die Nachricht längst abgesendet ist, erwarte ich fast, dass ich einfach platze. Es ist ein Gefühl von Panik, das meinen Nacken emporkriecht, eine feine innere Stimme, die mir einreden will, dass ich etwas verpasse, wenn ich nicht sofort noch eine SMS hinterherschicke, um die vorangegangene zurückzunehmen.

Aber ich kämpfe dagegen an, denn tatsächlich habe ich

etwas vor. Alex braucht seinen Pass wieder – und ich dringend ein paar Tage oder am besten ganze Jahre für mich allein. Das hat nichts mit ihm zu tun. Alex ist klasse. Witzig, interessant. Und er lässt mich Dinge fühlen, die ich vorher nie gespürt habe. Aber das ändert nichts daran, dass mich diese Situation vollkommen überfordert. Dass ich schon nach einem Tag das Gefühl habe, keine Luft mehr zu bekommen, weil die Rolle, in die ich seinetwegen schlüpfe, mir den Hals abschnürt.

Denn genau das ist die neue Lóa, auch wenn ich mir gern etwas anderes einreden würde: eine Rolle. Eine Idee der Person, die ich gern sein würde, wenn ich nicht ich wäre. Für den Moment kann ich sie aufrechterhalten. Aber ich warte eigentlich nur auf den Augenblick, in dem ich ohne ersichtlichen Grund in Tränen ausbreche oder wieder kein Wort in Alex' Gegenwart rausbekomme, weil mir einfach alles zu viel ist. Noch halte ich es aus. Besonders, wenn ich mich wie jetzt etwas zurückziehen und ein wenig Zeit mit mir selbst verbringen kann.

Ich bin erleichtert, dass die Saison so gut wie vorbei ist. Von Juni bis Anfang September wimmelt es hier geradezu von Touristen. Gásadalsgarður mit dem Múlafossur-Wasserfall ist ein beliebtes Ziel und mein Haus keine hundert Meter von dem Weg entfernt, der zum Aussichtspunkt führt.

Deshalb meide ich im Sommer die Gegend, aber jetzt ist es hier angenehm ruhig. Während Alex unter der Dusche steht, nutze ich die Gelegenheit, aus dem Haus zu kommen und mit mir selbst allein zu sein. Ich seufze erleichtert, als ich die Bank erreiche, von der aus ich das Dorf und die Klippen überblicken kann. Vor mir bildet der Fels eine winzige Bucht, in die der Wasserfall stürzt, das Gras wiegt sich sanft im Wind, und der Himmel ist so strahlend blau, dass ich kurzzeitig sogar vergesse, dass der Winter vor der Tür steht.

Ich schließe die Augen und genieße die wärmenden Sonnenstrahlen auf meiner Haut und wie ruhig die Welt auf einmal ist.

»Wusste ich doch, dass ich dich hier finde.«

Ich fahre erschrocken zusammen und blicke in das Gesicht von Luka. Mein bester Freund hat ein schmales Lächeln aufgesetzt und streicht sich eine seiner blonden Locken hinters Ohr, als er sich neben mir niederlässt.

Zu nah, warnt mich mein Gehirn, als sein Oberarm meinen streift, aber ich widerstehe dem Impuls, von ihm abzurücken. Es ist nur Luka, verdammt.

Und weil er er ist und weil er mich schon so lange kennt, realisiert er seinen Fehler und rutscht ein paar Zentimeter von mir weg, um mir etwas Raum zu geben.

»Musst du nicht arbeiten?«, frage ich.

Während der Vorlesungszeit wohnt er in der Hauptstadt bei seinem Onkel, aber übers Wochenende und während der Semesterferien bleibt er meistens bei seinen Eltern hier draußen, um ihnen auf der Farm zu helfen. Manchmal auch, damit ich – laut ihm – nicht komplett vereinsame.

»Wenn es nach meinem Vater ginge, ja. Aber Ma hat darauf bestanden, dass ich es diese Woche langsam angehen lasse, damit ich wenigstens ein bisschen Urlaub habe, bevor das Semester losgeht.«

»Und wieso bist du dann noch hier? Normalerweise kannst du doch gar nicht schnell genug von hier wegkommen.«

»Komm schon. So schlimm ist es nicht. Außerdem ist Onkel Dennis im Urlaub, und ich hatte keine Lust, allein in der Wohnung zu versauern. So muss ich mir immerhin keine Gedanken ums Abendessen machen.«

»Du bist unmöglich.«

»Außerdem wollte ich dich fragen, ob du Lust hast, was zu unternehmen, aber dann warst du gestern wie vom Erdboden verschluckt.«

Ich zucke ertappt zusammen, als ich mich an die unbeantworteten Nachrichten auf meinem Handy erinnere. Ich stand gestern so unter Strom, dass ich es nicht einmal geschafft habe, Luka zu sagen, was ich vorhabe.

»Und deshalb lauerst du mir hier auf?«

»Hey, ich hab dir nicht *aufgelauert*. Ich hab nur zufällig mitbekommen, wie du aus dem Haus raus bist, und dachte, ich spreche dich an. Das Letzte, was ich von dir gehört habe, war, dass du mit ein paar Mädels aus deinem Team was trinken wolltest. Ist es dabei geblieben?«

Ich nicke müde.

»Wow. Ich hätte nicht damit gerechnet, dass du es wirklich durchziehst. Wie war es denn so?«, bohrt er nach.

»Was denkst du?« Ich hasse mich selbst dafür, dass ich ihm so einsilbig antworte, doch gerade bringe ich nicht mehr zustande. Dabei gibt es so viel, was ich ihm erzählen will. Von dem Abend in der Bar, der Nacht danach, Alex.

Aber meine Zunge verknotet sich allein beim Gedanken daran.

»So schlimm, ja?« Er lächelt mitleidig. »Wieso bist du dann überhaupt mitgegangen?«

»Keine Ahnung«, flüstere ich. »Ich schätze, weil ich mich einmal wie eine normale junge Frau verhalten wollte.«

»Du *bist* normal.«

»Nicht wie sie. Ich wollte einfach nur dazugehören, okay? Aber ...«

» ... vielleicht wäre es besser gewesen, du wärst zu Hause geblieben«, führt er meinen Satz zu Ende.

»Vielleicht.« Angespannt presse ich die Lippen zusammen, weil mir der Unterton in seiner Stimme nicht gefällt. Der stille Vorwurf, dass er mich ja gewarnt hatte, nicht allein mit ein paar Mädels, die mehr Bekannte als Freundinnen sind, in eine Bar zu gehen. Und natürlich hatte er damit recht, nur ...

»Der Typ, der bei dir zu Besuch ist, ist das ein Verwandter?«

Mein Puls beschleunigt sich, als ich zu Luka rüberschiele. Er hat Alex also schon entdeckt. Zugegeben, es hätte mich eher überrascht, wenn nicht, schließlich wohne ich quasi im Garten seiner Eltern. Trotzdem stört es mich, dass ich dieses Geheimnis nicht ein wenig länger für mich behalten konnte.

»Ein Freund«, erkläre ich hilflos, weil die Wahrheit nicht über meine Lippen kommen will.

»Ein Freund.« Luka durchschaut mich sofort. Er kennt mich zu lange, kann aus mir lesen wie aus einem Buch. Unter normalen Umständen ist das hilfreich, weil er so weiß, was in mir vorgeht, ohne dass ich es ihm umständlich erklären muss. Aber gerade wünsche ich mir, es wäre nicht so.

»Ich hab ihn in der Bar kennengelernt«, gestehe ich und verschränke die Finger so heftig ineinander, dass die Knöchel weiß hervortreten. Meine Hände werden feucht. »Er hat seinen Pass verloren, und ich hab ihm angeboten, dass er hierbleiben kann, damit er nicht für ein Hotel bezahlen muss.«

Eine Weile schweigt Luka, starrt nur wortlos geradeaus auf den Wasserfall. Die Sonne blitzt durch die Wolkendecke und zeichnet einen Regenbogen in die Wand aus Nebel, dort, wo der Fluss auf den Ozean trifft.

»Hältst du das für eine gute Idee?«, fragt er schließlich.

»Ich konnte ihn nicht einfach im Stich lassen. Ich würde sterben, wenn mir so etwas passieren würde.«

»Aber du kennst ihn nicht. Und hast du gesehen, wie er dich ansieht?«

»Wie denn?«, frage ich. Dabei bin nicht mal ich so naiv. Ich weiß, wie Alex mich ansieht, wenn er denkt, ich bemerke es nicht. Ich weiß es, weil ich seine Blicke spüren kann wie Feuer auf meiner Haut. Hitze, von er ich noch immer nicht weiß, ob ich sie angenehm oder beängstigend finden sollte.

»Ich glaube nicht, dass er denkt, dass es dir nur ums Helfen geht.«

Tut es auch nicht, will ich Luka am liebsten entgegenschmettern, weil es mich nervt, wie sehr er mich bevormundet. Als wäre ich ein Kind. Als wüsste ich nicht, wie das alles funktioniert. Als würde ich selbst nicht das Gleiche wollen wie Alex.

»Du musst echt ganz schön viel aus einem einzigen Blick herausgelesen haben«, werfe ich stattdessen ein.

Luka zuckt mit den Schultern. »Ich mache mir nur Sorgen.«

Seufzend verschränke ich die Arme vor der Brust. Ich weiß, dass er seine Worte genauso meint. Dass er mir nichts Böses will und dass meine Wut auf ihn nicht gerechtfertigt ist. Er macht sich Sorgen. Das ist alles.

»Ich weiß«, gebe ich zähneknirschend zu. »Aber du könntest mir ruhig ein bisschen mehr zutrauen.«

»Tue ich«, versichert er mir. »Ich traue nur ihm nicht.«

»Du kennst ihn nicht mal.«

»Nein. Und genau das macht mir Sorgen.«

»Luka«, murmele ich und schließe angestrengt die Augen, um die Umgebung auszublenden und mich ganz auf meine Worte zu konzentrieren. »Es ist okay, wirklich. Alex ist nett, wir verstehen uns gut, und wenn alles glattgeht, ist er morgen auch schon auf dem Weg nach Hause.«

»Dein Wort in –«

»Vertrau mir einfach, okay?«, unterbreche ich ihn barsch. »Ich bin kein Kind.« Ich sehe ihn an, starre auf den imaginären Punkt zwischen seinen breiten, hellen Augenbrauen. So lange, wie ich es aushalte. So lange, bis meine Worte bei ihm ankommen.

»Okay. Aber wenn dir irgendetwas komisch vorkommt, dann –«

»Rufe ich dich an«, schnaube ich.

»Ich dachte eher an die Polizei, aber auch gut.«

Ich schüttele ungläubig den Kopf. »Du gehst echt immer vom Schlimmsten aus, oder?«

»Man kann nie vorsichtig genug sein.«

Ich verkneife mir einen weiteren Kommentar und ziehe stattdessen die Füße an meinen Körper. Ich bin klein genug, dass ich im Schneidersitz auf der Bank Platz finde. Einerseits bin ich froh darüber, dass Luka sich solche Sorgen um mich macht, weil es so wenigstens einer tut, aber andererseits wünschte ich, er würde mir etwas mehr zutrauen. Ich mag meine Probleme mit dem Zwischenmenschlichen haben, aber ich bin nicht naiv. Ich weiß, wie die Welt sich dreht. Ich weiß, worauf ich mich mit Alex eingelassen habe, und brauche niemanden, der mich daran erinnert, in was für eine Situation ich mich da navigiert habe und wie weit außerhalb meiner Komfortzone ich mich befinde.

Ich schaffe das schon. Irgendwie.

»Sehe ich dich nächste Woche in der Vorlesung?«

Angespannt beiße ich die Zähne zusammen. Keine Ahnung, ob Luka das absichtlich macht, aber er schafft es gerade, von einem unangenehmen Thema zum nächsten zu wechseln. Erst Alex, jetzt das Studium.

In der Theorie studieren Luka und ich seit einem Jahr Biologie an der Universität in Tórshavn. Nachdem wir schon den Großteil unserer Schulzeit zusammen verbracht haben, haben wir uns gemeinsam eingeschrieben, und ich war eigentlich optimistisch, dass das Studium wesentlich erträglicher für mich würde als die so verhasste Schulzeit. Aber jetzt, nach einem Jahr, würde ich am liebsten abbrechen.

»Klar«, erwidere ich knapp.

Ich kann den Seitenblick auf mir spüren. Den Unglauben. Und fast schon ein bisschen Spott, weil mein bester Freund natürlich durchschaut, wie viel Wahrheit in dieser Aussage liegt. Weil er weiß, dass ich es trotz guter Vorsätze am Ende eh nicht in den Vorlesungssaal schaffe.

»Willst du … darüber reden?«

Ich schüttele den Kopf.

»Du könntest bei der Beauftragten für Menschen mit Behinderung nachfragen, ob es –«

»Luka«, fahre ich ihm ins Wort. »Ich weiß. Ich hab mir schon Gedanken gemacht, okay?«

»Und?«, bohrt er nach.

»Ich bin noch dabei.« Heißt im Klartext, ich will nicht darüber nachdenken. Oder darüber sprechen. Luka sollte das wissen, aber aus unerfindlichen Gründen scheint er sich heute vorgenommen zu haben, seine inoffizielle Rolle als mein Aufpasser besonders ernst zu nehmen. Normalerweise störe ich mich nicht daran. Oft bin ich sogar dankbar dafür. Aber jetzt gerade wäre ich lieber mit meinen Gedanken für mich. »Hör mal. Können wir später reden? Ich wollte eigentlich allein sein.«

Es kostet mich alle Kraft, die Worte auszusprechen, und allein Lukas Blick lässt sie mich augenblicklich bereuen. Er wirkt verletzt darüber, dass ich ihn einfach so wegstoße, und wenn er auch nur ein einziges Widerwort einlegen würde, würde ich die Bitte vermutlich sofort zurückziehen. Doch zu meiner Erleichterung steht er auf.

»Alles klar. Wenn du die Woche noch was unternehmen willst, schreib mir gern.«

»Mach ich.«

Damit wendet er sich ab und geht zurück zum Haus seiner Eltern, dessen grasbewachsenes Dach ich von hier aus geradeso erkennen kann. Ich schaue Luka nach, bis er aus meinem Sichtfeld verschwunden ist, aber selbst danach fühlt es sich so an, als wäre er nicht wirklich gegangen. Seine Worte haften an mir, bereiten mir Gänsehaut, lassen mich alles hinterfragen und treiben meine Gedanken in eine Dunkelheit, die ich sonst um alles in der Welt vermeide.

Ein einziges Gespräch, und ich fühle mich wieder, als wäre jeder Atemzug, den ich je getan habe, ein Fehler. Als könnte ich nichts richtig machen, solange mich niemand an die Hand nimmt und auf mich aufpasst. Und vermutlich stimmt das sogar. Wie sonst habe ich es bisher durchs Leben geschafft? Ich kann ja nicht mal mit Leuten in eine Bar gehen, ohne mich in die seltsamste Lage zu bringen, in der ich je gewesen bin.

Weißt du, was du da tust?, höre ich ausgerechnet die Stimme meiner Mutter in meinem Kopf, die all diese Zweifel mit einer einzigen Frage zusammenfasst.

Weiß ich, was ich tue? Keine Ahnung. Die meiste Zeit fühlt es sich zumindest nicht so an, als wüsste ich es.

Alex

Von Lóa fehlt weiterhin jede Spur, selbst als ich längst geduscht, mich angezogen und Lee über meine Lage geupdatet habe. Seinem letzten Foto nach zu urteilen, ist er mittlerweile in Singapur gelandet, doch seither habe ich weder mit ihm gesprochen noch geschrieben. Vermutlich macht ihm der Jetlag zu schaffen. Verständlich bei den acht Zeitzonen, die zwischen uns liegen.

Unschlüssig lasse ich mich auf das Sofa fallen, auf dem ich die letzte Nacht verbracht habe. Mein Blick schweift ruhelos durchs Haus, bleibt dabei an winzigen Details hängen, die mir gestern nicht aufgefallen sind, weil ich zu sehr mit Lóa beschäftigt war. Sie hat Bücher, so viele, dass sie quasi überall zu finden sind. In den Regalen, auf den Fensterbänken – selbst auf der Treppe nach oben ins Loft liegen ein paar. Dazu fällt mir auf, dass sie ihren Dschungel an Pflanzen komplett etikettiert hat.

Echinocactus Grusonii
Erst gießen, wenn WIRKLICH trocken
»Stan«

Ich komme mir vor wie in einem Museum, als ich den kleinen runden Kaktus, der neben mir auf dem ausklappbaren Tischchen steht, genauer unter die Lupe nehme. Die erste Zeile ist sicher der lateinische Name, darunter der Pflegehinweis. Aber aus der dritten werde ich nicht so recht schlau. Gibt Lóa ihren Pflanzen etwa Namen?

Mir fällt auf, dass die Töpfe nicht das Einzige sind, das sie mit Etiketten versehen hat. Auf jeder Schublade, jedem Fach, sogar denen, die in die Treppenstufen eingelassen sind, klebt ein Schildchen, auf dem steht, was sich darin befindet. So penibel hätte ich Lóa nicht eingeschätzt. Andererseits weiß ich eigentlich gar nichts über sie.

Ich hatte zwei Mal Sex mit ihr, hab bei ihr übernachtet und mit ihr ein paar Folgen *Wednesday* geschaut und damit definitiv mehr Zeit mit ihr verbracht als mit anderen Leuten, die ich abends in irgendeiner Bar kennengelernt habe. Und dennoch habe ich das Gefühl, nichts über sie zu wissen. Ich weiß, dass sie zwanzig Jahre alt ist und an der Uni Biologie studiert. Aber ansonsten? Laut eigener Aussage sind ihre Hobbys Netflix und sich mit Freundinnen zu treffen, nur kommt mir das irgendwie seltsam nichtssagend vor. Ich meine, wer hat heutzutage kein Netflix? Wer trifft sich nicht gern mit seinen Freunden?

Seufzend richte ich meinen Blick geradeaus auf die Glasfront mit der eingebauten Tür, durch die ich die Aussicht auf die Berge und das Meer bewundern kann. Ob sie Miete für den Stellplatz zahlt? Wenn ja, wie viel? Keine Ahnung, wie hoch ich ansetzen würde, aber bei der Lage sicher nicht zu tief. Und meinte Lóa nicht, dass das Haus ihr gehört? Wie kann sie sich das neben dem Studium überhaupt leisten? Reiche Eltern kann ich mir bei ihr eigentlich nicht vorstellen, das passt nicht zu ihren Klamotten und dem verbeulten Auto, das sie fährt ...

Ich schüttele energisch den Kopf. Darüber sollte ich mir überhaupt keine Gedanken machen. Am Ende ist Lóa auch nur jemand, der mir geholfen hat, und ein netter Zeitvertreib. Kein Grund, mir irgendwelche tiefgründigen Fragen über sie zu stellen, wenn ich im besten Fall morgen eh im Flieger nach Hause sitze.

Als hätten meine Gedanken ihr das Stichwort gegeben, taucht sie auf der Terrasse auf. Im ersten Moment wirkt ihre Miene angespannt, und ihre Augen sehen glasig aus, doch sobald sie mich erblickt, setzt sie ein Lächeln auf, das diesen Eindruck sofort beiseiteschiebt.

Sie betritt das Tiny House, und mein Blick bleibt automatisch an ihrer Kleidung hängen: schwarze Leggings und ein übergroßer Hoodie, auf dem eine Katze einen Gabelstapler steuert, der mit Thunfischdosen beladen ist.

»*Forklift Certified*«, lese ich den Text darunter vor.

Überrascht blickt Lóa an sich hinab, ehe sie blitzschnell

die Hände vor der Brust verschränkt. Ein kläglicher Versuch, den Print zu überdecken.

»Ist das ein Meme?«

»So was in der Art.« Kommt es mir nur so vor, oder ist sie beschämt darüber, dass ich den Pulli überhaupt angesprochen habe? »Wollen wir los?«

»Ja, klar.«

Irgendwie ist die Stimmung seltsam. Während ich ihr schweigend zum Auto folge, fällt es mir schwer, zu glauben, dass zwischen uns überhaupt etwas gelaufen ist. Dass wir mehr sind als nur eine seltsame Zweckgemeinschaft, weil sie angeboten hat, mir zu helfen.

Aber ich habe mir die Blicke der letzten beiden Tage sicher nicht eingebildet. Diese Elektrizität zwischen uns, die sich immer wieder aufbaut und mich Dinge tun lässt, ohne dass ich darüber nachdenke. Nur gerade ist davon nichts mehr zu spüren. Lóa wirkt abwesend, als sie sich ins Auto setzt und den Motor startet. Sie redet kein Wort mit mir. Die ganze Fahrt über nicht.

Immer wieder sehe ich sie nachdenklich von der Seite an, frage mich, ob ich irgendetwas Falsches gesagt oder getan habe. Doch ich komme zu keinem Ergebnis. Schließlich habe ich nur die Schrift auf ihrem Hoodie vorgelesen.

»Ist irgendetwas passiert?«, frage ich, als wir den Tunnel, der zur Insel Streymoy führt, verlassen.

Lóa zuckt ertappt zusammen. »Nein«, antwortet sie hastig. »Sorry, dass ich gerade so still bin, ich bin nur müde, das ist alles.«

»Ach so. Und ich dachte schon, du bist traurig, weil du meine erhabene Gesellschaft bald los bist.«

Jetzt grinst sie, plötzlich wieder wie ausgewechselt. »Ja, natürlich. Wird mir fehlen, dich im Schlaf reden zu hören.«

»Warte, was? Ich rede im Schlaf?« Lee hat das mal erwähnt, aber da habe ich es nur für alberne Stichelei gehalten.

»Oh ja.«

»Und was rede ich so?«

Lóa zuckt mit den Schultern. »Wenn ich das wüsste. Englisch ist es definitiv nicht.«

»Sorry ...« Beschämt vergrabe ich das Gesicht in meiner Hand. »So wie ich mich kenne, ist es sicher irgendwas, das ich fürs Studium auswendig gelernt habe und vor mich hinbete.«

»Auf Kantonesisch?«

»Ja. Englisch ist zwar auch meine Muttersprache, aber manchmal hilft es mir dabei, mir Sachen besser zu merken, wenn ich sie im Kopf übersetze.«

»Oh, wow. Vielleicht sollte ich das auch mal probieren. Mein Gedächtnis ist nämlich ein richtiges Sieb. Ich vergesse gefühlt alles, was man mir sagt und was ich tun muss.«

»Hilft aufschreiben?«, schlage ich vor.

»Nein. Ich vergesse dann einfach, auf den Zettel zu schauen.« Sie lächelt matt. »Daher beneide ich dich echt. Du scheinst richtig diszipliniert zu sein.«

»So sehr auch wieder nicht.« Keine Lüge, aber ebenso nicht die Wahrheit. Ich verbringe nicht jede freie Minute mit der Uni, sondern schätze meine Freizeit. Doch genau wie beim Lernen ist dabei jede einzelne Minute getaktet. Daher werde ich jetzt auch zunehmend nervös.

Wenn wir meinen Pass finden, buche ich sofort den nächsten Flug nach London. Vor dem Ende der Semesterferien wollte ich mich zu Hause eigentlich noch mit ein paar Freunden treffen, aber die werde ich nun vertrösten müssen, damit ich etwas mehr Zeit zum Lernen habe. Ein paar Tage durchpowern, dann sollte ich wieder in meinem Rhythmus sein.

Aber was, wenn wir ihn *nicht* finden? Als Erstes muss ich bei der Botschaft in Kopenhagen anrufen und hoffen, dass sie mir meinen Notfallpass so schnell wie möglich zuschicken. Danach muss ich meinen Vater anrufen und ihm übers Telefon erklären, wie der Scanner funktioniert, damit er mir ein paar Mitschriften zuschicken kann, die bei ihm zu Hause liegen. So wäre der ungeplante Urlaub zumindest nicht völlig verschwendet.

Und dann muss ich mir Gedanken machen, wo ich die nächsten Tage oder schlimmstenfalls Wochen verbringen soll. Sicher, Lóa hat mir schon angeboten, weiterhin bei ihr zu schlafen, aber ich fühle mich nicht wohl dabei, ihre Großzügigkeit auszunutzen. Dann wiederum …

Nachdenklich öffne ich mein Online-Banking und wünsche mir augenblicklich, ich hätte es nicht getan, denn solange ich nicht weiß, wie viel Geld ich auf dem Konto habe, kann ich nicht pleite sein, oder? Nein. Wem mache ich da etwas vor? Ich bin nicht vollkommen blank, aber auch nicht weit genug davon entfernt, um mir sorglos ein Hotel nehmen und den Rückflug bezahlen zu können. Eigentlich habe ich keine andere Option, als mich weiterhin auf Lóa zu verlassen, wenn ich Lee nicht um Geld anpumpen will.

Und das will ich unter keinen Umständen.

Meine Krise wird tiefer, als wir die Hauptstadt erreichen und Lóa zielsicher auf den Hafen zusteuert. Der vertraute Anblick treibt die Nervosität ins Unermessliche. Die bunten Gebäude. Die Statue mit den Monster-Möwen, an der mein Blick ein paar Sekunden zu lange hängen bleibt, weil ich plötzlich meine, Lóas Lippen wieder auf meinen zu spüren.

Auf dem Parkplatz neben dem Irish Pub kommen wir zum Stehen. Wir steigen aus, und sofort steigt mir der Geruch des Hafens in die Nase, der mir in den letzten Wochen so vertraut geworden ist. Salz, Seetang und Fisch.

Für färingische Standards ist heute viel los. Der Parkplatz ist zur Hälfte gefüllt, und Menschen spazieren am Kai entlang in Richtung der bunten Reihenhäuser, vor denen ein Fischmarkt aufgebaut ist.

Mit Lóa betrete ich das Pub, das an diesem frühen Nachmittag irgendwie viel kleiner wirkt als an den Abenden. Die rustikale Einrichtung lässt das Innere dunkler wirken, älter, und der Duft von Fish and Chips erinnert mich an zu Hause. An die Wohnung meines Vaters, die freitagabends immer genauso riecht. Ein Hauch von Heimweh überkommt mich.

Wir gehen gemeinsam zum Tresen, wo eine schwarze Frau in unserem Alter uns mit einem Lächeln begrüßt.

»Hey!«

»Hey«, erwidere ich. »Sprichst du Englisch?«

»Ja, klar.«

Wieso frage ich überhaupt? Bisher bin ich hier niemandem begegnet, der kein Englisch konnte. Selbst die älteren Menschen beherrschen ein paar Brocken.

»Ich war vorgestern Abend hier was trinken und kann meinen Pass seither nicht finden«, erkläre ich. »Habt ihr beim Aufräumen zufällig was gefunden?«

»Gib mir einen Moment.«

Eilig verschwindet die Frau durch eine Seitentür und lässt Lóa und mich an der Bar allein.

»Nervös?«, fragt meine Begleiterin vorsichtig.

»Nein, überhaupt nicht.«

Sie hebt amüsiert die Brauen, weil mein Versuch, heiter zu klingen, so kläglich scheitert. »Sicher ist er hier. Und wenn nicht, können wir noch bei der Touristeninformation vorbeischauen und im Hotel. Nur zur Sicherheit.«

Ich nicke. »Okay.«

Angespannt beiße ich die Zähne zusammen und versuche, mich auf meine Atmung zu konzentrieren. Letzteres hilft mir vor Prüfungen immer dabei, einen kühlen Kopf zu bewahren, aber gerade scheint mein Gehirn nur auf Panik programmiert zu sein. Ich gehe fieberhaft die verschiedenen Optionen durch, wo der Pass sein könnte, wo wir noch schauen könnten und was ich tun muss, wenn wir ihn nicht finden. Ich verfasse einen Plan B, C, D, doch selbst als ich bei L ankomme, fühle ich mich nicht für alle Eventualitäten gerüstet.

Die Barkeeperin kehrt zurück und stellt eine Kiste auf die Theke, die mich an eine alte Schatztruhe erinnert.

»Hier bewahren wir Fundsachen auf«, erklärt sie. »Einen verlorenen Pass melden wir eigentlich immer bei der zuständigen Botschaft, aber vielleicht hat mein Kollege es vergessen.«

Sie öffnet den Deckel, und für einen Moment komme ich mir vor wie in einem Videospiel, weil die Kiste einen Soundeffekt abspielt. Vermutlich irgendein Partygag, doch mir ist absolut nicht nach Lachen zumute. Schnell habe ich das Innere sondiert. Von Brillen über Kameras, Kappen und USB-Sticks bis hin zu Schlüsseln findet sich darin alles. Ein ganzer Berg von kleinen Schätzen, die die Leute hier im Pub verloren haben. Nur einen finde ich darunter nicht: meinen Pass.

Resigniert trete ich einen Schritt zurück und schüttele den Kopf.

»Nicht dabei?«, hakt die Frau zur Sicherheit nach.

»Nein. Aber trotzdem danke.«

»Gar kein Thema. Willst du mir deine Nummer dalassen, falls er doch noch auftaucht?«

Ich nicke. Plötzlich ist mir die Lust aufs Reden vergangen.

Als sie mir Stift und Block entgegenschiebt, nehme ich beides wortlos entgegen und schreibe meinen Namen und meine Handynummer darauf. Danach murmele ich noch ein leises Danke, bevor ich mich auch schon zum Ausgang begebe.

Meine Beine fühlen sich an, als würden sie nicht mir gehören, mein Nacken kribbelt unangenehm, und Übelkeit steigt in mir auf, gegen die auch die frische, kühle Luft nichts ausrichten kann. Abwesend gehe ich zur Hafenmauer und lasse mich darauf nieder. Ich denke kurz darüber nach, mir einfach ein Boot zu klauen und nach England zu segeln, verwerfe den Gedanken aber schnell wieder.

»Wir können es immer noch bei der Touristeninformation versuchen«, schlägt Lóa leise vor. »Oder im Hotel.«

Ich nicke abwesend, aber ich habe keine Hoffnung mehr. Es ist, wie die Barkeeperin gesagt hat: Hätte jemand meinen Pass gefunden, hätte derjenige sicher bei der Botschaft angerufen oder vielleicht versucht, mich auf Social Media zu finden. Aber bisher habe ich keinen verpassten Anruf und auch keine Nachrichtenanfrage in meinen DMs.

»Alex?«

Ich hebe den Blick und sehe ihr in die Augen. Sorge steht darin geschrieben, Mitleid. Ich kann nur ahnen, was für ein klägliches Bild ich plötzlich abgeben muss, nachdem ich mich bisher so bemüht hatte, cool zu wirken.

»Sorry«, murmele ich. »Ich kann es nur nicht leiden, wenn Dinge nicht nach Plan laufen.«

»Ich auch nicht. Aber manchmal ist das einfach so.«

»Ich weiß.«

»Lass uns weitersuchen. Vielleicht haben wir doch noch Glück.«

»Meinst du?« Keine Ahnung, woher sie diesen Optimismus nimmt, wie sie es schafft, zu lächeln, obwohl mir einfach nur nach Heulen zumute ist.

»Vielleicht.«

»Und wenn nicht?« Ich betrachte sie, während sie sich Zeit für die Antwort lässt. Im Geiste fahre ich mit den Fingern durch ihr weiches rotes Haar, zähle die Sommersprossen in ihrem Gesicht und bleibe mit dem Blick an ihren vollen hellrosa Lippen hängen. Unwillkürlich frage ich mich, was passiert wäre, wenn wir uns unter anderen Umständen kennengelernt hätten. In London auf irgendeiner Party oder auf dem Weg zur Vorlesung. Hätten wir je miteinander geredet? Hätte allein ihr Aussehen diese Sogwirkung auf mich? Würde ich trotzdem über sie nachdenken, als wäre sie mehr als ein One-Night-Stand?

»Wenn nicht …«, sagt sie schließlich, »fahren wir erst in den Supermarkt, um Tee zu kaufen, und dann nach Hause und sehen, wie wir weitermachen.«

Wir. Normalerweise würde ich dieses Wort belächeln, im schlimmsten Fall sogar verspotten. Es gibt in meinem Leben kein Wir. Nur mich. Mein Studium. Meine Karriere. Meine Zukunft. Aber gerade fühlt sich dieses *wir* wie das Einzige an, das mich bei Verstand hält. Das Einzige, das mich dazu bringt, die Hoffnung nicht aufzugeben. Und der Gedanke, nicht allein zu sein, macht diese Situation auf einmal ein bisschen erträglicher.

Lóa

Ich bin fasziniert davon, wie leicht es mir fällt, optimistisch zu bleiben, wenn nicht ich diejenige bin, die in der Scheiße steckt. Zumindest bis wir die Touristeninformation und das Hotel abgeklappert haben und sicher sind, dass Alex' Pass tatsächlich verschwunden ist. Danach muss auch ich einsehen, dass wir keine Optionen mehr haben und Alex hier festsitzt, bis die Botschaft seinen Notfallpass ausgestellt hat.

Wie es mir damit geht, weiß ich noch nicht. Einerseits finde ich seine Nähe nicht so anstrengend wie befürchtet, gleichzeitig weiß ich aber nicht, wie lange ich diese Rolle weiterspielen kann. Ich kann mich nicht einschätzen, das konnte ich nie, und so bleibt mir nichts übrig, als das zu tun, was Alex auch tut: weitermachen und hoffen, dass es schon irgendwie funktioniert.

Auf dem Rückweg halten wir am Bónus-Supermarkt in Sandavágur. Normalerweise vermeide ich es, um diese Tageszeit einkaufen zu gehen. Stattdessen wage ich mich sonst erst eine Stunde vor Ladenschluss in den Markt, wenn fast niemand mehr unterwegs ist außer ein paar Teenagern, die versuchen, Alkohol zu kaufen. Aber durch Alex sind meine Vorräte schneller geschrumpft als geplant. Außerdem will ich die Strecke nicht zweimal fahren müssen.

Zu meiner Erleichterung ist der Laden nicht so voll wie erwartet, was aber nichts heißt. Manchmal kann selbst ein einziges flackerndes Licht oder eine Person, die zu laut redet, zu viel für meinen Kopf sein. Aber ich hoffe auf das Beste, als ich mir einen Einkaufswagen schnappe und den Supermarkt mit Alex im Schlepptau betrete.

»Wow«, stößt er aus.

»Hm?«

»Nichts. Keine Ahnung, was ich erwartet hatte, aber irgendwie keinen ganz normalen Supermarkt.«

Ich runzele die Stirn, während ich den ersten Gang ansteuere. »Du bist doch jetzt schon zwei Wochen hier, oder? Warst du da nicht einmal einkaufen?«

»Nein. Zumindest nicht im Supermarkt. Wir haben im Hotel und in Restaurants gegessen oder uns irgendwo unterwegs ein paar Snacks und was zu trinken besorgt.«

»Ach so.«

»Kochst du oft?«

»Manchmal, je nachdem, wie viel Lust ich habe. Du?«

Alex grinst. »Nein. Mein Vater wollte immer einen Koch aus mir machen, aber ich hab null Feinmotorik und sollte besser nicht in die Nähe von Messern gelassen werden. Aber ich esse so ziemlich alles, also richte ich mich ganz nach dir.«

Ein Schauer wandert meinen Rücken hinab, als ich mir der Bedeutung dieser Worte bewusst werde. Die Sachen, die ich gern esse, lassen sich an zwei Händen abzählen, weil ich so verdammt wählerisch bin. Entweder schmeckt mir etwas nicht, oder die Textur stimmt nicht und lässt mich würgen. Ein Dilemma, mit dem ich mich schon seit meiner Kindheit herumschlage und für das ich bisher keine Lösung gefunden habe, egal, wie sehr ich probiert habe, es zu ändern.

Ich könnte es ihm erklären, aber ich bringe kein Wort heraus. Selbst bei Luka hat es Jahre gedauert, bis ich den Mut gefunden habe – oder eher: bis meine Familie es mir abgenommen und seinen Eltern davon erzählt hat.

Ein andermal, denke ich und versuche die Panik, die allein der Gedanke in mir auslöst, beiseitezuschieben. Ich bin wählerisch, ja, aber es gibt immerhin eine Handvoll halbwegs abwechslungsreiche Gerichte, die ich ohne Probleme herunterbekomme. Das wird für ein paar Tage reichen, ohne dass Alex Verdacht schöpft. Und danach … danach überlege ich mir einfach was.

»Falls dich irgendetwas anspricht«, sage ich zu Alex, »wirf es in den Einkaufswagen.«

Er nickt. »Sag mir dann einfach, was du bekommst, dann paypale ich dir den Betrag.«

»Okay.« Selbst dieses eine Wort kostet mich gerade so viel Kraft. Es fühlt sich an, als läge ein Strick um meine

Kehle, der mit jeder Sekunde in diesem Supermarkt enger wird.

Meine anfängliche Einschätzung, dass es gar nicht mal so voll ist, stellt sich als falsch heraus. Es ist voll – für mich. Ständig muss ich irgendwo warten, um an ein Regal zu kommen, weil jemand anders schon davorsteht. Und statt zu fragen, ob ich mir schnell etwas herausnehmen darf, stelle ich mich vor ein anderes und tue so, als würde ich die Waren dort mustern, während ich insgeheim darauf warte, dass die Person mir Platz macht.

Das passiert mehr als einmal. Dazu mischt sich der Lärm. Aus den Lautsprechern über uns dudelt ein Ed-Sheeran-Song. Die Luft ist stickig, riecht unangenehm nach Desinfektionsmittel. Wir biegen in den nächsten Gang ab, wo normalerweise die Konservendosen stehen, aber stattdessen sind hier jetzt Putzmittel. Der Markt muss umgeräumt haben. Unwillkürlich beschleunige ich meine Schritte. Eine Durchsage ertönt. Jemand soll zur Kasse zwei kommen. Irgendwo schreit ein Kind. In Gang drei finde ich endlich die Konservendosen, aber eine der Neonröhren flackert und verursacht mir Kopfschmerzen. Alex fragt, ob alles okay ist. Ich sage Ja und lächle, um die Lüge zu verbergen. Dann laufe ich weiter, gehe im Kopf die Sachen durch, die ich noch brauche. Ich entdecke den Tee und sage Alex, er soll sich eine Sorte aussuchen. Habe ich Karotten eingepackt? Nein. Aber das Gemüse ist zwei Gänge zurück, und ich will einfach nur hier raus. Dann eben ein andermal. Wer braucht schon Karotten?

Als wir die Kasse erreichen, lege ich unsere Waren fein

säuberlich aufs Band. Alles mit gleichem Abstand zueinander, sodass es genau passt. Wie Tetris. Ich spüre Alex' Blick auf mir, aber gerade habe ich nicht die Kraft, ihm zu erklären, warum ich das mache. Ich kämpfe mit mir, weil ich bei jedem *Biep* der Kasse zusammenzucken will.

Die Verkäuferin lächelt. Ich lächle zurück, gebe ihr meine Karte und packe die Einkäufe ein.

Raus hier.

Ich kralle meine Hände fest um den Griff des Einkaufswagens, um zu verhindern, dass sie sich von allein bewegen. Wahrscheinlich mache ich ohnehin schon den denkbar schlimmsten Eindruck auf Alex, da sollte ich wenigstens versuchen zu retten, was noch zu retten ist.

Die frische Luft hilft mir dabei. Sonnenlicht kitzelt meine Haut, und ich starre ein paar Sekunden in den klaren blauen Himmel, während ich tief durchatme. Ich habe es geschafft. Zielstrebig steuere ich auf mein Auto zu und öffne den Kofferraum. Dabei wird mir bewusst, dass Alex mich immer noch anstarrt.

»Ich gehe nur nicht gern einkaufen«, stelle ich daher klar und versuche, meiner Stimme einen möglichst festen Klang zu geben. »Ich finde das immer so stressig.«

Er nickt. »Kann ich nachvollziehen. Der Tesco bei uns zu Hause um die Ecke ist auch immer die Hölle.«

Ich bin mir sicher, dass er nicht die Wahrheit sagt, zumindest nicht die ganze, aber das habe ich wohl verdient, wenn ich selbst mit verdeckten Karten spiele, statt ihm zu erklären, dass mehr dahintersteckt als nur ein bisschen Stress.

»Wow, Supermarkt mit Meerblick.« Er wechselt das Thema und folgt dem Verlauf der Straße mit seinem Blick. Links von uns in der Richtung, aus der wir gekommen sind, befindet sich die Ortschaft Sandavágur. Gerade ist die Luft so klar, dass ich dahinter nicht nur die Bucht und das Meer erkennen kann, sondern auch die grünen Berge auf Streymoy.

»Nicht schlecht, oder?«, erwidere ich, dankbar für den Themenwechsel. »Hat das euer Tesco auch?«

»Nicht ganz, aber natürlich kann man unheimlich viele andere Wahrzeichen sehen.« Seine Stimme trieft vor Ironie. »Den Buckingham Palace, Westminster, die Tower Bridge ...«

»Oh, mein Gott, ist der Supermarkt an Bord eines Zeppelins oder so?«

Alex runzelt die Stirn. »Nein, wieso?«

»Na, wenn man all diese Sehenswürdigkeiten gleichzeitig sehen kann, muss er ja sehr weit oben sein.«

Er lacht. »Ach so. Sorry, ich war nicht darauf vorbereitet, dass du mit Ironie konterst.«

Ich weiß, dass er es nicht böse meint, aber trotzdem fühlt es sich an, als hätte ich einen Fehler gemacht. Als wäre ich übers Ziel hinausgeschossen, weil ich einfach nicht verstehe, wie man sich vernünftig mit anderen Menschen unterhalten soll.

»Sorry. Das war mies ausgedrückt.«

»Nein, ach was«, winkt Alex ab. »Warst du schon mal in London, oder warum kennst du dich so gut aus?«

»Nein. Ich dachte nur, es wäre logisch, dass nicht alle

großen Attraktionen an einem Ort sind.« Wieder nicht die ganze Wahrheit, denn auch wenn ich nie wirklich in London war, habe ich zumindest immer mal wieder mit dem Gedanken gespielt, dort Urlaub zu machen. Aber letztlich habe ich mich nie getraut, zu verreisen.

»So logisch ist das gar nicht«, sagt Alex. »Ein paar Leute kommen wirklich in die Stadt und denken, alles wäre an einem Fleck. Aber ich wette, das ist hier nicht anders.«

Ich zucke mit den Schultern. »Keine Ahnung. Ich glaube, wir sind ein so spezielles Reiseziel, dass es niemanden hierher verschlägt, der sich vorher nicht ein bisschen mit den Inseln auseinandergesetzt hat.«

»Autsch.«

»Was, du etwa nicht?«, frage ich amüsiert. Gerade hat Alex die letzte Flasche Cola in eine der Taschen, die ich immer im Auto liegen habe, gepackt und schließt nun den Kofferraum.

»Nicht so richtig«, gesteht er, während er mit mir den Einkaufswagen wegbringt. »Lee war mein Reiseleiter. Ich bin ehrlich gesagt einfach nur mitgekommen, weil ich etwas Urlaub nötig hatte.«

»Lóa?!« Eine Frauenstimme bringt mich aus dem Konzept. Irritiert blicke ich auf, direkt in das Gesicht meiner Tante Giulia.

Zu nah, warnt mich mein Kopf, aber das hat meine Familie nie gestört.

Giulia legt ihre Hand auf meinen Oberarm und zieht mich in eine halbe Umarmung. Der blumige Geruch ihres aufdringlichen Parfüms steigt mir in die Nase. »Wie schön, dich zu sehen.«

»Hey«, begrüße ich sie, aber dieses Mal will mir kein Lächeln gelingen. Nicht dass das nötig wäre, denn sie strahlt genug für uns beide.

»Warst du einkaufen?«

Wieso sollte ich sonst hier sein?, will ich erwidern, doch ich weiß, dass sie nur Small Talk macht. Auch wenn sich mir der Sinn hinter ihrer Frage nicht erschließt. »Ja.«

»Oh, wie schön. Und dein Freund ist ...?«

»Alex«, stellt dieser sich vor, als sie ihn so erwartungsvoll ansieht, dass er anscheinend nicht mal eine Übersetzung braucht. »Schön, Sie kennenzulernen.«

Sein Färingisch klingt holprig, aber ich bin überrascht, dass er überhaupt ein paar Worte unserer Landessprache kennt.

»Ganz meinerseits. Lóa, ich wusste gar nicht, dass du einen Freund hast?«

»Es ist –«

»Wie schön. Hach, das freut mich so sehr für dich!«

Ich weiß, dass sie ihre Worte aufrichtig meint, dennoch fühlen sie sich an wie Stiche. Nicht nur, weil ich nicht mit Alex zusammen bin, sondern auch wegen der Implikation dahinter. Die Anerkennung, dass jemand wie ich es geschafft hat, einen Freund zu finden. Als hätte sie nie damit gerechnet.

Genau deshalb gehe ich meiner Familie aus dem Weg. Weil sie trotz guter Absichten nicht verstehen wollen, dass ich auch nur ein normaler Mensch bin.

»Entschuldige, ich wollte dich gar nicht so überfallen.« Immerhin scheint sie mein Unwohlsein zu bemerken. »Ich hab gerade eine Freundin besucht und wollte auf dem Rückweg einkaufen, da hab ich dich gesehen.«

Giulia wohnt mit ihrem Mann auf Viðoy, der nördlichsten Insel. Früher habe ich sie am Wochenende oft besucht, weil sie und meine Mutter unbedingt wollten, dass ich mich mit ihrer Tochter Týra verstehe, aber das hat einfach nicht funktioniert.

»Wie schön«, antworte ich verzögert und vollkommen überfordert.

»Geht es dir gut? Was macht das Studium? Ah, tut mir leid, ich will dich gar nicht so bedrängen, ich sehe dich nur so selten, deshalb bin ich ganz aufgeregt. Du könntest mir ruhig mal auf WhatsApp schreiben.«

Ich nicke. Sie redet so verdammt viel, dass mir der Kopf schwirrt. »Entschuldige. Ich hab nur immer so viel zu tun mit …«

»Dem Haus, dem Studium, ich weiß. Týra ist ja genauso, vielleicht solltet ihr euch mal austauschen.«

»Ja.«

»Okay …« Ihr Lächeln schwindet. Vermutlich hat sie gehofft, mehr als ein paar Worte aus mir herauszubekommen, aber zu einem richtigen Gespräch bin ich gerade nicht fähig. Allein das Einkaufen hat mich schon den Großteil meiner Kraft gekostet, aber jetzt jemanden aus meiner Familie zu treffen, hat mir den Rest gegeben. Es ist einfach zu viel.

Trotzdem reiße ich mich ein letztes Mal zusammen, hebe die Mundwinkel, auch wenn es sich falsch anfühlt.

»Das ist eine gute Idee. Ich schreibe Tyra später mal und frage sie, wie Kopenhagen so ist.«

Alex

Die Begegnung mit Lóas Tante schwebt auch dann noch über ihr, als wir schon längst zurück in ihrem Haus sind. Ich habe nicht verstanden, worüber sie sich unterhalten haben, aber ohne Zweifel war es etwas, das Lóa auch jetzt noch belastet. Ihr Schweigen wiegt schwerer als sonst, und es fühlt sich unangebracht an, sie danach zu fragen. Zumal ich selbst ganz andere Sorgen habe.

Während sie sich zum Lesen ins Loft zurückgezogen hat, sitze ich auf dem Sofa an ihrem Laptop und versuche, alles für meinen Notfallpass in die Wege zu leiten. Das ist leichter gesagt als getan. Ich rufe zur Sicherheit die Botschaft in Kopenhagen an, was mich allein zwanzig Minuten in der Warteschleife kostet, nur um dann darauf hingewiesen zu werden, dass ich auf eine Webseite gehen muss, um dort ein Formular auszufüllen.

Zuerst klicke ich mich durch fünf verschiedene Fragen, um zu bestätigen, dass ich britischer Staatsbürger bin und auch *wirklich* ein Notfalldokument brauche und es nicht möglich ist, ein paar Wochen auf einen neuen Pass zu warten.

Danach kommt ein weiterer Fragebogen, in dem dasselbe in anderen Worten abgefragt wird. Wo stecke ich fest? Warum stecke ich fest? Und warum brauche ich Ersatz? Das allein ist so kräftezehrend, dass die Option mit dem geklauten Boot auf einmal wieder verführerisch wird.

Dann fragt mich die Webseite, wann ich meine Rückreise plane. Das wiederum weiß ich nicht, weil ich nicht ersehen kann, wie lange es dauert, bis der Notfallpass kommt. Also rufe ich erneut bei der Botschaft an, nur um dieselbe Antwort zu bekommen, die ich bereits auf der Webseite sehe: Sobald das Formular abgeschickt und das Notfalldokument bezahlt worden ist, dauert es normalerweise zwei Werktage. Es könnten aber auch ein paar Tage mehr werden, wenn ich persönlich vorstellig werden muss. Gegebenenfalls sogar noch länger, weil aktuell viel los ist. Manchmal auch mehrere Wochen, je nach Umständen.

Ob wohl ein paar YouTube-Videos reichen, um zu lernen, wie ich ein Boot navigiere und steuere?

Ich versuche, vorsichtig optimistisch zu bleiben, und rechne mit anderthalb Wochen für meine geplante Rückreise. Nicht ideal, aber welche Wahl habe ich schon?

Ich klicke auf Weiter und bekomme eine Fehlermeldung. Time-out, weil ich zu lange gebraucht habe, mir ein Rückreisedatum zu überlegen. Also noch mal von vorn.

Ich klicke mich erneut durch die Fragen und werde immer genervter.

> Where was your passport lost?
> Date you lost your passport

If only I fucking knew …

> Date of expiry

So langsam fühlt es sich an, als wollte mich die Webseite veralbern. All die Fragen zu einem Pass, den ich nicht mehr habe.

Danach wird es etwas leichter. Nur noch einige persönliche Informationen, meine Adresse, und dann ist Schritt Nummer eins geschafft.

Anschließend lade ich ein Foto von mir hoch. Danach alles, was ich an Dateien besitze, um irgendwie zu beweisen, dass ich auch wirklich ich bin. Es wäre klasse, wenn ich ein Foto von meinem Pass hätte, habe ich aber nicht. Also müssen mein Studierendenausweis und ein Kontoauszug mit Namen und Adresse genügen.

Ich zahle die Bearbeitungsgebühr von hundert Pfund und bitte darum, dass sie mir mein Notfalldokument hierherschicken, sobald es fertig ist, weil ich es schlecht selbst in Kopenhagen abholen kann.

Erledigt.

Eine E-Mail informiert mich darüber, dass mein Antrag eingegangen ist und schnellstmöglich bearbeitet wird.

Schnellstmöglich. Wenn die Zeit in der Warteschleife bei der Botschaft ein Indiz dafür ist, wie viel die Behörden zu tun haben, sitze ich vermutlich bis Neujahr hier fest.

Seufzend lege ich mein Handy beiseite und starre an die hohe Decke. Feine Regentropfen prasseln auf das Dachfenster, das einzige Geräusch im sonst stillen Haus, jetzt, wo ich nicht mehr wütend auf Lóas Laptop einhämmere. Eigentlich müsste ich meine Eltern und Lee anrufen, um sie upzudaten, aber gerade habe ich keine Kraft für ein weiteres Telefonat. Allein die Beantragung hat mich fast anderthalb Stunden gekostet.

Draußen wird es allmählich dunkel, was sicher auch den Regenwolken geschuldet ist. Ein weiterer Tag, der zu Ende geht. Ein weiterer Tag, den ich eigentlich mit Lernen verbringen wollte.

Ich mache mir einen Tee, was dank Lóas Etiketten erstaunlich reibungslos funktioniert. Auf Anhieb finde ich alles, was ich dafür brauche, und ich will sie schon fragen, ob sie auch einen möchte, bis ich mich erinnere, dass sie keinen mag. Unwillkürlich bleiben meine Gedanken daran hängen, dass sie weder Tee noch Kaffee noch Wasser trinkt, sondern nur Cola und Limonade. Gesund ist das sicher nicht, aber das weiß sie vermutlich selbst. Es steht mir nicht zu, sie deshalb zu verurteilen, vor allem, wenn ich bedenke, wie viel Zucker ich in meinen Tee schütte, bis es am Ende nur süße warme Milch mit Earl-Grey-Geschmack ist.

Ich trinke die lauwarme Flüssigkeit in einem Zug aus und stelle meine Tasse in die Spüle. Danach blicke ich mich unschlüssig um.

Mit dem Regen draußen bleibt mir nicht viel zu tun. Wenn ich schon nicht Lee oder meine Eltern anrufen will, könnte ich wenigstens schauen, ob Lóa okay ist. Aber auch diese Option erscheint mir nicht besonders prickelnd, weil ich meiner Gastgeberin Zeit für sich geben will.

Also setze ich mich zurück aufs Sofa und schalte eine Doku auf Netflix über Architektenhäuser in aller Welt an, um zumindest so zu tun, als würde ich mich mit etwas auseinandersetzen, das für mein Studium relevant ist.

Etwa bei der Hälfte der Folge höre ich über mir ein leises Vibrieren, gefolgt von Lóas Stimme.

»Hey …« Den Rest verstehe ich nicht, aber ich vermute, dass sie mit jemandem telefoniert. Ich mache den Fernseher etwas leiser, um sie nicht zu stören, und blende stattdessen die Untertitel ein, doch das Gespräch dauert nicht lange.

Danach kommt Lóa herunter und setzt sich neben mich.

»Was schaust du da?«

»Eine Dokumentation. Es geht um Architektur. Rory McTavish ist Makler, und er reist durch die Welt, um interessante Häuser zu entdecken.«

»Klingt nach einem Traumjob.«

»Oh ja«, gestehe ich. »Als Kind habe ich so was ständig im Fernsehen geschaut und wollte erst Architekt werden.«

»Aber?«, bohrt Lóa nach.

»Null Feinmotorik, schon vergessen? Daher hab ich das Nächstbeste genommen. Statt die Häuser zu designen, verkaufe ich sie einfach. Da sind die Jobaussichten auch wesentlich besser.«

»Das tut mir leid«, murmelt sie.

»Hm?«

»Früher habe ich nie verstanden, wieso Menschen einfach ihre Träume aufgeben für etwas, das bessere Jobaussichten hat. Es kam mir, keine Ahnung, irgendwie so vor, als hätten sie es einfach nur nicht richtig versucht. Mittlerweile weiß ich, dass Träume nicht unbedingt Essen auf den Tisch bringen, aber es macht mich traurig, dass es so sein muss.«

»Muss es nicht. Zumindest nicht bei mir. Ich mag das, was ich tue, sehr gern, aber da hab ich wohl Glück. Was ist mit dir?«

Lóa zuckt mit den Schultern. »Keine Ahnung.« Ich will nachbohren, doch sie kommt mir zuvor. »Kennst du diese Tage, an denen es eigentlich nicht mehr schlimmer kommen kann, aber dann passiert etwas, das dem Fass den Boden ausschlägt?«

»Das fragst du mich?« Beinahe muss ich lachen. »Hast du mein Leben in den letzten Tagen mal gesehen? Heute auch schon wieder: Ich war Ewigkeiten in der Warteschleife beim Konsulat.«

»Ja, tut mir leid. Ich hätte mir vielleicht vorher überlegen sollen, wem ich die Frage stelle. Sorry.«

»Schon okay«, erwidere ich. »Ich glaube, jetzt kann mich immerhin nichts mehr überraschen. Oder?«

Mir entgeht ihr Blick nicht. Aus dem Augenwinkel kann ich sehen, wie sie angespannt die Hände knetet und die Lippen zusammenpresst.

Oh nein.

»Lóa? Bitte sag mir nicht, dass ein Sturm hierher unterwegs ist und das ganze Haus wegpusten wird.«

»Das Haus ist zu schwer, keine Sorge.«

»Was ist es dann?«

Sie seufzt und scheint sich förmlich dazu zu zwingen, sich zu entspannen. »Du hast vielleicht gemerkt, dass es mir heute nicht so gut ging«, beginnt sie langsam. »Das ›es kommt immer schlimmer‹ war nicht nur auf dich bezogen. Du erinnerst dich an vorhin vor dem Supermarkt? Meine Tante?«

»Ja. Kommst du nicht mit ihr klar?«

»Doch, schon. Sie ist nett und alles, wir sind nur zwei sehr verschiedene Menschen. Jedenfalls hat sie da was falsch verstanden. Oder vielleicht hab ich mich auch falsch ausgedrückt … Jedenfalls geht sie wohl davon aus, dass wir beide zusammen sind. *Fest* zusammen.«

»Okay?«

»Und sie hat es natürlich sofort meiner Mutter geschrieben.«

»Oh nein.« Obwohl ich nicht weiß, was jetzt kommt, rechne ich mit dem Schlimmsten. Die Tratscherei ist in meiner Familie nämlich mindestens genauso furchtbar. Wenn ich als Teenager früher in dem Supermarkt einkaufen war, in dem meine Cousine gearbeitet hat, wusste Mum am selben Tag, welche ungesunden Sachen ich mir dort geholt hatte.

»Das am Telefon eben war sie. Sie hat sich beschwert, dass ich mich in letzter Zeit nicht so oft habe blicken lassen, was zugegebenermaßen stimmt. Und sie hat gefragt, ob wir morgen zum Abendessen vorbeikommen wollen.«

Wir. Da ist es schon wieder, dieses Wort, das mir sonst immer eine solche Angst einjagt. Aber gerade bin ich mehr amüsiert als alles andere. Vielleicht liegt es daran, dass ich in zwei Wochen ohnehin zu Hause sein werde. Vielleicht auch, weil mich wirklich nichts mehr überraschen kann. Oder weil ich genau weiß, wie es sich anfühlt, so überfürsorgliche Eltern zu haben.

»Ich will dich auf keinen Fall zu irgendwas zwingen«, führt Lóa weiter aus. »Ich weiß selbst, wie seltsam das alles klingt, und kann meiner Mutter einfach sagen, dass du leider keine Zeit hast. Nur würde es mir echt helfen, wenn du mitkommst und zumindest für den Abend so tust, als seist du mein Freund.«

»Klar.«

»Was?!« Lóa stockt und runzelt die Stirn, als hätte sie nicht mit einer so schnellen, eindeutigen Antwort gerechnet. »Bist du dir sicher? Ich meine, das ist –«

»Bin ich.«

»Aber –«

»Es ist echt kein Problem«, stelle ich klar. »Zu Hause in London habe ich ständig so getan, als wäre ich der feste Freund von irgendwem. Okay, es war nur ein Mal für eine Freundin, bis sie ihr Coming-out vor ihren Eltern hatte. Aber du siehst, ich hab Erfahrung.«

»Du lässt es klingen, als wäre das hier einfach nur ein alltäglicher Gefallen«, bemerkt Lóa kopfschüttelnd.

»Na ja, du lässt mich bei dir übernachten, ohne etwas

dafür zu verlangen. Da ist es das Mindeste, was ich tun kann.«

Sie grinst. »Ich würde dich auch so bei mir übernachten lassen.«

»Ja, aber so fühle ich mich nicht ganz so schäbig deswegen. Und wie schwer kann es schon sein? Ich kenne deinen Namen …«

»Oh, wow.«

» … weiß, wie du nackt aussiehst …«

Röte legt sich auf ihre Wangen, als ich den Arm auf die Rückenlehne des Sofas lege und mich ihr entgegenlehne.

» … weiß, wo ich dich küssen muss, damit du …«

Ein leises Stöhnen kommt über ihre Lippen, als ich leicht an der empfindlichen Stelle in ihrer Halsbeuge sauge.

»Genau das.«

Eigentlich wollte ich nur einen kleinen Scherz machen, doch ihr Stöhnen bringt mich schnell auf andere Gedanken. Ich schiebe meine Hand unter ihr Tanktop und hinauf zu ihrer Brust. Spielerisch fahre ich mit dem Daumen über ihren harten Nippel und genieße, wie empfindlich Lóa auf meine Berührungen reagiert.

»Ich glaube nicht, dass du das meinen Eltern erzählen solltest«, murmelt sie und legt den Kopf in den Nacken, damit ich sie weiterküssen kann.

»Hab ich auch nicht vor. Ich will damit nur sagen, dass ich dich inzwischen ein kleines bisschen kenne. Daher sollte es kein Problem sein, deinen Eltern etwas vorzuspielen.«

»Okay.«

Ich ziehe sie auf meinen Schoß und küsse ihre Lippen. Mit der einen Hand spiele ich weiter mit ihrem Nippel, während meine andere nun an ihrem Oberkörper hinab zum Bund ihrer Jogginghose wandert. Genüsslich langsam schiebe ich meine Hand darunter, bis meine Finger ihre empfindlichste Stelle erreichen und ich spüre, wie Lóa erwartungsvoll unter der Berührung erzittert. Dann halte ich inne.

»Oder sollen wir uns vorher noch ein bisschen nett unterhalten?«

»Lass uns das später machen«, murmelt sie schwer atmend.

»Sicher?«

»Alex, verdammt.«

»Das nehme ich dann als ›ja‹.«

Lóa

Die Sonne geht bereits unter, als wir den Tunnel verlassen, und taucht Streymoys Berge in ein glühendes Orange. Nur vereinzelte Wolken hängen am Himmel, und es gäbe einiges, was ich lieber täte, als in die Hauptstadt zu fahren. Genauer gesagt wäre mir alles lieber als das, was uns bevorsteht.

Das Abendessen mit meinen Eltern wirft schon den ganzen Tag einen Schatten auf meine Stimmung. Vorhin habe ich nur mit Mühe die Kraft gefunden, das Haus zu verlassen und ein bisschen zu arbeiten, während Alex die meiste Zeit damit verbracht hat, sich von seinem Vater alte Mitschriften aus den Vorlesungen mailen zu lassen.

Ich beneide ihn um diese Disziplin. Er lernt schon jetzt für das neue Semester, während ich nur wenige Tage vor dem offiziellen Beginn der Vorlesungszeit nicht einmal weiß, ob ich überhaupt zur Uni gehen werde. Das war schon immer ein großes Problem für mich: die vollen Vorlesungssäle, mich auf Kommando konzentrieren zu müssen, der Druck … Aber irgendwie fühlt es sich dieses Mal schlimmer an als je zuvor.

»Bist du nervös?«, fragt Alex, der das Zittern meiner Hände am Lenkrad offenbar bemerkt hat.

»Nein, überhaupt nicht.«

»Es sind nur deine Eltern. Wie schlimm kann es schon werden?«

Sehr schlimm, denke ich, ohne zu antworten.

»Okay«, sagt Alex, nachdem wir eine Weile geschwiegen haben. »Dann lass uns das noch mal durchgehen. Dein Name ist Lóa, richtig?«

»Eigentlich lautet er Lola.«

»Echt?«

»Nein.« Ich verdrehe die Augen. Ich will ihm sagen, dass ich das gerade nicht kann, diesen lockeren Small Talk. Dabei weiß ich, dass er recht hat. Wenn wir wirklich so tun wollen, als wären wir zusammen, wäre es nicht schlecht, mehr übereinander zu wissen als nur, wie wir nackt aussehen. Deshalb tue ich mein Bestes, ihm zuzuhören, als er das, was er über mich weiß, rezitiert.

»Du heißt Lóa Olsen, bist zwanzig Jahre alt und studierst Biologie im Bachelor, richtig?«

»Ja. Und du heißt Alex Jones, bist zweiundzwanzig und studierst Wirtschaft im Master in London. Du willst irgendwann Makler für Luxusimmobilien werden.«

»Warum fühlt es sich so an, als wüsste ich fast gar nichts über dich?«

Ich lächle matt. »Vielleicht bin ich einfach gern mysteriös?«

»Haha. Nein, aber im Ernst, denkst du nicht, es fällt auf, wenn ich nur das über dich weiß? Wir sind schließlich das glücklichste Paar, das es je gegeben hat.«

»Oh ja, natürlich, wie konnte ich das nur vergessen.«

»Also?«

Ich seufze. Ich hasse es, von mir erzählen zu müssen, ohne dass ich konkret nach etwas Spezifischem gefragt werde. Das war schon in der Schule furchtbar. *Erzähl uns etwas über dich!* Was genau? Meine Lieblingsfarbe, mein Lieblingsdino, oder wollt ihr eine Liste davon, welche Müslisorten ich nicht essen kann, weil sie in der Milch zu schnell weich werden?

»Was machst du sonst so, wenn du nicht studierst?«

Ich denke nach, und Übelkeit steigt in mir auf, als mir klar wird, wie tief das Loch ist, das ich mir die letzten Tage gegraben habe. Ich habe mir so viel Mühe gegeben, Alex nur das sehen zu lassen, was ich ihn sehen lassen wollte, und mich von einer Seite zu präsentieren, die nur wenig mit der echten Lóa gemeinsam hat. Aber meine Eltern kennen diese Seite nicht. Zugegeben, sie kennen mich auch nicht so gut, wie sie denken, aber es wird schwer werden, weiter meine Rolle zu spielen, ohne dass jemand Verdacht schöpft. Und ich bin jetzt schon an meinem Limit.

»Ich arbeite.«

»Warte, was?!«, stößt Alex schockiert aus. »Du hast einen Job? Das hast du gar nicht erwähnt.«

»Es ist mehr so ein Freelancer-Ding«, erkläre ich gedehnt. »Ich arbeite für den Naturschutzbund und überwache die Vogelpopulation oder prüfe die Wasserqualität in unseren Seen und solchen Kram. Deshalb auch das Auto.«

»Wow. Das ist –«

»Ziemlich langweilig, ich weiß«, lüge ich.

»Nein. Ziemlich cool sogar. Hätte ich gar nicht von dir erwartet.«

»Was ist mit dir?«, wechsele ich schnell das Thema. »Irgendwelche Nebenjobs, über die ich Bescheid wissen sollte?«

»Nichts Wichtiges. Ich jobbe mal hier und mal da, um neben dem Studium ein bisschen Geld zu verdienen. In den Semesterferien habe ich ein Praktikum bei einer Immobilienfirma gemacht.«

»In deinem Leben wird es wohl nie langweilig, oder?«

»Wie meinst du das?«

»Du machst viel fürs Studium, arbeitest sogar in deinen Ferien an deiner Karriere und machst ständig was mit Freunden. Klingt zumindest so, als wäre dein Terminplan immer prall gefüllt.«

»Das stimmt wohl …«, murmelt Alex, als würde er diesen Umstand zum ersten Mal realisieren. »Wird schwer, deinen Eltern zu erklären, wie wir uns eigentlich kennengelernt haben.«

Ein Schauer läuft mir über den Rücken. Mist. Ich bin so in Panik gewesen, dass ich nicht einmal darüber nachgedacht habe, wie ich das alles hier in irgendeiner Weise erklären soll. Ich kann ihnen schlecht auf die Nase binden, was *wirklich* passiert ist. Wie Alex und ich uns kennengelernt haben.

»Internet?«, schlägt er vor.

»Ich denke mal, das wäre okay. Solange wir ihnen nicht die Wahrheit sagen wollen, bleibt uns gar nichts anderes übrig, wenn es nicht komisch klingen soll.«

»Gut. Dann würde ich sagen, wir sind schon über ein Jahr befreundet und jetzt seit knapp zwei Monaten zusammen. Das hier ist mein zweiter Trip auf die Färöer-Inseln. Passt das in etwa?«

Ich nicke, überrascht darüber, wie schnell er diese Geschichte zusammengeschustert hat. »Sie werden sicher wütend sein, weil ich dich ihnen nicht früher vorgestellt habe.«

»Du wolltest einfach nur nichts überstürzen. Schließlich ist so eine Fernbeziehung eine echte Herausforderung.«

»Okay, klingt gut. Und wo im Internet haben wir uns kennengelernt? Meine Eltern können sich denken, dass ich kein Tinder oder so benutze.«

»World of Warcraft.«

»Wie kommst du denn darauf?«, frage ich ertappt.

»Hab's auf deinem Laptop gesehen.« *Natürlich.* So viel zu meinen Bemühungen, nicht wie ein absoluter Nerd rüberzukommen. »Es ist bei mir schon eine Weile her, aber bevor ich mit dem Studium angefangen habe, habe ich ziemlich viel gezockt. Also falls es wirklich so weit kommt, dass sie Details wissen wollen, sagen wir einfach, wir haben uns über einen Raid kennengelernt. Okay?«

»Okay.«

Mittlerweile haben wir den Rand der Hauptstadt erreicht. Das Gespräch mit Alex hat kurzfristig geholfen, aber jetzt brodelt wieder die Panik in mir wie ein Vulkan kurz vor dem Ausbruch. Ich habe keine Ahnung, wie ich das schaffen soll, wie ich diesen Spagat zwischen der alten und der neuen Lóa hinbekomme. Oder wie ich meinen Eltern überhaupt unter die Augen treten soll. Es ist schon eine ganze Weile her, seit ich mich das letzte Mal bei ihnen habe blicken lassen, und seit ich ausgezogen bin, ist die Stimmung zwischen uns ohnehin ziemlich unterkühlt.

Meine Eltern wohnen etwas außerhalb im Norden Tórshavns. Ich folge dem äußeren Stadtring vorbei an meiner alten Grundschule, bis ich links in ein Wohngebiet einbiege. Die Häuser stehen hier in größeren Abständen verteilt an einem Hang, von dem aus man einen Blick auf das Meer und die Nachbarinsel Nólsoy hat. Im Licht der untergehenden Sonne wirkt es so, als würde sie in einem Ozean aus flüssigem Gold versinken – ein idyllischer Ausblick, verglichen damit, wie es in mir drinnen aussieht.

Links am Beginn einer Sackgasse steht das Haus meiner Eltern. Wie viele der Gebäude hier besitzt es eine dunkle, fast schwarze Holzfassade, die einen scharfen Kontrast zu den weiß gerahmten Fenstern bildet. Ich parke das Auto direkt vor der Garage. Dabei muss ich nicht mal zur Seite sehen, um zu wissen, dass meine Mutter uns vom Küchenfenster aus beobachtet.

Zögernd schalte ich den Motor aus, obwohl ich am liebsten auf der Stelle umkehren würde. Aber jetzt haben sie mich schon gesehen. Zu spät für eine weitere fadenscheinige Ausrede, wie ich sie ihnen in letzter Zeit viel zu oft aufgetischt habe.

Keine Zeit. Das Studium nimmt mich zu sehr ein. Ich muss lernen.

Wer's glaubt.

»Bevor wir reingehen«, flüstert Alex, als wären die Wände des Hauses so dünn, dass meine Eltern ihn von drinnen aus hören könnten, »fällt dir noch irgendwas ein, das ich unbedingt wissen sollte?«

Eine ganze Menge, zumindest in der Theorie. Dass ich Autistin bin, zum Beispiel. Oder dass meine Beziehung zu meiner Familie alles andere als rosig ist. Dass es besser wäre, wir würden einfach verschwinden und kein Wort mehr darüber verlieren.

Nichts davon bringe ich heraus. »Lass uns gehen.«

Meine Knie zittern, als ich aus dem Auto steige. Ein kalter, stürmischer Wind bläst mir die Haare ins Gesicht, lässt meine Augen brennen. Vermutlich zögere ich ziemlich lange, denn plötzlich ist Alex neben mir und streicht eine meiner verirrten Haarsträhnen zur Seite. Sein Lächeln ist dabei absolut einnehmend, als wäre er bereits ganz in die Rolle des perfekten Schwiegersohns vertieft.

»Wir kriegen das hin«, raunt er mir ermutigend zu, und ich nicke steif. Er ergreift meine Hand, und gerade bin ich nicht mal erschrocken über die unerwartete Berührung, sondern dankbar. Etwas, woran ich mich klammern kann, während die Welt sich um mich herum zu drehen beginnt.

Mein Herz rast so schnell, dass ich förmlich erwarte,

es könnte mir jeden Moment aus der Brust springen. Und meine Füße scheinen wie im Boden verankert.

Schlechte Idee. Verdammt schlechte Idee.

»Wir können umdrehen«, schlägt Alex vor. »Ich kann so tun, als hätte ich Migräne.«

»Nein.« *Ich hab sie schon zu oft vertröstet.*

Ich nehme alle Kraft zusammen, um meine Finger mit seinen zu verschränken und den Blick von seinem Gesicht zu lösen. Stocksteif setze ich einen Fuß vor den anderen, bis wir die Tür erreichen. Dort muss ich nicht einmal klingeln. Mein Vater öffnet die Tür und nickt mir zu, als wäre ich nur eine alte Bekannte, die er auf der Straße trifft.

»Da seid ihr ja endlich.«

Endlich. Weil pünktlich auf die Minute zu sein anscheinend bedeutet, dass man viel zu spät ist.

»Hey, Papa«, begrüße ich ihn, den Seitenhieb ignorierend, bevor ich ins Englische wechsele. »Darf ich dir meinen Freund Alex vorstellen?«

»Freut mich, Sie kennenzulernen, Sir.«

»Thorben«, stellt mein Vater sich vor und schüttelt Alex' Hand, ein breites Grinsen im Gesicht. Fast kommt es mir so vor, als würde er sich mehr über ihn freuen als über mich. »Kommt rein. Das Essen ist fast fertig. Findest du dich noch zurecht, Lóa, so lange, wie du schon nicht mehr hier warst?«

»Klar.«

Er geht voraus ins Wohnzimmer, während Alex und ich an der Tür zurückbleiben. Es fühlt sich an, als würde Strom durch meinen Körper fließen, dabei hat der Abend gerade erst begonnen.

»Lóa?«, raunt Alex.

»Geht schon.« Ich drücke seine Hand kurz, bevor ich sie loslasse und die Haustür hinter uns zuziehe. Wir streifen gerade unsere Schuhe ab, als sich jemand anders nähert. Das leise, hastige Kratzen ihrer Pfoten würde ich überall erkennen. Zelda, unsere Golden-Retriever-Hündin, kommt auf mich zugesprintet und wedelt freudig mit dem Schwanz. Ich gehe in die Knie und vergrabe meine Hände in ihrem langen, welligen Fell, ziehe sie in eine Umarmung, die mir für einen Moment wieder mehr Luft zum Atmen gibt.

Wenigstens eine, die sich freut, mich zu sehen, und zwar dafür umso mehr.

»Du hast nicht erwähnt, dass deine Eltern einen Hund haben«, bemerkt Alex, der sich nun ebenfalls beschnuppern lässt.

»Sorry, ich hab nicht dran gedacht«, antworte ich ausweichend. »Alex, darf ich vorstellen: Das ist Zelda.«

»Wie die Prinzessin?«

»Wie die Prinzessin«, bestätige ich.

Gern würde ich einfach hier im Flur bleiben, um weiter mit Zelda zu kuscheln, bis sie mir irgendwann eines ihrer Spielzeuge bringt, doch mir ist klar, dass ich nicht nur wegen meiner Hündin hier bin. Auch wenn ich wünschte, es wäre so.

Ich richte mich auf und gehe mit Alex zusammen ins Wohnzimmer. Beinahe bin ich überrascht darüber, wie wenig sich seit meinem letzten Besuch hier verändert hat. Die Holzdielen knarzen immer noch an derselben Stelle, das Feuer im Kamin erhitzt den Raum, sodass es mir beinahe schon zu stickig ist. Unter den vertrauten Geruch des Hauses nach Holz, Nikotin und dem Chlorreiniger, den mein Vater gern benutzt, mischt sich der Geruch von Essen. Offenbar hat meine Mutter wirklich auf den Punkt genau gekocht. Eine kleine Erleichterung. Immerhin müssen wir dann nicht so lange herumsitzen.

»Hier bist du also aufgewachsen?«, fragt Alex.

»Mhm.«

»Schwer vorstellbar ...«

Ich muss nicht fragen, wieso. Das Haus meiner Eltern ist das genaue Gegenteil von meinem. Dunkle, schwere Möbel, verschiedenfarbige Teppiche, schummriges Licht und fast keine Wand, die nicht mit Fotos und Gemälden vollgehängt ist. Ein immenser Kontrast zu meinem eher minimalistischen Zuhause, das nur deshalb nicht leer wirkt, weil ich mir ständig neue Zimmerpflanzen anschaffe.

»Kannst du kurz auf die Soße aufpassen? Ich will Hallo sagen«, höre ich die Stimme meiner Mutter aus der angrenzenden Küche, bevor sie auch schon ins Wohnzimmer tritt.

Ich werde nie verstehen, wie ein Lächeln gleichermaßen so herzlich und vorwurfsvoll aussehen kann. »Lóa!« Sie zieht mich in eine Umarmung, in der ich mich augenblicklich versteife. Eigentlich weiß sie, dass ich das nicht leiden kann, aber ausnahmsweise wehre ich mich nicht dagegen. Das habe ich wohl verdient, nachdem ich mich so lange nicht gemeldet habe.

»Wie schön, dich wiederzusehen! Und das hier muss dein Freund sein. Alex, richtig?«

»Genau, freut mich sehr, Sie kennenzulernen.« Auch die

Hand meiner Mutter schüttelt Alex wie ein wahrer Gentleman. Ich beneide ihn darum, wie leicht es ihm offenbar fällt, sich dieser vollkommen fremden Situation anzupassen, während mein eigenes Gehirn einem Kurzschluss nahe ist.

»Ganz meinerseits. Wir hatten uns wirklich schon gefragt, ob Lóa uns jemals einen Freund vorstellen würde. Aber sie kann uns zum Glück nicht alles verheimlichen.« Sie lässt es wie einen Scherz klingen, doch die Stichelei tut trotzdem weh.

»Es tut mir leid, dass wir so lange gewartet haben«, plappert Alex munter weiter. »Das liegt wohl in erster Linie an mir. Ich wollte damit warten, bis ... bis wir uns an die Situation gewöhnt haben.«

»Dann seid ihr schon eine Weile zusammen?«

»Zwei Monate«, erkläre ich. »Noch nicht so lange also.«

»Wollt ihr was trinken? Ich habe einen ausgezeichneten Cabernet Sauvignon, der perfekt zum Abendessen passt.«

»Sehr gern«, antwortet Alex.

»Und du, Lóa? Das Übliche?«

»Ja, bitte«, bringe ich zwischen zusammengebissenen Zähnen hervor.

»Dann setzt euch, das Essen ist so gut wie fertig.«

Im Wohnzimmer gibt es einen separaten Essbereich mit einem riesigen Tisch. Meine Eltern lieben es, andere einzuladen, weshalb sie auch heute die großen Geschütze aufgefahren haben. Das gute Geschirr aus dem Wohnzimmerschrank mit auf Hochglanz poliertem Besteck. Exzessive

Tischdekoration aus bunten Blättern und goldenen Kerzen, passend zum anbrechenden Herbst.

»Kommt sonst noch jemand?«, raunt Alex mir zu, nachdem er neben mir Platz genommen hat.

»Nein. Meine Eltern kochen nur beide unheimlich gern und machen daraus immer eine riesige Veranstaltung.«

»Klingt doch ganz nett.«

»Ja.« *Wenn man in diese Welt hineinpasst.*

Erinnerungen aus meiner Kindheit tauchen vor mir auf, an die vielen Partys, die meine Eltern regelmäßig veranstaltet haben. An die Streite, weil ich oft nicht gegessen habe, was auf den Tisch kam, oder weil ich nörgelig wurde, wenn ich zu lange still sitzen musste.

Wut steigt in mir auf, die ich zusammen mit meinem Blick auf die riesige handgeschnitzte Uhr richte, die über dem Kopfende des Tisches hängt. Schon früher habe ich diese Antiquität gehasst, weil sie nicht nur zu jeder vollen Stunde einen furchtbaren Lärm veranstaltet hat, sondern auf dem Ziffernblatt auch noch ein Fehler ist. Mittlerweile ist sie nur noch Dekoration, es ist Jahre her, dass jemand sie aufgezogen hat, aber der Fehler bleibt. Die römischen Ziffern. I, II, III, IIII ... Wie immer hängt sich mein Blick daran auf. Es müsste IV heißen, nicht IIII. Daran habe ich mich schon als Kind gestört, doch selbst jetzt fällt es mir schwer, einfach nicht darauf zu achten.

Meine Eltern kommen herein und servieren uns die Vorspeise auf eleganten Glastellern. Einen bunten Salat mit Walnüssen und Ziegenkäse mit irgendeinem speziellen Olivenöl, das ein Kollege meines Vaters ihm von seiner Italienreise mitgebracht hat. Meine Mutter stellt eine Flasche Cola vor mich auf den Tisch, deren Inhalt ich aus Trotz in eines der Weingläser fülle, während Alex den guten Wein eingeschenkt bekommt.

Wenn ich nicht hier bin, frage ich mich immer wieder, ob die Erinnerungen an das Haus meiner Eltern vielleicht zu harsch sind, ob ich sie zu Unrecht verurteile und alles nur in meinem Kopf so schlimm ist. Aber in Momenten wie diesen weiß ich, dass ich recht habe. Dass ich mir die frostige Stimmung nicht eingebildet habe. Dass es sich wirklich so anfühlt, als wäre ich eine Fremde in dem Haus, in dem ich aufgewachsen bin.

Um mich abzulenken, mache ich mich daran, meinen Salat so zu sezieren, dass kein Krümel Ziegenkäse mehr an den Blättern hängt. Dabei spüre ich genau, dass meine Mutter mich beobachtet, aber ausnahmsweise – vermutlich Alex zuliebe – hält sie einen Kommentar zurück.

»Also, Alex, erzähl mal von dir«, fordert meine Mutter ihn auf.

Alex lächelt. »Hat Lóa denn schon irgendwas verraten?«

»Wo denkst du hin, natürlich nicht. Woher kommst du?«

»Aus London. Da studiere ich auch gerade Wirtschaft im Master.«

»Aus London?«, wiederholt mein Vater erstaunt. »Wie habt ihr euch denn dann kennengelernt?«

Während Alex ihnen unsere ausgedachte Geschichte auftischt, bin ich dankbar dafür, dass wir uns im Auto kurz darüber unterhalten haben. So habe ich immerhin Gelegenheit, alles abzunicken, statt nur verblüfft dabei zuzusehen, was er da alles aus dem Ärmel schüttelt. Allerdings schmückt er seine Erzählung mit zahlreichen nicht abgesprochenen Details aus. Angefangen von unserem ersten vermeintlichen Videocall über seinen angeblichen Besuch vor zwei Monaten bis jetzt, weil er mich vor Semesterbeginn unbedingt noch einmal sehen wollte. Er ist gut darin, und das schlechte Gewissen, meine Eltern anzulügen, hält sich in Grenzen, weil Alex dieses Abendessen ein gutes Stück erträglicher macht. Er übernimmt das Reden. Er ist das Zentrum der Aufmerksamkeit, während ich nur still danebensitze und die Salatblätter einzeln esse. Und auch Zelda, die es sich zu meinen Füßen bequem gemacht hat, lässt die Situation etwas weniger bedrohlich erscheinen.

So schaffen wir es fast reibungslos durch die Vorspeise, doch damit bin ich noch lange nicht aus dem Schneider. Schlagartig schlimmer wird es, als meine Eltern den Hauptgang präsentieren. Es gibt Entenbrust. Dazu Kartoffelpüree und Rotkohl. Und nichts davon esse ich. Vor allem kein Fleisch.

»Papa, ihr wisst doch, dass ich Vegetarierin bin«, beschwere ich mich, als der perfekt garnierte Teller vor mir auf dem Tisch landet. Gänsehaut überzieht meine Arme, als ich das in Scheiben geschnittene Fleisch betrachte, das innen noch leicht rosa ist.

»Tut mir leid, Schatz, ich hab nicht mehr daran gedacht. Iss einfach den Rest, ja?«

Wenn das nur so einfach wäre ...

Während die anderen bereits zuschlagen, stochere ich missmutig in meinem Kartoffelpüree herum. Vielleicht hat es sich inzwischen gebessert? Ich nehme vorsichtig ein winziges bisschen auf das Ende meiner Gabel und schiebe es mir in den Mund. Im ersten Moment nehme ich nur den Geschmack wahr und bin tatsächlich überrascht, wie gut er ist. Doch dann spüre ich die mehlige Textur auf meiner Zunge, ein winziges Bröckchen, das mein Vater beim Kochen nicht ordentlich zerstampft hat. Ein Würgen überkommt mich. Ich balle die Füße zusammen, unterdrücke den Impuls, mich hier und jetzt zu übergeben, und schnappe mir hastig mein Glas, das ich in einem Zug leer trinke. Ich schenke mir nach. Trinke erneut, bis ich nichts mehr schmecke außer der Süße der Cola. Bis das Prickeln der Kohlensäure das mehlige Gefühl ersetzt.

Scheiße.

»Wie läuft die Uni so? Freust du dich schon auf das neue Jahr?« Meine Mutter tut so, als wäre nichts gewesen, dabei habe ich ihren und Papas Blick deutlich auf mir gespürt. Und den von Alex ... Was er sich wohl denken mag? Ob ich einfach sagen kann, ich hätte mich verschluckt? Oder dass es nur am Fleisch lag?

»Gut«, antworte ich. »Die Uni läuft gut.«

»Wie schön. Alex in deinem Leben zu haben, hilft dir vielleicht ein bisschen.«

»Wobei?« Alex scheint seinen Fehler sofort zu erkennen. Kaum merklich zuckt sein Adamsapfel in die Höhe, und ich würde ihm am liebsten meinen Ellenbogen in die Seite stoßen. Aber das würde seine Frage nicht rückgängig machen. Der Ball ist längst im Rollen. Jetzt passiert genau das, was ich um alles in der Welt vermeiden wollte.

»Na, in die Universität zu gehen«, erklärt meine Mutter wie selbstverständlich. »Das fällt ihr nämlich gar nicht so leicht mit ihrer *Diagnose*. Sag bloß, sie hat dir nicht davon erzählt.«

»Nur grob«, antwortet Alex ausweichend. »Wir wollen uns Zeit damit lassen, über Themen zu reden, die uns schwerfallen.«

»Ach, so schlimm ist das gar nicht. Lóa ist damit groß geworden und schon früh diagnostiziert worden. Sie ist eben anders, aber sie kann damit leben.«

Kann sie das?, schießt es mir durch den Kopf, als wäre diese Lóa eine andere Person und nicht ich selbst. Das würde dieses Gespräch zumindest einfacher, wenn auch nicht weniger unangenehm machen.

»Nicht wahr, Lóa?«

»Mhm.«

»Natürlich war es damals ein Riesenschock für uns«, redet meine Mutter weiter. »Ich meine, man hört ja ständig von diesen psychischen Krankheiten und Entwicklungsstörungen, aber man rechnet irgendwie nicht damit, dass es plötzlich jemanden betreffen könnte, der einem nahesteht. Aber man muss das Leben nun mal so nehmen, wie es ist. Und bloß, weil Lóa Asperger hat, ist sie trotzdem noch sie selbst.«

Ich beiße mir so fest auf die Innenseite der Lippe, dass es wehtut. Meine Hände zittern, und meine Gabel landet klirrend auf dem Teller.

»Was Sigrid damit sagen will ...«, springt nun auch mein Vater mit ein, »wir sind froh, dass Lóa jemanden gefunden hat, der das genauso sieht. Der sie so akzeptiert, wie sie ist, nachdem sie es in der Schule immer so schwer hatte.«

Vielleicht wollen sie sich noch dafür bedanken, dass Alex sich dazu herabgelassen hat, mit mir auszugehen? Dieser und tausend andere Kommentare, Zurechtweisungen und Flüche sammeln sich in meiner Kehle. Aber sie stecken da einfach fest und verhindern, dass auch nur irgendein Laut über meine Lippen kommt.

»Verstehe«, erwidert Alex und klingt dabei fast ein bisschen hilflos.

»Bist du fertig mit deinem Essen?« Plötzlich wendet sich meine Mutter an mich, als würde ihr jetzt erst auffallen, dass ich überhaupt da bin. »Wir warten nur auf dich.«

»Ja.«

»Hat es dir nicht geschmeckt?«

»Hatte nur keinen Hunger. Tut mir leid.«

Ich antworte wie mechanisch. Eigentlich müsste diese Situation für mich mittlerweile reine Routine sein. Meine Eltern laden jemanden zum Essen ein und erzählen ihm alles über meine Diagnose. Reden über mich wie über eine Soap, die sie letztens im Fernsehen gesehen haben, während ich nur danebensitze und kein Wort herausbekomme. So lief es schon meine ganze Kindheit über ab. Wie konnte ich nur so naiv sein, zu glauben, dass sich irgendwas geändert hat, wenn ich plötzlich mit Alex hier auftauche?

So viel zu meinem Geheimnis.

So viel dazu, wie ein normaler Mensch zu wirken.

So viel zur neuen Lóa.

Alex

Ich muss sie nicht gut kennen, um zu wissen, wie sehr die Situation Lóa zu schaffen macht. Schon bevor wir überhaupt ihr Elternhaus betreten haben, habe ich gemerkt, dass etwas nicht stimmt. Ich habe es auf die Nervosität geschoben, auf das schlechte Gewissen, weil wir ihrer Familie etwas vorspielen. Nie hätte ich geahnt, was wirklich dahintersteckt.

Dass Lóa Autistin ist, habe ich nicht erwartet. Doch diese Erkenntnis schockiert mich nicht so sehr wie die Art, wie ihre Eltern damit umgehen. Wie sie *über* sie reden anstatt *mit* ihr. Wie sie jemandem, den sie überhaupt nicht kennen, einfach so Details aus ihrem Leben verraten.

Als sie den Hauptgang abräumen, fühle ich mich furchtbar. Es fühlt sich falsch an, all diese Dinge über Lóa gegen ihren Willen erfahren zu haben, obwohl mein Unwohlsein vermutlich kein Vergleich zu dem ist, was gerade in ihr vor sich geht. Sie wirkt noch blasser als sonst. Ihre Augen sind riesig, wirken glasig, und ihr Blick ist starr auf die hässliche Uhr gerichtet, die über dem Kopfende des Tisches hängt und auf halb drei stehen geblieben ist.

Ich muss etwas tun. Nur was?

Nachdem ihre Eltern in die Küche verschwunden sind, wende ich mich an Lóa.

»Willst du gehen?«

Sie zuckt mit den Schultern, aber die Antwort steht ihr ins Gesicht geschrieben. Wahrscheinlich wäre sie gerade überall lieber als hier.

»Ich überleg mir was, okay?«, versuche ich sie zu beruhigen, dabei muss ich nicht einmal lange nachdenken. Meine Lösung für dieses Dilemma ist ebenso simpel wie lächerlich.

Ich hole mein Handy aus der Hosentasche und öffne den Chat mit Lee, insgeheim hoffend, dass er wach ist. Keine Ahnung, wie spät oder früh es gerade in Singapur ist. Egal. Wenn das hier nicht klappt, fällt mir sicher etwas anderes ein.

Ich öffne das Emoji-Keyboard und sende ihm eine einzige Muschel. Auf eine Antwort muss ich gar nicht lange warten. Ein eingehender Anruf lässt mein Handy vibrieren. Lóa mustert mich verwirrt, als ich ein paar Sekunden verstreichen lasse, ehe ich rangehe.

»Takemura-san, ist alles in Ordnung? Sorry, aber ich kann gerade nicht, ich bin bei einem Abendessen und – was?«

»Ja, sorry, dass ich stören muss, Bro, aber ich würd nicht anrufen, wenn es nicht absolut wichtig wäre.« Ein Glück, er spielt gleich mit.

»Oh nein, was ist passiert?«, frage ich betont laut. Aus dem Augenwinkel nehme ich wahr, wie Lóas Mutter mit einem Tablett voller Crème brulée den Raum betritt. Ich lächle entschuldigend.

»Richtig schlimm, ey. Kannst du dir nicht vorstellen«, improvisiert Lee.

»Mhm. Mhm. Das klingt furchtbar. Und Sie brauchen die Sachen jetzt?«

»Ja, Mann, es geht um Leben und Tod.«

»Verstehe. Ich kümmere mich darum. Ich rufe so schnell wie möglich zurück.«

Ich lege auf und atme tief durch, spanne den Kiefer an und blicke Hilfe suchend zu Lóa.

»Ist irgendwas passiert?«, fragt sie.

»Das war Herr Takemura. Mein Kollege aus dem Büro in Osaka«, improvisiere ich weiter, wohl wissend, dass der Name aus einem Computerspiel stammt. Ich wende mich an ihre Mutter, die neben dem Tisch stehen geblieben ist und mich besorgt mustert. »Ich weiß nicht, ob Lóa es erwähnt hat, aber ich arbeite nebenbei für eine internationale Immobilienfirma.«

»Hat sie nicht, nein. Aber wie aufregend. Da kommst du sicher viel rum.«

»Oh ja. Eigentlich bin ich gerade im Urlaub, aber Sie können sich sicher vorstellen, dass man in diesem Job keine wirklich freien Tage hat.«

»Natürlich.«

»Es tut mir leid, aber ich fürchte, wir müssen uns schon verabschieden. Ich weiß, wie sehr Sie sich auf dieses Abendessen gefreut haben, aber mein Kollege ist auf dem Weg zu einem wichtigen Meeting, und ihm fehlt das Portfolio, das wir letzte Woche zusammen ausgearbeitet haben.«

»Kannst du es ihm schicken?«, fragt Lóa.

»Ja, ich hab eine Kopie auf meinem Laptop bei dir zu Hause. Nur ... Ich weiß, wie wichtig dir der Abend ist.«

»Papperlapapp«, mischt sich Lóas Vater ein, der nun ebenfalls den Raum betritt. »Wir werden sicher noch genug Gelegenheiten haben, uns kennenzulernen. Ich kann das absolut verstehen. Wenn die Arbeit ruft, dann sollte man sie nicht warten lassen.«

»Danke für Ihr Verständnis. Lóa, wollen wir dann los?«

»Mhm.« Als wäre sie diejenige, die ihrem Kollegen schnell ein paar Dokumente zuschicken muss, schießt sie in die Höhe. »Mama, Papa, tut mir echt leid. Wir holen das gern nach.«

»Das hoffe ich doch«, sagt ihre Mutter und zieht sie in eine weitere innige Umarmung.

Ich räuspere mich und schüttele ihrem Vater die Hand. »Das Essen war wirklich hervorragend. Vielen lieben Dank für die Einladung.«

»Sehr gern. Du bist uns jederzeit willkommen.«

Lóa verabschiedet sich noch von Zelda, wesentlich herzlicher als von ihren Eltern, dann sind wir auch schon zur Tür hinaus. Eilig steigen wir ins Auto, als hätte ich nicht gerade den größten Bullshit aller Zeiten erfunden.

Um uns herum ist es mittlerweile fast dunkel geworden. Nur ein letzter Streifen Orange erhellt den Abendhimmel, während ich über uns vereinzelt Sterne ausmachen kann. Zunächst verbringen wir die Fahrt schweigend, Lóa ganz in Gedanken versunken, während ich es nicht wage, auch nur eine der vielen Tausend Fragen in meinem Kopf auszusprechen.

Wir folgen der Straße und dem Tunnel zurück nach Streymoy. Erst als wir bereits den Ort mit dem Supermarkt erreichen, richtet Lóa endlich das Wort an mich. »Nur zur Sicherheit: Das eben war nicht ernst gemeint, oder?«

»Das mit dem Kollegen in Osaka, der dringend ein Portfolio braucht? Nein. Das war erfunden.«

»Dachte ich mir. Takemura, wie Goro Takemura aus *Cyberpunk*?«

»Genau der«, erwidere ich, amüsiert darüber, dass sie die Referenz sofort erkannt hat.

»Aber der Anruf …«

»War echt«, bestätige ich. »Lee ist mein bester Freund, und wir haben so eine Art Safeword zwischen uns entwickelt. Wir schicken uns ein Muschel-Emoji, wenn wir in einer Situation feststecken, aus der wir dringend rauswollen.«

»Passiert das öfter?«, fragt Lóa.

Ich lache. »Ihm definitiv öfter als mir. Das mit dem ›Safeword‹ war auch seine Idee.«

»Will ich wissen, in was für Situationen er sich bringt?«

»Nein.«

»Okay.« Sie zögert. »Du musst also wirklich nicht ganz dringend zurück zum Haus?«

»Nein. Wenn du irgendwo halten willst, nur zu.«

»Alles klar.«

Es dauert nicht lange, da tritt sie auf die Bremse und biegt auf einen Schotterweg ein, den ich im Halbdunkel fast nicht erkannt hätte. Wenn ich es richtig im Kopf habe, müsste ein paar Kilometer weiter der Flughafen kommen, aber stattdessen steuert uns Lóa in ein Feld hinein. Wir folgen dem holprigen Pfad bis zu einem kleinen Haus, und von dort gehen wir zu Fuß weiter. Aus dem Kofferraum schnappt sie sich eine große Taschenlampe, die mich an diese Survival-Serien mit Bear Grylls erinnert, aber noch reicht der letzte Rest Tageslicht, damit ich unsere Umgebung wahrnehmen kann. Wir befinden uns am Hang eines Hügels. Hinter uns liegt in einiger Entfernung der Ort mit dem Supermarkt. Rechts ein See, in dem sich der dunkelviolette Himmel spiegelt.

»Das ist der See, der über der Klippe liegt, oder?«, frage ich, weil der Anblick Erinnerungen an meine Wanderung mit Lee weckt.

»Genau. Aber keine Sorge, ich will nicht so weit raus.«

Hoffentlich. Ich bin nicht für eine Wanderung gerüstet, und mit dem leckeren Abendessen im Magen steht mir erst recht nicht der Sinn nach viel Lauferei.

Aber Lóa hält ihr Wort. Wir folgen dem Trampelpfad, der zu den Klippen führt, nur ein paar Minuten, bis wir eine Bank erreichen. Dort setzen wir uns hin. Obwohl ich erst etwas über zwei Wochen hier bin, spüre ich, dass es kälter geworden ist. Der Wind schneidender. Die Tage dunkler.

Vor uns liegt der See, der sich nach links verjüngt, bevor

er in einem Wasserfall eine Klippe hinabstürzt. Dahinter sehe ich das Meer funkeln, und es wirkt fast so, als wäre es nur eine Verlängerung des Sees. Aber ich weiß, dass das nur eine Illusion ist.

»Ich nehme an, du kommst öfter hierher?«

Lóa nickt. »Für die Arbeit. Und zum Nachdenken.«

»Für die Arbeit?«

Für eine Weile ist sie still, dann hebt sie den Arm und deutet geradeaus. Zwischen uns und dem See liegt ein Stück Feld, in dem ich, wenn ich meine Augen anstrenge, eine Bewegung ausmachen kann. Es sind Vögel, die dort herumlaufen. Mit braun-weißem Gefieder, spitzen Schnäbeln und langen orangeroten Beinen.

»Meinst du die Vögel?«, flüstere ich, weil ich die Tiere nicht erschrecken will.

»Rotschenkel.«

»Passender Name.«

»Mhm. Ich dachte, da du jetzt sowieso gefühlt schon alles weißt, was es über mich zu wissen gibt, macht es auch keinen Unterschied mehr, ob ich dich hierherbringe oder nicht.«

»Ist doch ein schönes Plätzchen«, bemerke ich verwirrt, weil ich nicht ganz verstehe, was das eine mit dem anderen zu tun hat.

»Schon, aber ... argh. Sorry.«

»Lass dir Zeit.«

Lóa schlingt die Arme um ihren Oberkörper und starrt geradeaus. Tränen stehen in ihren Augen, aber ich verstehe nicht, was mit ihr los ist.

»Was meine Eltern dir erzählt haben, das mit dem Autismus …«

»Du musst nicht darüber sprechen, wenn es dir unangenehm ist«, stelle ich klar.

»Nein. Es ist mir nicht unangenehm oder so, sondern … ach, Mist. Es ist kompliziert.«

»Verstehe.«

»Tust du das wirklich, oder sagst du das nur?«

»Erwischt. Aber ich meine es ernst, du schuldest mir keine Erklärung oder so. Es ist, wie deine Eltern gesagt haben: Dass du Asperger hast, macht dich nicht zu einem anderen Menschen.«

»Autismus. Der Begriff Asperger ist veraltet«, erklärt sie mir. »Und doch, das tut es. Ich meine, ich bin immer noch ich. Aber ich bin eben nicht … *normal.*«

»Was ist schon normal?«

»Eigentlich nichts, ja. Aber in der Realität sehen das die meisten Leute anders. Da ist es nicht üblich, von Kartoffelpüree kotzen zu müssen, weil man die Textur nicht mag, oder fast jeden Abend ins Feld zu fahren, um zu schauen, ob es den Lieblingsvögeln gut geht.«

»Hm? Es ist das erste Mal, dass du mich hierherbringst.«

»Weil ich mich seit dem Abend in der Bar echt zusammengerissen habe. Nicht nur hiermit, sondern auch mit so ziemlich allem, was du von mir gesehen hast. Was ich damit sagen will: Ich hab dir alles vorgespielt, und jetzt ist es aufgeflogen, und ich hab keine Ahnung, wie ich damit umgehen soll.«

»Alles vorgespielt? Also heißt das, du wolltest nicht –«

»Doch. Sorry. Ich bin nur so verdammt mies mit Worten. Ich wollte mit dir schlafen, okay? Das war nicht gespielt. Ich schlafe gern mit dir. Und dass es okay ist, dass du bei mir übernachtest, ist auch nicht gespielt. Wirklich. Ich helfe dir gern. Nur eben alles, was irgendwie mich betrifft ... Ich bin eigentlich nicht super gesprächig, aber ich hab trotzdem mein Bestes getan.«

»Gerade redest du aber ziemlich viel.«

»Weil ich Angst habe, dass ich nicht vernünftig erklären kann, was in mir vorgeht. Weil ich selbst nicht verstehe, was in mir vorgeht. Warum ich dir nicht von Anfang an gesagt habe, was Sache ist. Dass ich manchmal allein sein muss. Dass ich seltsame Hobbys habe und lieber Vögel beobachte, statt mit Leuten in eine Bar zu gehen. Dass ich nicht diejenige bin, für die du mich hältst.«

»Okay.«

»Sorry.«

»Nein, bitte. Es gibt nichts, wofür du dich entschuldigen musst«, stelle ich klar. »Wirklich. Ich versuche nur, dich zu verstehen.«

»Viel Glück. Ich tue es ja nicht mal selbst.«

Sie kramt in ihrer Jackentasche nach etwas und fördert eine Handvoll Vogelfutter hervor. Als sie meinen Blick bemerkt, zuckt sie mit den Schultern. »Ich sag ja, ich bin seltsam.«

»Sicher, dass du nicht einfach nur ein alter Mann im falschen Körper bist?«

»Haha. Nein, das bin ich nicht. Eher eine Vollkatastrophe auf zwei Beinen, die alles dafür tun würde, jemand anders zu sein.« Mit einem Seufzen wirft sie die Körner ins Feld. Sofort nehmen die Vögel davon Notiz und kommen herbeigeeilt. Mit den langen Beinen erinnern sie mich dabei ein bisschen an den *Road Runner* der *Looney Tunes*.

»Es tut mir leid, dass es dir so geht«, sage ich vorsichtig. »Ich kann das ein bisschen nachvollziehen. Natürlich nicht ganz, aber ich weiß, wie es ist, wenn man das Gefühl hat, nirgendwo reinzupassen, wenn man sich nicht verstellt.«

»Danke. Auch für das eben. Du hast mir ziemlich den Hintern gerettet. Eine Minute länger in diesem Haus, und ich hätte …« Ihre Unterlippe zittert, der Satz endet im Nichts.

»Sind deine Eltern immer so …?«

»Bevormundend?« Sie lacht verbittert. »Und wie. Es gab einen riesigen Aufschrei, als ich damals ausgezogen bin, weil ich ja unmöglich auf mich selbst aufpassen kann. Deshalb ist Zelda auch noch bei ihnen, obwohl sie eigentlich mein Hund ist.«

»Was?!«

»Sie glauben, dass ich mit mir allein schon genug zu tun habe und ein Hund zu viel Verantwortung wäre.«

»Also halten sie deinen Hund als Geisel?«

»Gewissermaßen. Wahrscheinlich weil sie wissen, dass ich mich sonst gar nicht mehr bei ihnen blicken lassen würde. Ich habe schon so oft versucht, mit ihnen darüber zu reden … Aber wer weiß, vielleicht lenken sie ja jetzt ein, wo sie gesehen haben, dass ich sogar eine Beziehung mit einem erfolgreichen Businesstypen führen kann.«

»Haha.«

»Nein, ehrlich. Danke dafür. Und dafür, dass du mich da rausgeholt hast.«

»Kein Problem. Und, Lóa ... meinetwegen musst du dich nicht verstellen.«

»Nicht dass es jetzt noch einen Unterschied macht«, knurrt sie.

»Ich weiß. Aber ernsthaft. Ich finde dich auch so ganz nett, alter Mann hin oder her.«

»Nett. War das nicht die kleine Schwester von Scheiße?«

»Nicht da, wo ich herkomme.« Obwohl ich es eigentlich besser wissen müsste, fasse ich ihr ans Kinn und bringe sie so dazu, mir ins Gesicht zu sehen. Halb erwarte ich, dass sie sich aus der Bewegung windet. Nach dem, was ich heute über sie erfahren habe, wäre es keine Überraschung. Aber sie lässt es zu. »Du musst dich für mich nicht verstellen, Lóa«, wiederhole ich.

»Sicher?«

»Absolut.«

»Okay. Aber sag nicht, ich hätte dich nicht gewarnt.«

Lóa

Als mein Wecker am nächsten Morgen klingelt, kommt es mir zuerst so vor, als hätte ich die letzten Tage nur geträumt. Der Abend in der Bar, das Abendessen mit meinen Eltern und Alex. Das alles könnte genauso gut meiner Fantasie entsprungen sein, und für eine Weile frage ich mich, was mir lieber wäre. Ich kann nicht leugnen, dass ich die Zeit auch irgendwie genossen habe, aber mein Leben derart aus den Fugen zu sehen, macht mich unruhig. Mir fehlen die Routine, die immer gleichen Tage, die Kontrolle. Mir fehlt das Alleinsein.

Ein leises Geräusch aus dem Wohnbereich bestätigt schließlich, was ich eigentlich schon längst weiß. Das Klackern einer Tastatur, gefolgt vom Rascheln eines Notizblocks, beides klingt in der Stille meines Hauses ungewohnt laut. Ich bin überrascht, dass Alex schon auf den Beinen ist, denn draußen ist die Sonne noch nicht aufgegangen. Nur ein schwaches Glimmen über den Bergkämmen im Osten verrät, dass der Tag bald anbricht.

Eine Weile bleibe ich liegen und starre nach draußen. Das Loft, in dem sich mein Bett befindet, ist klein und nicht einmal hoch genug, dass ich aufrecht darin stehen kann, doch durch die Fenster an drei Seiten wirkt der Raum nicht so eng. Von hier habe ich nicht nur einen ausgezeichneten Blick auf die Berge, sondern auch auf das Meer und das Dorf auf der anderen Seite des Flusses. Oft verbringe ich Stunden damit, einfach nur hier zu sitzen, die Natur zu beobachten und die Stille zu genießen. Nur heute reißt mich Alex' Tippen aus dem Konzept, hält mich davon ab, ganz in dem Anblick und meinen Gedanken zu versinken, sodass ich schon frühzeitig aus dem Bett schlüpfe.

Ich ziehe die Schublade unter meiner Matratze heraus, in der sich meine ganze Garderobe befindet. Gestern habe ich Minuten damit verbracht, mir den Kopf darüber zu zerbrechen, was genau ich anziehen soll, um ja so normal wie möglich zu wirken, aber heute ist alles anders. Heute ist es egal. Alex meint, ich müsse mich seinetwegen nicht verstellen, und auch wenn ich mir sicher bin, dass er keine Ahnung hat, ob er das wirklich will, kann ich nicht länger so tun, als wäre ich jemand anders. Ich habe keine Kraft mehr, nicht ich selbst zu sein, obwohl ich die Leute damit erfahrungsgemäß verscheuche. Also schnappe ich mir ein paar

Shorts und ein *Minecraft*-T-Shirt und klettere nach unten in den Wohnbereich.

Wie erwartet sitzt Alex bereits am Laptop und lernt. Das hat er gestern Abend auch noch gemacht. Eigentlich sollte ich ihn dafür bewundern, wie er minutiös seine Mitschriften durchgeht und auf einem separaten Papier händisch zusammenfasst, aber irgendwie bereitet mir sein Ehrgeiz Unbehagen. Vielleicht liegt es daran, dass ich selbst einfach nicht so bin, aber allein beim Zusehen, wie viel Zeit er ins Lernen investiert, obwohl die Vorlesungszeit nicht einmal begonnen hat, bekomme ich ein schlechtes Gewissen. Ganz im Gegensatz zu mir, die oft nicht einmal dann lernt, wenn die Prüfungen unmittelbar vor der Tür stehen ...

»Morgen«, murmele ich, als ich das Ende der Treppe erreiche.

Alex hebt erschrocken den Blick. »Sorry, hab ich dich geweckt?«

Ich schüttele den Kopf. War er etwa so konzentriert, dass er meinen Wecker nicht gehört hat? »Nein. Ich muss heute ein bisschen was arbeiten.«

»Ach so. Vögel zählen?«

»Auch«, antworte ich, während ich mir eine Cola aus dem Kühlschrank hole, um wach zu werden. »Ich muss gleich kurz an den Laptop und was nachschauen. Die anderen Ranger haben ihre festen täglichen Aufgaben, aber für Leute wie mich gibt es ein Dashboard mit Aufträgen und Projekten, für die man sich eintragen kann. Ist ein bisschen wie eine Quest in einem Videospiel.«

Bei dem Vergleich muss ich grinsen, aber er passt einfach zu gut, und das System kommt mir entgegen. So kann ich mir die Zeit während des Studiums frei einteilen, bis ich endlich meinen Abschluss habe und mich auf eine Festanstellung bewerben kann. Nur noch ein Jahr …

»Stört es dich, wenn ich die Tür zum Lüften aufmache?«

Alex schüttelt den Kopf. Mein Haus ist so klein, dass die Luft über Nacht schnell stickig werden kann. Deshalb habe ich eigentlich immer das Fenster geöffnet, aber ich kann meinem Gast schlecht zumuten, bei einstelligen Temperaturen zu schlafen, bloß weil ich selbst es so angenehmer finde.

Ich öffne die Tür und trete hinaus auf die Terrasse. Frische, kühle Luft umspielt meine nackten Beine und Arme. Das kalte Holz bringt meine Füße zum Kribbeln. Ein sachter Wind bläst mir die Haare ins Gesicht, und eine Weile starre ich einfach nur in die Landschaft. Ich entdecke ein paar Teisten in der Nähe des Bachs, und eine Formation von Graugänsen fliegt über den langsam heller werdenden Himmel. Ich trinke mein Glas leer und stelle es auf der Veranda ab, bevor ich die Vogelfutterstation neben dem Haus genauer anschaue. Ich nehme die einzelnen Teile ab und gehe mit ihnen zur Rückseite des Hauses. Dort befinden sich ein paar Paneele, hinter denen nicht nur meine Waschmaschine und die ganze Technik sitzen, sondern auch zusätzlicher Stauraum für alles, was ich nicht im Haus brauche. Vogelfutter, zum Beispiel. Ich fülle die einzelnen Teile mit Körnern, Fettbällen und Erdnüssen und hänge sie am Ende wieder an die selbst gebaute Konstruktion, die ein bisschen an einen Wäscheständer erinnert. Zufrieden betrachte ich mein Werk, nachdem ich es in den letzten Tagen viel zu sehr vernachlässigt habe.

»Wird dir nicht kalt?« Alex' Stimme lässt mich zusammenzucken. Er sitzt in eine Decke gewickelt auf der Terrasse und muss mich wohl schon eine Weile beobachtet haben. In der Hand hält er eine Tasse, aus der Dampf aufsteigt. Mit einem Nicken deutet er auf meine Shorts und die nackten Füße.

Ich schüttele den Kopf und lasse mich neben ihm nieder, den Blick immer noch auf die Vogelstation gerichtet.

»Du bist ja sogar barfuß.«

»Ich mag keine Schuhe«, erkläre ich. »Und keine Socken.«

»Okay?«

»Sorry, es ist ... es ist seltsam, ich weiß. Ich mag einfach das Gefühl nicht, etwas an den Füßen zu haben. Solange es sich vermeiden lässt, laufe ich daher barfuß herum.«

»Auch wenn es so kalt ist?«

»Ach, das findest du kalt?«, frage ich amüsiert. Zugegeben, als T-Shirt-Wetter würde ich es nicht bezeichnen, dennoch ist dieser Morgen überraschend mild für unsere Verhältnisse.

»Eisig«, beschwert er sich und schlürft demonstrativ einen Schluck Tee.

»Weil das Wetter in London ja so tropisch ist, was?«

»Definitiv wärmer als hier. Aber ja, vielleicht bin ich auch ein bisschen empfindlich. Es kann eben nicht jeder ein Ranger sein.«

Ich lächle matt. »So wie du es aussprichst, klingt es, als

wäre ich so ein amerikanischer Nationalpark-Ranger aus irgendeinem Spielfilm.«

»Genau so stelle ich es mir auch vor.«

»Nein. Sorry. Ich kämpfe nicht täglich gegen Bären und Pumas. Wenn du ... wenn du willst, kann ich dich heute mitnehmen.« Ich spüre Alex' Blick auf mir, ohne ihn ansehen zu müssen, bemerke sein Zögern an der Art, wie er sich neben mir versteift. »Musst du natürlich nicht.«

»Ich weiß. Ich würde an sich gern, nur ... werde ich dann am Ende bloß nervös, weil ich wieder einen Tag lang nicht gelernt habe.«

»Ja, klar.«

»Tut mir leid.«

»Schon okay. Dir muss das nicht leidtun. Ich bekomme nur selbst jedes Mal ein schlechtes Gewissen, wenn ich dich lernen sehe.«

»Wieso das?«

Ich presse die Lippen zusammen. »Weil nächste Woche doch die Uni wieder losgeht und ich bei dir das Gefühl bekomme, in keiner Weise darauf vorbereitet zu sein.«

»Verstehe. Aber du brauchst dir da keine Sorgen zu machen«, beschwichtigt er mich. »Glaub mir: Ich bin ein absoluter Streber, damit sollte sich niemand vergleichen. Das ist nur ungesund.«

»Ungesund?«

»Ja.« Er seufzt und trinkt einen weiteren tiefen Schluck. »Ich lerne echt viel, zu viel, wenn du meine Freunde fragst. Und ich kriege Panik, wenn ich es einmal nicht tue, weil ich dann sofort das Gefühl habe, abgehängt zu werden.«

»Das klingt wirklich nicht gesund«, murmele ich. »Weißt du denn, woher das kommt? Ich meine, bist du einfach jemand, der viel lernen muss, um mitzukommen oder so?«

»Nicht wirklich. Also, ich käme auch so mit, aber wenn ich gute Noten will, muss ich lernen. Aber warum ich es so übertreibe ... keine Ahnung, ehrlich. Vermutlich ist es einfach nur mein schlechtes Gewissen oder so.« Das Lächeln, das er plötzlich aufgesetzt hat, gibt mir das Gefühl, dass er mir etwas verschweigt. Dennoch nicke ich.

»Ich würde mir gern eine Scheibe von dir abschneiden«, sage ich. »Natürlich nicht wegen der Panik. Ich wünschte nur, ich wäre wenigstens halb so ambitioniert wie du.«

»Ambitioniert?«

»Ja, ich meine, wenn ich mit dir rede, habe ich das Gefühl, dass du dein ganzes Leben schon durchgeplant hast und genau weißt, wohin du willst. Dagegen schaffe ich es kaum, die nächsten paar Tage im Voraus zu planen.«

»Aber du studierst doch auch, und das doch sicher nicht ohne Grund.«

Nervös verschränke ich die Hände ineinander. Es kommt mir falsch vor, Alex das alles zu erzählen, schließlich kennen wir uns kaum, aber gleichzeitig kann ich jetzt, wo ich erst mal angefangen habe, ihm die Wahrheit zu beichten, gar nicht mehr damit aufhören. »Na ja. Eigentlich ... weiß ich das nicht so genau.«

»Hm?«

»Als ich mit dem Studium angefangen habe, war es irgendwie logisch. Ich mag Tiere, also studiere ich was mit

Biologie und mache dann später was damit. So zumindest in der Theorie. Aber schon von der ersten Vorlesung an habe ich mich gefragt, ob es die richtige Entscheidung war. Nicht nur das Fach, sondern Studieren überhaupt. Dann habe ich den Job beim Naturschutz bekommen und bin ausgezogen. Seither bin ich noch viel unschlüssiger, was ich wirklich will. Es wechselt einfach ständig. Einen Tag wache ich auf und will die Welt bereisen. Am nächsten will ich nie wieder das Haus verlassen. An einem will ich studieren, um meine Eltern stolz zu machen. An einem anderen einfach nur arbeiten und mein Leben leben. Und ich weiß mittlerweile nicht mehr, was davon überhaupt noch ich bin, weil ich quasi mein ganzes Leben versucht habe, nicht ich selbst zu sein. Sorry. Das ist einfach super kompliziert. Ich will dich damit gar nicht so volltexten. Sorry. Wirklich.«

»Du musst dich nicht ständig entschuldigen«, erklärt Alex.

»Ich weiß. Es ist nur so ein Reflex, weil ich das Gefühl habe, dich mit den ganzen Details zu langweilen.«

»Tust du nicht.«

»Und weil ich dich nicht zu Wort kommen lasse.«

»Ich hab ja gefragt.« Er stupst mich ganz leicht mit der Schulter an, nur ein Hauch von einer Berührung, der es dennoch schafft, mir einen angenehmen Schauer den Rücken hinablaufen zu lassen. »Du musst dich für nichts entschuldigen, was du tust. Weder dafür, dass du zu viel redest, noch fürs Schweigen.«

Ich nicke und atme tief durch. Die Worte zu hören, tut gut, aber Alex sagt mir nichts, was ich nicht längst wusste.

Es ist eben eine Sache, etwas zu wissen, doch eine völlig andere, es auch zu akzeptieren. Seufzend verschränke ich die Arme vor der Brust und starre hinauf in den Himmel. »Ich weiß nicht, wieso ich mir so den Kopf zerbreche«, sage ich. »Nicht wegen dem Entschuldigen, sondern wegen meiner Zukunft. Vielleicht liegt es an meinen Eltern, weil sie mir schon früh eingeflößt haben, dass ich etwas aus mir und meinem Leben machen soll. Vielleicht vergleiche ich mich auch zu sehr mit anderen in meinem Alter. So oder so ist da einfach ein riesiger Druck in mir, wie ein Alarm, der ständig klingelt, weil ich den Zeitpunkt, an dem ich über meine Zukunft entschieden haben sollte, schon lange verpasst habe. Ergibt das Sinn?«

»Sehr viel sogar«, antwortet Alex. »So ähnlich geht es mir mit dem Lernen.«

»Aber gleichzeitig denke ich mir auch, wieso ich das überhaupt muss. Wieso ich einen Plan brauche. Wieso ich jetzt schon alles entschieden haben muss. Ich bin zwanzig, und die durchschnittliche Lebenserwartung liegt nicht mehr bei vierunddreißig. Ständig kann irgendwas passieren. Und das Leben kann nicht einfach nur eine Einbahnstraße zu einem Ziel sein, das man sich willkürlich gesetzt hat, bevor man überhaupt wusste, wer man ist. Oder?«

Darauf schweigt Alex. Vermutlich hat ihn mein pseudophilosophisches Gelaber nun doch verstört, was ich ihm absolut nicht verdenken kann. Mir liegt bereits eine erneute Entschuldigung auf den Lippen, dieses Mal verkneife ich sie mir allerdings.

Über uns färbt sich der Himmel rot, und im Ozean, der

nicht im Schatten der Berge liegt, spiegeln sich die ersten Sonnenstrahlen. Möwen fliegen über die Oberfläche, um nach Beute zu suchen. Zwei Blaumeisen segeln durch die Luft zur Vogelstation und beginnen aufgeregt damit, an den Erdnüssen herumzupicken. Ich hole mein Handy aus der Hosentasche und checke die Uhrzeit. 08.17 Uhr. Die beiden sind immer so pünktlich.

»Lóa?« Alex' Stimme klingt mit einem Mal rau, weshalb ich mich ihm verwirrt zuwende. Ein Fehler, denn sein Blick ist plötzlich so intensiv auf mich gerichtet, dass mein Herz einen Satz macht.

»Ja?«

Unsere Schultern berühren sich nur ein bisschen, kaum merklich, aber es macht etwas mit mir. Genauso wie Alex' braune Augen. Es ist seltsam, weil ich es nicht verstehe. Wir haben einander schon öfter angesehen. Wir haben uns schon öfter berührt, vor allem stärker und intensiver. Aber das fühlt sich jetzt an, als wäre es eine Ewigkeit her, wie ein lange zurückliegendes Zeitalter. Als wäre das damals nicht ich gewesen, sondern eine andere Lóa.

Seit dem Abendessen bei meinen Eltern ist nichts mehr zwischen uns passiert. Kein Sex, kein Kuss, nichts. Als hätte mein Geständnis die Karten neu gemischt und uns noch einmal auf Anfang gesetzt.

Meine Gedanken drehen sich im Kreis, mein Kopf versteht nicht, was hier vor sich geht, ich weiß nur, dass ich ihn schon wieder küssen will, obwohl das jetzt nicht mehr zu meiner Rolle gehört. Aber bevor ich mir überhaupt darüber klar werden kann, wendet Alex sich ab. Was auch immer er mir sagen wollte, er behält es für sich. Stattdessen bekomme ich nur ein: »Ich geh dann mal weiterlernen.«

Und das war's.

Alex

Eigentlich bin ich gut darin, mich aufs Lernen zu konzentrieren, was Lee schon immer frustriert hat. Während er ständig auf sein Handy schaut, um seine Social Media Feeds zu checken, bleibe ich normalerweise messerscharf fokussiert, bis mein Wecker klingelt und mich daran erinnert, dass ich jede Stunde zumindest eine kurze Pause machen sollte. Nur heute ist das anders. Kaum habe ich mich irgendwo eingelesen, huscht meine Aufmerksamkeit wieder zu meinem E-Mail-Postfach. Ich drücke auf Aktualisieren, doch außer Spam trudelt nie eine neue Nachricht ein. Dabei wird es langsam Zeit.

Etwa zwei Werktage, lese ich in der letzten Mail nach. Die Mail, die bestätigt, dass mein Antrag auf ein Notfallreisedokument eingegangen ist. Zwei Werktage soll es dauern, bis das Dokument abholbereit ist. Am Dienstag habe ich das

Formular ausgefüllt, und mittlerweile müsste ich doch zumindest eine Bestätigung bekommen haben, dass meinem Antrag stattgegeben wurde. Oder?

Ich rufe zur Sicherheit mal wieder bei der Botschaft an, aber die Dame, die dort arbeitet und mich mittlerweile vermutlich schon an der Stimme erkennt, kann mir nichts Genaues sagen. Scheiße.

Dabei will ich nicht einmal mehr so dringend von hier weg. Mein Vater hat meine Mitschriften eingescannt, wodurch ich auch hier lernen kann. Es ist nur die Ungewissheit, die mich nervös macht. Die Tatsache, dass ich keine Ahnung habe, wie viel länger ich noch hier festsitze und Lóa auf der Tasche liege. Mein schlechtes Gewissen deshalb wird umso schlimmer, weil sie arbeiten ist, während ich bei ihr zu Hause herumhocke und gar nichts machen kann, um ihre Gastfreundschaft irgendwie wiedergutzumachen.

Mittlerweile bereue ich, ihr Angebot nicht angenommen zu haben. Ich hätte mitkommen können, ihr vielleicht sogar helfen, um meine Schuld irgendwie abzuarbeiten. Zumal ich mich nicht aufs Lernen konzentrieren kann. Wieder aktualisiere ich meine Mails. Wieder keine Information zu meinem verschwundenen Pass.

Ich wechsele ein paarmal die Sitzposition. Vom Sofa auf den Boden, vom Boden auf die Treppe, von der Treppe auf die Hängematte über dem Wohnbereich, aber nichts davon hilft meiner Konzentration auf die Sprünge. Ständig drängen sich neue Gedanken in den Vordergrund. Nicht nur an meine Heimreise, sondern auch an Lóa. An ihre Worte, die mir nicht aus dem Kopf wollen.

Das Leben kann nicht einfach nur eine Einbahnstraße zu einem Ziel sein, das man sich willkürlich gesetzt hat, bevor man überhaupt wusste, wer man ist. Oder? Eigentlich hatte ich ihr widersprechen wollen, ihr sagen wollen, dass es nur auf die Person ankommt. Aber dann habe ich selbst darüber nachgedacht. Ihre Zweifel haben mich angesteckt.

Während sie nicht weiß, was sie eigentlich will, weiß ich es schon mein Leben lang. *Oder?*, hallt ihre Stimme erneut durch meine Gedanken, denn genau das frage ich mich. Wann habe ich eigentlich beschlossen, dass ich Makler werden will? Und ist es überhaupt das, was ich noch will? Oder will ich es nur, weil ich es früher gewollt habe und mich jetzt schon zu sehr darauf eingeschossen habe, um einen Rückzieher zu machen?

Ich hasse diese nagenden Zweifel, die mir sonst nur Mum einreden kann. Wenn sie spätabends in mein Zimmer kommt, um mir einen Tee zu bringen, während ich über dem Stoff für die nächste Vorlesung brüte. Wenn sie mir sagt, dass sie stolz auf mich ist, egal, was ich tue, egal, was ich leiste, dann kommen die Zweifel.

Irgendwann gebe ich auf und klappe den Laptop zu. Mein Kopf ist zu voll, um noch mehr hineinzuquetschen, also kann ich genauso gut das Handtuch werfen. Wenn ich Glück habe, kommt die Konzentration später zurück.

Ich öffne die Tür, um frische Luft ins Haus zu lassen und meine Gedanken zu klären. Danach setze ich mich aufs Sofa, starre hinaus in die Landschaft und beschließe, dass es höchste Zeit ist, meinem besten Freund mit meiner

Stimme den Tag zu versüßen. Beziehungsweise den Abend in seiner Zeitzone.

Der Rufton erklingt nur zwei Mal, dann geht Lee auch schon ran. Sein Gesicht und sein nackter Oberkörper füllen den Bildschirm, sein Grinsen strahlt mit der bunten LED-Beleuchtung im Hintergrund um die Wette.

»Alex, Alter, was geht? Lebst du noch? Bist du wieder zu Hause, oder hast du dich endlich entschieden, Hirte zu werden mit den ganzen Schafen überall?«

Ich verdrehe die Augen. »Sehr witzig. Ich warte noch auf meinen Pass, das ist alles.«

»Die lassen sich aber auch Zeit. Gab's da keinen Expressversand oder so?«

»*Nope.*«

»Ist alles okay? Was war das denn gestern Abend? Bist du gut rausgekommen?«

Ich seufze. »Ja, nichts Schlimmes. Lóa musste einem unangenehmen Abendessen entkommen, du hast also mehr sie gerettet als mich.«

»Ach so. Ein bisschen übertrieben, dafür so eine Show abzuziehen, aber gut. Freut mich, dass ich behilflich sein konnte.«

»Was machst du gerade?«

»Mein Abendessen verdauen. Bro, nächstes Mal musst du mitkommen, keine Widerrede. Allein für das Essen hier lohnt sich der Flug.«

Ich lächle und versuche, nicht daran zu denken, dass das bedeuten würde, mich schon wieder von ihm einladen zu lassen, weil ich mir unmöglich einen Flug nach Singapur leisten könnte.

»Was gab's denn?«

»Hähnchen und Reis.«

Ich runzele die Stirn. Lee hat mir immer wieder erzählt, dass ich das inoffizielle Nationalgericht Singapurs unbedingt probieren muss. Allerdings bin ich nach wie vor skeptisch, was an Hähnchen und Reis so toll sein soll, dass er es quasi jeden Tag isst, wenn er seine Familie dort besucht.

»Alex, ich sag's dir ...«

»Ich weiß«, unterbreche ich ihn sanft. »Ich probiere es, wenn ich mal nach Singapur komme.«

»Unbedingt. Und dann kriegst du von mir die komplette Tour. Zwei Wochen Nonstop-Programm, bis wir jeden Winkel erkundet haben und du gar nicht mehr zurück nach Hause willst.«

»Wie? Darf ich nicht wenigstens ein bisschen am Pool entspannen?« Lee hat sich umgesetzt, sodass ich etwas mehr von seiner Umgebung erkennen kann. Ein Infinitypool, hinter dem ich einen Teil von Singapurs Skyline sehen kann.

»Nein. Urlaub ist zum Entdecken da, nicht zum Entspannen.«

Ich verdrehe die Augen, weil ich diesen Satz in den letzten drei Wochen so oft hören durfte. Lee ist jemand, der auf Reisen wirklich jede freie Minute nutzt, um alles zu sehen und so viel wie möglich über den neuen Ort zu erfahren. Etwas, das ich grundsätzlich nachvollziehen kann, aber ich habe auch nichts gegen wenigstens einen entspannten Tag am Pool.

»Außerdem hast du ja jetzt Entspannung genug.«

»Nein, nicht wirklich. Ich hab Dad gebeten, mir meine Mitschriften zu schicken.«

»Du bist am Lernen? Dein *fucking* Ernst?«

Ich zucke mit den Schultern. »Sorry, dass ich einen guten Abschluss will.«

»Den will ich auch, aber doch nicht so.« Lee seufzt. »Du bist echt unverbesserlich, weißt du das?«

»*Yep.*«

»Bist du mittlerweile eigentlich in einem Hotel? Oder was ist das da im Hintergrund?«

»Nein, ich bin immer noch bei Lóa«, erwidere ich und drehe mein Handy so, dass er das Innere des Hauses besser sehen kann. »Das ist ihr Haus.«

»Wow. Ist das eines dieser Tiny Häuser?«

»Gib dir mal die Aussicht.« Ich drehe mein Handy so, dass er durchs Fenster sehen kann.

»Krass. Hast du ihr mal vorgeschlagen, die Bude zu vermieten? Sie könnte damit ein Vermögen machen. Definitiv besser als das Hotel, in dem wir waren.«

»Ich glaube, sie lebt ganz gern selbst hier.«

»Wie ist sie denn sonst so?« Lees Blick scheint mich durchs Handy zu durchbohren.

»Sie ist nett. Ich meine, sie lässt mich hier übernachten und …«

»Nett?« Nun grinst er breit. »Hat es dich jetzt doch erwischt? Ist das der Grund, warum du dir noch kein Hotel gesucht hast? Ich meine, schöne Aussicht hin oder her – da steckt doch mehr dahinter!«

Ich verdrehe die Augen und setze mich um. »Du weißt, dass es mir nicht um die Unterkunft geht. Du hast doch gesehen, wie heiß sie ist. Als ob ich mir so eine Gelegenheit entgehen lasse. Und solange sie nichts dagegen hat …« Ich setze ein verschmitztes Lächeln auf, obwohl das nicht stimmt. Schließlich bin ich nur hier, um Hotelkosten zu sparen. Der Sex ist definitiv auch ein Argument, aber eines, das für mich mittlerweile nicht mehr so relevant ist. Tatsächlich verbringe ich auch so gern Zeit mit Lóa, ohne dass wir dabei nackt sind.

»Das ist schon ein bisschen brillant«, bemerkt Lee. »Gelegenheit erkannt und sofort genutzt. Ich bin fast ein bisschen neidisch auf dich.«

»Nur fast?«

»Nur fast. Versteh mich nicht falsch, aber auf Dauer wäre mir das Klima dort echt zu kalt. Dazu keinen Pool. Kaum Bars oder Clubs. Wird dir nicht langweilig?«

»Was denkst du, wieso ich dich angerufen hab?«

»*Fair enough*, ich bin schließlich die Unterhaltungsmaschine schlechthin. Ich würde mich auch vermissen.«

»Und wie«, erwidere ich augenverdrehend.

»Aber du, können wir das vielleicht auf morgen verschieben? Ich treffe mich gleich noch mit ein paar Freunden zum Feiern und müsste schon längst unter der Dusche stehen.«

»Fei-ern ge-hen«, skandiere ich. »Was ist das noch mal?« So lange, wie ich schon hier bin, habe ich echt das Gefühl, vergessen zu haben, wie ein Club von innen aussieht. Oder eine Stadt. Oder eine Straße, die mehr als eine Spur hat.

Lee lacht. »Ich schick dir Fotos, um deine Erinnerung aufzufrischen. Sprechen wir uns morgen?«

»Klar. Schreib mir einfach, wenn du Zeit hast.«

»Mach ich. Bis dann.«

Seufzend lehne ich mich auf dem Sofa zurück und starre an die Decke. Neid brodelt unangenehm in mir hoch, wie so oft, wenn Lee mir von seinen Erlebnissen und Plänen berichtet. Das war schon in unserer Kindheit so und ist über die Jahre nur schlimmer geworden, vor allem, seit er zum Achtzehnten Geld von seinen Eltern zum Anlegen bekommen hat. Viel Geld. Mehr, als meine Eltern in einem Jahr verdienen.

Ich kann ihm nicht vorwerfen, dass er in der Hinsicht einfach mehr Glück gehabt hat als ich, nur habe ich mir schon immer gewünscht, in seinen Schuhen zu stecken. Die Welt zu bereisen oder mir schöne Sachen kaufen zu können, statt teils monatelang auf ein neues Handy sparen zu müssen.

Ich denke wieder an das Gespräch mit Lóa über meine Pläne und was mich dazu inspiriert hat. Und an das, was ich ihr nicht erzählt habe. Dass ich nicht nur Makler werden will, weil ich schöne Häuser mag, sondern auch, weil ich einmal genug Geld haben will, um all die Dinge, auf die ich bisher verzichtet habe, nachzuholen. Um meinen Eltern all die Dinge, auf die sie haben verzichten müssen, zu kaufen. Eine eigene Wohnung oder ein Haus. Eine Reise für Mum zurück in ihre Heimat. Oder auch nur, um die Fahrschulkosten bezahlen und ein Auto kaufen zu können.

Ein Klopfen reißt mich aus meinen Gedanken. Ich senke den Kopf und blicke in ein Gesicht, das ich noch nicht kenne. Der Typ dürfte etwa in meinem Alter sein, ist dabei aber gut zwei Köpfe größer und muskulös gebaut. Seine Haare sind blond, und sein Blick wirkt ernst.

»Hey«, begrüßt er mich. »Du bist Alex, richtig?«

»Genau.«

»Ich bin Luka, meiner Familie gehört der Hof nebenan«, stellt er sich vor. »Ich wollte nur schauen, ob Lóa zu Hause ist.«

»Nein. Die ist vorhin arbeiten gefahren.« Sollte er das nicht wissen? Schließlich steht das Auto nicht an seinem üblichen Platz.

»Ach so, dann komme ich später noch mal.«

»Alles klar.«

»Tut mir übrigens unheimlich leid, die Sache mit deinem Pass«, sagt er, während er weiter in der Tür stehen bleibt. Keine Ahnung, was er da gerade versucht, aber mir wird mulmig zumute. Da liegt ein schneidender Unterton in seiner Stimme, der selbst die harmlosen Worte gefährlich klingen lässt.

»Ja, ist ziemlich mies. Ich hoffe einfach, dass ich nicht zu lange warten muss, bis ich endlich Ersatz bekomme. Ich will Lóa nicht länger auf die Pelle rücken, als ich muss.«

»Solltest du auch nicht«, kommt es scharf zurück.

»Was?«

»Lóa ist empfindlich und lieber allein. Sie mag es nicht,

dauernd Leute um sich herum zu haben, das solltest du nicht überstrapazieren.«

Ich nicke, dennoch kann ich mir einen Kommentar nicht verkneifen. »Danke für die Info, aber ich glaube, sie kann immer noch selbst entscheiden und mir Bescheid sagen, wenn ihr meine Gesellschaft zu viel wird.«

Lukas Lächeln gefriert zu Eis. »Da hast du wohl recht. Trotzdem drücke ich dir die Daumen, dass du nicht mehr so lange warten musst. Wenn man nicht von hier ist, kann einem sehr schnell langweilig werden.«

»Danke.«

»Wir sehen uns.«

Damit verschwindet er auch schon. Eine Weile bleibe ich sitzen und betrachte die Stelle, auf der er eben noch gestanden hat. Keine Ahnung, was dieses Gespräch sollte, wieso er überhaupt nach ihr gefragt hat, wenn ihr Auto eindeutig nicht in der Einfahrt steht. Am Ende hat er vielleicht nur gesehen, dass die Tür offen stand, und war besorgt, dass etwas passiert sein könnte. Aber irgendwie werde ich das Gefühl nicht los, dass mehr dahintersteckt. Dass er nicht wegen Lóa hier war, sondern wegen mir.

Lóa

Ich liebe meinen Job. Die Tatsache, dass kein Tag ist wie der andere. Dass ich in der Natur arbeiten kann. Dass ich buchstäblich dafür bezahlt werde, mich an einen See zu setzen, die Vögel zu zählen und eine Wasserprobe zu nehmen. Damit könnte ich vielleicht wirklich den Rest meines Lebens verbringen.

Mein Auftrag heute dauert kaum mehr als drei Stunden, aber ich bleibe extra lange am Eiði-Stausee sitzen und genieße die Ruhe. Keine Menschenseele verirrt sich an diesem wechselhaften Tag hier herauf. So kann ich am Kiesstrand die Wasserfläche dabei beobachten, wie sie die umliegenden grünen Berge einfängt, während sich hin und wieder eine Ente in meine Nähe wagt, bis ich ihr ein paar Körner aus meiner Jackentasche zuwerfe. Für mich die Definition eines perfekten Tages.

Irgendwann wird die Wolkendecke über mir allerdings dichter, färbt sich von weiß zu grau und verschluckt das Tageslicht. Erste Regentropfen fallen, dann ein ganzer Sturzbach, und ich weiß, dass es an der Zeit ist, zu verschwinden. Auf dem Weg nach Hause halte ich in Tórshavn, um die Wasserproben abzugeben. Aber ich weiß, dass ich meine Rückkehr nicht ewig in die Länge ziehen kann. Auch weil ich Angst habe, dass Alex sich in meiner Abwesenheit zu Tode langweilt. Nicht, dass ich besonders unterhaltsam bin, aber wahrscheinlich immer noch besser als seine Mitschriften von der Uni.

Der Regen lässt auch dann nicht nach, als ich die Farm erreiche und in unsere Einfahrt abbiege. Mit ihm hat sich ein Dunst über die Erde gelegt, der die ganze Landschaft einhüllt. Ich sehe kaum weiter als fünfzig Meter. Das Dorf ist verschluckt, ebenso wie die Berge. Die Klippen stürzen hinab in eine Wand aus Nebel, als wären wir am Ende der Welt. Aber ich liebe das. Liebe den Regen. Das Geräusch auf meinem Dach. Den Geruch.

Als ich das Haus betrete, sitzt Alex auf dem Sofa und starrt den Laptop an, als stünde dort eine Beleidigung. Die dunklen Brauen hat er gesenkt, und seine sonst vollen Lippen bilden einen schmalen Strich. Er sieht nicht mal auf.

»Alles okay?«, frage ich, während ich hastig aus Schuhen und Socken schlüpfe und sie zusammen mit der Jacke ins Bad werfe, damit sie nicht den Wohnbereich volltropfen. Zur Antwort bekomme ich nur ein Kopfschütteln.

»Was ist passiert?« Ich setze mich zu Alex, der wortlos

den Laptop dreht, sodass ich sehen kann, was ihm so die Laune vermiest.

Sehr geehrter Herr Jones,

wir bestätigen Ihnen hiermit den Eingang und die Bearbeitung Ihres Antrags auf ein Notfallpassdokument. Bei der Prüfung Ihrer Angaben sind leider einige Fragen bezüglich Ihrer Identität offengeblieben, weshalb wir Sie um ein persönliches Gespräch entweder hier in der Botschaft oder online bitten möchten.

Hierzu kann ich Ihnen einen Termin am nächsten Montag um 16 Uhr anbieten oder alternativ am darauffolgenden Freitag um 13.30 Uhr. Bitte lassen Sie mich wissen, welche Zeit für Sie am besten passt.

Herzliche Grüße
Patricia Jensen
Britisches Konsulat Kopenhagen

»Nächsten Montag? In fünf Tagen erst?«, frage ich.

»Mhm. Früher geht es nicht. Wenn doch, sagt sie mir Bescheid. Ich hab schon mit ihr telefoniert.«

»Mist, das tut mir leid.«

Alex winkt ab und klappt den Laptop zu. »Scheint so, als müsstest du mich noch eine Weile länger ertragen ...«

»Ich hab dir schon gesagt, dass das kein Thema ist.«

»Sicher? Du meintest ja, dass du gern allein bist, und ...«

»Alex«, unterbreche ich ihn sanft. »Wenn ich allein sein

will, ziehe ich mich einfach zurück oder sage dir Bescheid. Ich kann das schon für mich allein entscheiden.«

»Tut mir leid, das sollte nicht bevormundend rüberkommen. Ich will mich nur nicht aufdrängen.«

»Verständlich. Aber ich verspreche, du störst mich nicht. Jedenfalls solange du nicht spontan anfängst, Schlagzeug zu lernen oder so.«

»Ich hätte Gitarre im Angebot«, witzelt er.

»Du kannst Gitarre spielen?«

»Nein. Ich hab mir als Teenager mal eine gekauft und mir fest vorgenommen, es zu lernen, um die Mädels zu beeindrucken. Dann hab ich aber gemerkt, dass Gitarre spielen irgendwie nicht so einfach ist, und jetzt hängt sie als Deko bei meiner Mutter im Wohnzimmer.«

»Ich wollte früher immer Geige spielen«, erzähle ich, »aber ich mag nicht, wie sie klingt, wenn man sie nicht spielen kann, also war's das mit meiner Karriere als Stargeigerin.«

»Das tut mir leid.«

»Muss es nicht. Ich glaube, es war besser so. Nicht nur für mich, sondern auch für die Leute, die mir zuhören mussten. Und am Ende hätte ich sowieso keine Zeit gehabt mit Fußball und Schul-AGs.«

»Stimmt, du spielst ja Fußball. Das hatte ich irgendwie komplett vergessen.«

»Ist auch nicht so wichtig«, lenke ich hastig ab, um nicht an die unzähligen unbeantworteten Nachrichten auf meinem Handy zu denken. Ich hatte mir fest vorgenommen, dass der Abend in der Bar keine einmalige Sache sein wird, aber jetzt schaffe ich es nicht mal, den anderen auf die einfache Frage, ob bei mir alles in Ordnung ist, zu antworten. Mir ist das alles viel zu viel. »Wie war dein Tag?«

»Furchtbar«, antwortet Alex. »Ich konnte mich nicht aufs Lernen konzentrieren, weil ich ständig meine Mails aktualisiert hab. Dann hab ich kurz mit meinem Kumpel telefoniert, der einfach nur entspannt am Pool lag, und eben erst kam diese Mail.«

»Drüben auf der Farm haben sie einen alten Pferdetrog. Ist natürlich kein Pool, aber wenn du dich erfrischen willst ...«, schlage ich vor. »Luka und ich haben als Kinder immer darin gespielt. Luka ist –«

»Der Sohn des Farmers«, vervollständige ich ihre Erklärung. »Sorry, das hatte ich ganz vergessen. Er war vorhin hier und wollte irgendwas von dir.«

»Oh, echt? Weißt du, worum es ging?«

»Leider nein.«

»Hm.« Nachdenklich hole ich mein Handy heraus. Kein verpasster Anruf und keine Nachricht, die darauf hindeuten, dass er nach mir gesucht hat. Vermutlich war es nichts Dringendes. Trotzdem schreibe ich ihm.

Hey, ich bin eben zur Tür rein. Alex meinte, du wolltest was von mir?

»Musst du morgen wieder arbeiten?«, fragt Alex.

»Ich sollte zumindest, ja, aber ich weiß noch nicht, was ich mache. Wieso?«

»Wenn es okay ist, würde ich das Angebot annehmen und dich begleiten. Aber nur, wenn es dich nicht stört.«

»Klar.« Warum auch immer, bringt allein seine Frage mein Herz gehörig aus dem Takt. Es ist die eine Sache, dass er hier übernachtet, ein Mittel zum Zweck, weil er in seiner Situation keine andere Möglichkeit hat. Doch mich zur Arbeit zu begleiten, ist kein Muss. Er könnte genauso gut hierbleiben. Aber stattdessen will er mit mir kommen.

Eine eintrudelnde Nachricht lenkt mich von meinen sich überschlagenden Gedanken ab.

Können wir reden?

Klar. Willst du vorbeikommen, wenn der Regen nachlässt?

Allein.

Ich runzele die Stirn und schicke nur ein Fragezeichen zurück. Die Antwort folgt prompt.

Ohne deinen *Gast*.

Gibt's einen Grund für die *Sternchen*?

Lass uns morgen drüber reden. Komm nach dem Frühstück einfach vorbei.

Okay.

Erst habe ich keine Ahnung, was in Luka gefahren ist, doch dann dämmert es mir. Gerüchte verbreiten sich auf diesen Inseln schneller als in einem Internetforum, und jeder kennt gefühlt jeden. Wenn es nur ein paar Stunden gedauert hat, bis meine Eltern rausgefunden haben, dass ich vermeintlich einen Freund habe, dann muss es mittlerweile überall die Runde gemacht haben. Hastig tippe ich:

Falls du irgendwelche Gerüchte über Alex und mich gehört hast, ignorier sie. Meine Tante hat da was falsch verstanden, und ich musste improvisieren. War alles total seltsam. Ich erzähl dir morgen dann alles.

K.

Am Ende ist er nur beleidigt, weil ich ihm meine Beziehung verheimlicht habe. Meine Beziehung, die nicht einmal existiert. Dennoch habe ich ein schlechtes Gewissen. Luka und ich sind seit Kindertagen befreundet und erzählen uns eigentlich alles. Wahrscheinlich ist er aus allen Wolken gefallen, als sein Vater ihm den neuesten Tratsch erzählt hat. Aber immerhin kann ich das schnell klarstellen.

Denn Alex und ich sind nicht in einer Beziehung. Es war nur Show, weil ich keine Lust auf Stress mit meinen Eltern hatte. Überhaupt läuft da nur wenig zwischen uns, erst recht, seit ich ihm die Wahrheit erzählt habe.

Irgendwie schade.

Vorsichtig schiele ich zu ihm herüber und spüre, wie mir

warm wird, als mich eine Erinnerung überkommt. Etwas in mir zieht sich sehnsuchtsvoll zusammen, und dieses mir noch immer fremde Gefühl ist wieder zurück. Normalerweise vermeide ich die Nähe zu Menschen, weil sich selbst eine liebe Umarmung für mich anfühlen kann, als würde Säure meine Haut verätzen. Aber mit Alex ist es nicht so. Seine Berührungen fühlen sich gut an, angenehm, richtig. Sie lassen mich verstehen, wieso anderen so viel an körperlicher Zuneigung liegt. Und gerade sehne ich mich danach. Ich will, dass er es wieder tut. Will, dass er mich wieder berührt. Will, dass er mich fühlen lässt ...

Hastig stehe ich auf, als könnte ich meinen Gedanken so entfliehen. Ich gehe zum Kühlschrank und fülle mir einen Becher Cola ein, den ich in einem Schluck herunterschütte. Aber selbst das kalte, prickelnde Getränk schafft es nicht, die Hitze in meinem Körper zu vertreiben.

»Alex?« Meine Stimme klingt fremd, und für einen Moment schiebe ich es auf die andere Lóa. Dass sie es ist, die da spricht. Nicht ich. Aber ich weiß es besser. Weiß, dass das hier genauso ein Teil von mir ist. Einer, den ich noch nicht kenne, weil ich mich körperlich bisher nie so zu einem Menschen hingezogen gefühlt habe. Weil ich nie die Gelegenheit hatte, solch einem Gefühl überhaupt nachzugehen.

Bis auf eine kurze Beziehung mit einem Klassenkameraden, die kaum länger als zwei Wochen gehalten hat, gab es nichts in meinem Leben. Und selbst damals habe ich mich nur aus Neugier auf ihn eingelassen. Um dazuzugehören. Um herauszufinden, wie es sich anfühlt.

Aber das ist kein Vergleich zu dem hier.

»Lóa?«

Panisch fällt mir auf, dass ich ihn vermutlich eine Weile angeschwiegen haben muss, nachdem ich ihn eben noch angesprochen habe. So in Gedanken versunken habe ich nicht gemerkt, wie er sich aufgerichtet und neben mich gestellt hat. Ein Fehler, denn seine Nähe gibt dem Sturm in meinem Kopf nur neue Energie.

»Sorry, ich …«, druckse ich herum. »Gib mir einen Moment.«

»Okay.«

Ganz sacht landet seine Hand auf meiner Schulter. Ich sehe die Besorgnis in seinem Blick in der Reflexion der Fensterscheibe. Dahinter tobt ein regelrechtes Unwetter. Der Regen ist seit meiner Ankunft heftiger geworden, die Welt dunkler. Ich versuche, mich auf das Geräusch zu konzentrieren, das Prasseln des Regens auf meinem Dach, das ich so sehr liebe, aber selbst das schafft es nicht, mich abzulenken. Zu verhindern, dass ich am Ende nur wieder an das eine denke.

Ist so was denn normal? Oder liegt es an mir? Weil ich mich in keiner einzigen Lebenslage richtig verhalten kann. Nicht richtig denken, nicht einmal richtig fühlen.

»Was ist los?« Alex' Stimme klingt sanft, besorgt, und schafft es gleichzeitig, die Hitze in meinem Körper weiter aufzudrehen. Nur noch etwas mehr, ein kleines bisschen, und ich werde explodieren.

Es sei denn, ich renne. Raus in den Sturm, in die Kälte, den Regen, bis das Wasser all meine Gedanken ertränkt und die lästigen Fragen in meinem Kopf verstummen lässt. Es wäre so leicht, so verführerisch. Und gleichzeitig so typisch ich. Rennen, statt dem, was in mir vorgeht, ins Gesicht zu blicken.

»Das, was ich dir gestern erzählt habe«, setze ich schließlich an, ohne zu wissen, was ich sagen will.

»Du musst nicht mehr darüber sprechen, wenn du nicht willst. Ich verstehe das.«

»Das meine ich nicht ...«

»Sondern?«

Ich nehme allen Mut zusammen, um mich ihm zuzuwenden, ihm in die Augen zu sehen. Vorsichtig öffne ich den Mund, schließe ihn aber sofort wieder, weil ich das Gefühl habe, mein Herz könnte mir einfach so aus der Kehle hüpfen. Dann versuche ich es erneut. »Ich will nur, dass du weißt, dass es für mich nichts verändert hat. Ich bin immer noch ich, und ...«

... ich will dich.

»Klar. Das weiß ich doch.«

Ich schüttele den Kopf. Er versteht es nicht. Weil ich ausgerechnet jetzt wieder unfähig bin, genau in Worte zu fassen, was ich eigentlich sagen will.

»Lóa?«

»Es hat sich nichts geändert«, sage ich mit all meiner Willenskraft und lege ihm die Hand an die Wange. Obwohl es mir vorkommt, als stünde meine Haut in Flammen, fühlt sich seine noch viel wärmer an.

Dann endlich scheint er zu verstehen, was ich meine. Seine Augen weiten sich kurz, sein linker Mundwinkel hebt sich, bis das Grübchen in seiner Wange erscheint. Langsam legt er die Arme um meinen Körper und drückt mich gegen die Küchenzeile, bis ich daran hochrutsche, um ihm mehr Platz zu geben.

Noch hat er kein Wort gesagt. Noch hat er mich nicht geküsst. Noch fixiert sein Blick meinen, sodass ich das Gefühl habe, er könnte mir all die anderen unausgesprochenen Worte aus der Seele saugen.

Ich überkreuze meine Beine hinter seinem Po, um ihn fester an mich zu ziehen, bis unsere Lippen sich fast berühren. Sein Atem streift mein Gesicht, sein Duft mischt sich mit dem des Regens zu einer einzigartigen Mischung, die mir den Verstand vernebelt.

Nur der Kuss bleibt aus.

»Alex?«, flüstere ich in den winzigen Raum zwischen uns.

Sein Zögern verunsichert mich. Lässt mich augenblicklich hinterfragen, ob ich gerade das Richtige tue. Ob ich die Signale falsch gedeutet habe. Ob er überhaupt dasselbe will. Dabei sollte die Härte zwischen meinen Beinen doch schon Antwort genug sein.

»Bist du dir sicher?«, fragt er schließlich. »Ich will dir nur nicht das Gefühl geben, etwas tun zu müssen, bloß weil du denkst, dass ich es von dir erwarte.«

Seine Stimme klingt aufrichtig besorgt. Und ich verstehe seine Bedenken, weil ich ständig Dinge tue, um die Erwartungen anderer zu erfüllen. In der Schule, im Job, in jeder Lebenslage. Ich habe mich fürs Studium eingeschrieben, weil meine Eltern es von mir erwartet haben. Ich bin mit den Mädels in die Bar gegangen, weil sie es von mir erwartet haben. Aber das hier ist anders. Ich tue es nicht, weil Alex darauf hofft, sondern weil ich selbst nichts anderes will.

»Es hat sich nichts geändert«, wiederhole ich meine Worte von vorhin und versuche, das, was in mir vorgeht, in meinen Blick zu legen. Alex zu sagen, was ich selbst nicht in Worte fassen kann. Dieses Mal klappt es. Das Grübchen wird tiefer, und nur noch ein einziges Wort verlässt seine Lippen:

»Gut.«

Dann endlich küsst er mich und erstickt meine Gedanken, besser, als der Regen es je könnte. In meinem Kopf ist kein Platz mehr für die vielen Fragen nach dem Ob und Warum, sondern nur Raum für Alex, seine Berührungen und das Feuer, das er in mir auslöst.

Mittlerweile sind wir so gut aufeinander eingespielt, dass es keiner Worte mehr bedarf. Gefühlt nur einen Wimpernschlag später liegen meine Klamotten auf dem Boden, sodass ich das kalte Fenster in meinem Rücken spüre. Früher fand ich den Gedanken, vor anderen nackt zu sein, furchtbar, aber gerade erregt es mich umso mehr, dass Alex noch völlig angezogen ist, während ich mich ihm so präsentiere.

Er schiebt mich ein Stück zurück, bis ich vollständig auf der Küchenzeile sitze, spreizt meine Beine weiter, damit sein Finger in mich eindringen kann.

»Halt still«, raunt er in einen letzten sanften Kuss, ehe er mit dem Mund meinen Körper hinabwandert. Seine Lippen und seine Zunge hinterlassen eine Spur aus knisternder

Elektrizität, Gänsehaut breitet sich auf meinen Armen aus. Ich beobachte ihn, wie er mit der Zungenspitze den Sommersprossen folgt, von einer zur nächsten, bis er an meinem Venushügel angekommen ist.

»Nicht bewegen«, erinnert er mich, dabei würde mir im Traum nichts anderes einfallen. Zumindest bis ein neues Geräusch erklingt, das den prasselnden Regen und selbst mein lautes Stöhnen, als Alex' Zunge meine empfindlichste Stelle berührt, übertönt.

Shit.

Er stoppt und sieht zu mir auf. »Was ist das?«

»Mein Handy. Sorry, ich muss …« Wahrscheinlich bin ich gerade der größte Stimmungskiller aller Zeiten, aber es passiert nicht oft, dass ich angerufen werde. Die meisten Leute wissen, dass man mich eher über Nachrichten erreicht, und greifen nur zum Hörer, wenn es absolut wichtig ist.

Noch immer nackt, haste ich durch den Raum und schnappe mir mein Handy vom Sofa. Aðallín Larsen, der Name meiner Kollegin, steht auf dem Display, was mich verwirrt die Stirn runzeln lässt. Ich nehme ab.

»Hallo?«

»Hey, Lóa. Stör ich gerade?«

Kurz lasse ich den Blick schweifen. An meinem nackten Körper hinab rüber zu Alex, der noch immer in der Küche steht und mich mit dem breitesten Grinsen betrachtet.

»Nein, überhaupt nicht. Was gibt's? Ist alles okay?«

Alex nähert sich mir und legt fragend den Kopf schief. Am anderen Ende der Leitung ertönt ein Schniefen.

»Nein, es ist nur ...«

Mit einem Kopfschütteln mache ich Alex klar, dass wir später weitermachen müssen, während ich mich auf das Sofa setze. »Nur langsam, was ist passiert?«

»Wir haben heute schlechte Nachrichten aus Kopenhagen erhalten.«

»Dein Onkel?«, frage ich, weil ich mich erinnere, dass sie mir von seiner Krebserkrankung erzählt hat.

»Genau. Es ist so weit. Die Ärzte geben ihm noch zwei, drei Tage.«

Ein flaues Gefühl macht sich in meinem Magen breit. Ich weiß, dass Aðallín ihm sehr nahesteht und bei ihm aufgewachsen ist statt bei ihren Eltern. »Das tut mir so leid. Kann ich etwas für euch tun?«

Alex legt mir vorsichtig eine Decke über die Schultern, bevor er mit einem mitleidigen Lächeln ins Bad verschwindet.

»Deshalb rufe ich an«, setzt Aðallín mit rauer Stimme an. »Wir haben ja schon öfter darüber gesprochen, dass vielleicht mal der Tag kommt, an dem wir kurzfristig verreisen müssen. Könntest du ...?«

»Ja, klar. Ich kann sofort los, wenn es sein muss.«

»Morgen Mittag reicht. Heute fliegt kein Helikopter mehr, und ich muss erst packen und den Kids irgendwie erklären, was Sache ist.« Sie seufzt. »Aber es würde mir echt die Welt bedeuten, wenn du für ein paar Tage auf unser Haus und die Tiere aufpasst. Nur bis, bis ...« Ihre Stimme bricht ab.

»Natürlich«, erwidere ich. »Du kannst mir auch einfach

schreiben, was ich alles beachten muss und wann der Flug geht. Ich war ja schon bei euch zu Hause, da finde ich mich sicher zurecht. Nur ... Ich hab im Moment jemanden zu Besuch. Wäre es okay, wenn ich ihn mitbringe?«

»Natürlich, wir haben ausreichend Platz. Und danke, Lóa. Du rettest uns gerade. Sobald ich etwas Luft habe, schreibe ich dir alles, okay?«

»Ja, klar. Lass dir ruhig Zeit. Wir bleiben einfach in Kontakt.«

»Okay. Und danke schon mal.«

Still lege ich mein Handy beiseite und versuche irgendwie, das mulmige Gefühl loszuwerden, das dieses Gespräch in mir ausgelöst hat. Aðallín war früher Fußballtrainerin in unserer Schulmannschaft, bevor sie ihren Mann kennengelernt hat und mit ihm auf die Insel Stóra Dímun gezogen ist. Dort betreibt sie seither eine Außenstation für den Naturschutz und kümmert sich zusammen mit ihrem Mann um dessen Schaffarm. Der Gedanke, dass sie bald einen lieben Menschen verlieren wird, macht mich traurig.

Nach ein paar Minuten kehrt Alex frisch geduscht in den Wohnbereich zurück. Sein schwarzes Haar steht in alle Richtungen ab. »Ist etwas passiert?«

Ich nicke abwesend. »Eine Bekannte von mir muss wegen eines Notfalls kurzfristig nach Kopenhagen. Sie hat mich gefragt, ob ich für ein paar Tage auf ihr Haus und ihre Tiere aufpassen kann.«

»Okay?«

»Wäre es für dich okay, mich zu begleiten?«

»Ist es das denn für deine Bekannte?«

»Ja, klar. Ich fühle mich nur ziemlich mies, dass ich dich da überhaupt mit reinziehe.«

»Nein, gar kein Thema. Schließlich muss ich ja sowieso noch länger hierbleiben.« Er seufzt. »Wann geht es los?«

»Morgen Mittag geht der Helikopter.«

»Der Heli ... was?«

»Kennst du diese Frage danach, was du auf eine einsame Insel mitnehmen würdest?«

»Ja.«

»Gut. Wird Zeit, dir darüber ernsthaft Gedanken zu machen.«

Nach der langen Nacht am Wochenende wache ich endlich wieder in meinem gewohnten Rhythmus auf. Früh am Morgen, wenn die Dämmerung gerade anbricht und der Tau auf den Grashalmen funkelt. Wenn die Luft diesen besonderen Geruch hat und die Welt so still ist, als hätte sogar der Wind den Atem angehalten.

Zumindest bis eine eingehende Nachricht mein Handy zum Vibrieren bringt und den Moment zerstört.

Bist du schon wach?

Mein Herz macht einen unangenehmen Hüpfer. Ich werde das Gefühl nicht los, dass Luka etwas gewaltig gegen den Strich geht, und ich fürchte mich vor einem möglichen Streit. Das war schon immer so. Konflikte vermeide ich, selbst einfachen Diskussionen gehe ich aus dem Weg, auch wenn ich weiß, dass ich recht habe. Allein bei dem Gedanken daran beschleunigt sich mein Puls. So auch jetzt. Am liebsten würde ich einfach nicht antworten und so tun, als würde ich noch schlafen, aber Luka kennt mich zu gut. Außerdem habe ich nicht mehr so viel Zeit, bevor wir uns schon auf den Weg nach Stóra Dímun machen müssen. Der Flug geht um zwölf, und davor muss ich noch einkaufen, ein bisschen Arbeit erledigen und packen.

Ja.

Kommst du vorbei?

Klar. Ich geh gleich los.

Leise schleiche ich mich die Treppe hinunter in den Wohnbereich. Alex schläft noch auf dem Sofa, und das Letzte, was ich möchte, ist, ihn um seinen Schlaf bringen, wenn er schon mal eine Pause vom Lernen macht.

Dennoch bleibt mein Blick ein wenig zu lange an seinen Gesichtszügen und seinem nackten Oberkörper hängen. Ich frage mich unwillkürlich, ob er es wohl seltsam findet, hier unten zu schlafen, obwohl es zwischen uns körperlich sonst keine Grenzen zu geben scheint. Er hat aber auch nie danach gefragt ...

Mühsam reiße ich mich von seinem Anblick los und schlüpfe ins Freie. Der kühle Boden prickelt unter meinen Füßen, leichter Nieselregen landet auf meinem Gesicht. Ich bleibe kurz stehen, schließe die Augen und nehme die Aussicht in mich auf. Feine Nebelschwaden wandern über das

Dorf auf der anderen Seite des Flusses und stürzen die Klippen links von mir hinab. Eine Dohle bedient sich an den Körnern meiner Fütterungsstation, und nur einen Steinwurf entfernt pickt ein Knutt im feuchten Boden herum. Ein Lächeln stiehlt sich auf mein Gesicht, und ich mache mich umso vorsichtiger auf den Weg zur Farm, um die Vögel nicht zu stören.

Rauch strömt aus dem Schornstein des zweistöckigen Hauses mit dem Grasdach. Aus den weiß gerahmten Fenstern dringt Licht. Wahrscheinlich ist Lukas Familie schon auf den Beinen und fleißig bei der Arbeit.

Ich entdecke seine Eltern im angrenzenden Stall bei den Schafen und winke ihnen freundlich zu.

»Morgen, Lóa«, begrüßt mich sein Vater voller Energie, »ist dir langweilig? Brauchst du was zu tun?«

Mein Blick fällt auf seine Handschuhe und die Melkmaschine, die er gerade sauber macht.

»Heute nicht … Ich muss nach Stóra Dímun , um –«

»Oh, Mist. Aðallín?«

Ich nicke, bin nicht einmal überrascht, dass er sie ebenfalls zu kennen scheint.

»Ihr Onkel?«

»Ja.«

Sein Blick wird traurig, ein Seufzen kommt über seine Lippen.

»Ich passe auf ihre Tiere auf, solange sie in Kopenhagen ist.«

»Das muss sicher eine Erleichterung für sie sein. Brauchst du etwas? Braucht sie etwas?«

»Ich glaube nicht. Ich wollte nur vorher kurz mit Luka sprechen. Ist er hier?«

»Im Haus. Aber sei vorsichtig.«

»Wieso?«

»Er ist ziemlich grantig heute. Keine Ahnung, was ihm über die Leber gelaufen ist, aber ich würde nicht ausschließen, dass er beißt.«

Ich hebe fragend die Augenbrauen. »So schlimm?«

»Wirst du schon merken.«

Verunsichert nähere ich mich der Haustür und klopfe leise dagegen, obwohl ich am liebsten doch noch einmal kehrtmachen würde. Aber jetzt ist es dafür zu spät. Es dauert keine zwei Sekunden, da öffnet Luka mir bereits die Tür. Wahrscheinlich hat er die donnernd laute Stimme seines Vaters schon von drinnen gehört.

»Komm rein«, sagt er und wendet sich sofort ab.

Der Geruch von Frühstück liegt in der Luft, von Eiern und Skerpikjøt, bei dem mein Magen knurrt, obwohl ich keines dieser Dinge esse. Die offene Wohnküche ist groß und geräumig und verströmt mit den Eichenmöbeln einen rustikalen Charme. Die Wände und Böden sind aus Holz, und an den Fenstern hängen karierte Vorhänge in warmen Farben. Dazu gibt es eine ganze Wand mit Fotos von Luka, seinen Eltern, seinen drei Geschwistern und von ihrer Katze Thor, die sich irgendwo herumtreiben müsste.

»Gehen wir in dein Zimmer?«, frage ich meinen besten Freund, der mir den Rücken zugewandt hat.

»Nein. Ich hatte die Wahl zwischen Ausmisten und Putzdienst.«

»Sieht dir gar nicht ähnlich, dass du dich fürs Putzen entscheidest.«

»Ich wollte mit dir reden«, erklärt er. »Und das geht um einiges besser, wenn mein Dad nicht alle zwei Minuten *ganz zufällig* an uns vorbeiläuft.«

»Verstehe.« Trotz der gemütlichen Atmosphäre im Raum spüre ich Lukas Anspannung und werde davon angesteckt. Unschlüssig lehne ich mich an die Wand und verlagere mein Gewicht von einem Bein aufs andere, während ich ihn beim Abwasch beobachte. Normalerweise hasst er Hausarbeit, aber gerade scheint er all seine Konzentration darauf zu verwenden, einen bereits sauberen Teller noch mehr zu schrubben, als hinge sein Leben davon ab.

Eine Weile sehe ich ihm dabei zu, ohne dass jemand von uns ein Wort verliert. Ich könnte das Stunden machen, denn ich liebe es, zu schweigen. Trotz der Anspannung ist diese Stille so viel angenehmer als der Sturm, der sich gerade in Lukas Innerem zusammenzubrauen scheint.

Ich sehe es an seinen gesenkten Brauen. Der Falte dazwischen. Der Art, wie aggressiv er das Geschirr bearbeitet, als hätte er noch eine Rechnung mit den Tellern offen.

Ich hätte im Bett bleiben sollen, stelle ich fest. So tun sollen, als würde ich noch schlafen, bis es zu spät für ein Gespräch gewesen wäre. Dann hätte ich das alles hier aufschieben können und Luka womöglich bei besserer Laune erwischt.

»Ist etwas vorgefallen?«, frage ich so leise, dass es kaum das Knistern des Kamins übertönt. »Luka?«

»Gib mir einen Moment«, knurrt er.

Ich nicke und verschränke die Arme vor der Brust, um das Zittern meiner Hände zu verbergen. »Okay.«

Es dauert mehr als einen Moment. In der Zwischenzeit seufzt Luka mehrmals, einmal rutscht ihm sogar eine Tasse aus der Hand und fällt klirrend zurück in die Spüle. Ein Geräusch, das mich so sehr erschreckt, dass ich nur mit Mühe einen Aufschrei unterdrücken kann. Aber Luka zuliebe verkneife ich ihn mir. Genauso wie den Impuls, einfach aus dem Haus zu stürmen, weil ich zunehmend nervöser werde.

Schließlich hat er kein Geschirr mehr übrig, das gespült werden muss. Mit einem gurgelnden Geräusch verschwindet das Wasser im Abfluss. Dann endlich wendet Luka sich um und kommt auf mich zu, bis uns nur noch ein halber Schritt trennt. Er ist so viel größer als ich. Während ich schon in der fünften Klasse nicht mehr gewachsen bin, hat er bis vor Kurzem gar nicht damit aufgehört. Er ist ein Riese wie sein Vater und kann mit den breiten Schultern und dem kantigen Gesicht ganz schön einschüchternd wirken.

Aber ich weiß, dass der Eindruck trügt. Dass Luka stattdessen lieb, geradezu sanft ist. Dass er für die, die ihm nahestehen, ganze Berge versetzen würde. Nur gerade fühlt es sich nicht danach an. Zum ersten Mal kommen mir seine schiere Größe und der ernste Ausdruck in seinem Gesicht bedrohlich vor.

»Luka?«, frage ich vorsichtig.

»Dieser Alex ... wer ist er?«

Ich runzele die Stirn. »Das habe ich dir doch schon erzählt. Ich hab ihn im Irish Pub kennengelernt, und er übernachtet bei mir, bis er seinen Pass wiederhat.«

»Und die Wahrheit?«

»Was meinst du? Das ist die Wahrheit. Warum sollte ich dich anlügen?«

Er verschränkt die Arme vor der Brust. »Keine Ahnung. *Warum* solltest du mich anlügen? Sag du's mir.«

Mir gefällt dieses Spiel nicht. Sein Tonfall. Die Art, wie er mich mit Worten in die Ecke drängt, sodass alles, was ich sage, nur falsch sein kann. Ich will einen Schritt zurückweichen, um Abstand zwischen uns zu bringen, um wenigstens ein bisschen klarer denken zu können, aber die Wand versperrt mir den Weg.

»Was hast du gehört, Luka?«, frage ich und nehme dafür meinen ganzen Mut zusammen.

»Kommt drauf an, von wem. Von meiner Mutter, dass er wohl dein Freund ist und vorgestern deine Familie kennenlernen durfte.«

»Das hat er, ja.« Ich balle die Hände zu Fäusten. »Aber er ist nicht mein Freund.«

»Sondern?«

»Das, was ich dir erzählt habe. Ein Typ aus London, der …«

»Verarsch mich nicht.« Seine Stimme wird lauter, Kälte legt sich um meinen Körper.

»Tue ich nicht.«

»Lóa. Verdammt. Ich hab euch doch gesehen.«

Mein Herz setzt aus. So kommt es mir zumindest vor. Und mit ihm scheint auch die Zeit stillzustehen. Für einen Moment fühlt es sich so an, als wäre ich nicht ich, sondern eine Beobachterin, die diese Situation aus der Ferne betrachtet. Dann setzt die Panik ein. »Du hast was?!«

»Euch gesehen. In deinem Haus.«

Ich verziehe das Gesicht. »Was, zur Hölle, Luka?! Spionierst du mir nach?!«

»Darf ich dich daran erinnern, dass du wortwörtlich im GARTEN meiner Eltern wohnst und unbedingt riesige Fenster haben wolltest, um besser in die Natur sehen zu können? Überraschung: Fenster funktionieren in beide Richtungen. Ich hab dir nicht nachspioniert, es ist nur ziemlich schwer zu übersehen, was ihr da treibt, wenn ich abends einmal kurz aus meinem Zimmer schaue.«

Mir gefriert das Blut in den Adern. Mein Magen zieht sich zusammen. Natürlich hätte mir klar sein müssen, dass die Möglichkeit besteht, aber ... Ich wende den Blick ab und starre zu Boden, weil ich den Gedanken nicht ertragen kann, dass Luka mich so gesehen hat. Eine Seite von mir, die ich bisher nur einem einzigen Menschen offenbart habe, eine Seite, die ich selbst bisher nicht gekannt habe.

Vor Scham, Frust und Enttäuschung steigen mir Tränen in die Augen. Meine Hände bewegen sich wie von allein, zucken, verknoten sich ineinander, werden zu Fäusten, bis ich sie in der Bauchtasche meines Hoodies vergrabe, um wenigstens ein bisschen die Kontrolle über sie zu bekommen. Aber der Impuls ist zu stark.

»Also. Noch mal: Was läuft da zwischen euch?«

Meine Gedanken sind wie ein Wirbelsturm, der die Worte, die mir auf der Zunge liegen, davonbläst. Da Luka ja sowieso schon etwas gesehen hat, kann ich ihm auch einfach die Wahrheit gestehen. Ihm sagen, dass ich zwar mit Alex geschlafen habe, aber dass das zwischen uns eher so eine körperliche, experimentelle Sache ist. Aber ich bekomme die Silben nicht zusammen. Die Bitterkeit über diese Bloßstellung ist stärker als meine Vernunft. »Scheint so, als wüsstest du es längst.«

»Stimmt.«

»Und war es das dann? War das alles, wofür du mich herbestellt hast?«

»Ich hab gestern ein Telefonat mitbekommen. Zwischen ihm und … keine Ahnung. Seinem Kumpel oder so. Hat Alex dir je gesagt, wieso er bei dir übernachten will und sich kein Hotel sucht?«

»Weil er kein Geld hat.«

»Ist das alles?«

»Was sonst?«

»Lóa, verdammt, er hat seinem Kumpel gesagt, dass er nur bei dir übernachtet, um an dich ranzukommen.«

»Ja und?!«, erwidere ich heftiger als geplant, ohne überhaupt über Lukas Worte nachzudenken.

»Stört dich das gar nicht? Ein Typ, der sich nur mit dir abgibt, weil er Sex will? Ein Typ, der nur bei dir wohnt, um mit dir schlafen zu können?«

»Ich weiß nicht, wieso dich das so sehr interessiert.«

»Weil ich mir Sorgen mache, verdammt. Ich kann den Gedanken nicht ertragen, dass du ihn aus Gutgläubigkeit bei dir übernachten lässt, während er dich nur benutzt. Weil ich –« Er bricht ab, kommt einen Schritt näher, aber ich bin zu sehr auf unsere Füße konzentriert, die jetzt dicht beieinanderstehen, um in sein Gesicht zu blicken. Ich meine, die Hitze seines Körpers zu spüren, aber anders als bei Alex zieht sie mich nicht näher zu ihm hin, sie stößt mich ab, bereitet mir Gänsehaut.

Zu nah, warnt mich mein Kopf, aber ich schaffe es nicht, mich zu rühren.

»Lóa ...« Lukas Hand legt sich auf meine Wange, er hebt mein Gesicht an, bis sich unsere Blicke treffen. Sorge steht in seinen blauen Augen, aber auch Verzweiflung und tausend unausgesprochene Worte. »Ich mache mir nur Sorgen um dich. Du bist mir zu wichtig, als dass ich einfach zulassen könnte, dass ...«

Sein Atem streift mein Gesicht. Seine Stirn liegt jetzt an meiner. Dann küsst er mich, sanft, vorsichtig, um nicht aussprechen zu müssen, was er denkt. Um mir zu verstehen zu geben, was ich eigentlich schon längst hätte bemerken sollen. Es geht hier nicht nur um Alex und seine vermeintlichen Intentionen. Es geht um mehr. Es geht um Luka, seine Gefühle und eine Erkenntnis, die mich so plötzlich trifft, dass ich endlich die Kraft finde, mich aus dieser Position zu winden.

Ich schiebe ihn von mir weg und trete zur Seite, weg von der Wand. Weg von meinem besten Freund. Weg von dieser Nähe, die noch immer wie ein Gift meine Haut verätzt. Zu viel. Es ist alles verdammt noch mal zu viel.

»Lóa, es –«

Ich unterbreche ihn, schaffe es ein letztes Mal, Worte zu finden, obwohl ich am liebsten für alle Ewigkeit in Schweigen verfallen würde. »Hast du irgendwann einmal darüber nachgedacht, was *ich* will? Dass ich nicht so naiv bin, wie du glaubst? Dass Alex mich nicht ausnutzt, weil ich das, was zwischen uns läuft, genauso will wie er?«

Die Trauer in Lukas Blick bricht mir das Herz. Ich weiß, dass meine Worte zu viel waren, aber jetzt sind sie heraus, und es gibt kein Zurück mehr. Doch statt Reue fühle ich vor allem eines: Bitterkeit. Denn was machen meine Worte noch für einen Unterschied? Er hat dieses Gespräch begonnen. Er war derjenige, der seine Nase in meine Angelegenheiten gesteckt und mich bloßgestellt hat. Luka wollte die Wahrheit.

Und jetzt hat er sie.

Alex

Lóa redet schon den ganzen Tag kein Wort mit mir, etwas, mit dem ich nicht so recht umgehen kann. Ich kann nicht einschätzen, was der Grund dafür ist. Ob irgendetwas passiert ist oder ihr einfach nicht nach einem Gespräch zumute ist. Alles, was ich habe, ist ein Zettel, den sie mir in die Hand gedrückt hat.

Habe einen stillen Tag, aber ich hör dir gern zu.

Es hat eine Weile gedauert, bis ich verstanden habe, was sie damit meint. Dass es kein Problem ist, wenn ich etwas sage oder frage, dass aber im Gegenzug kein Laut ihre Lippen verlässt.

Zuerst finde ich es seltsam. Vor allem beim Einkaufen ist die fehlende Kommunikation schwer, und ich muss mich darauf beschränken, Fragen zu stellen, die sie mit einem Nicken oder Kopfschütteln beantworten kann. Aber nach einer Weile habe ich den Dreh raus, und manchmal reicht sogar ein Blick, um zu wissen, was sie denkt.

Wir decken uns für die nächsten Tage mit Lebensmitteln ein. Lóa packt eine Reisetasche voll mit Klamotten und geht sicher, dass ihre Vogelstation gut befüllt ist. Danach schaltet sie den Strom in ihrem Haus aus und steigt mit mir ins Auto. Wir stoppen vor der Tür der Farm, und mit einer Geste bedeutet Lóa mir, zu warten. Sie steigt aus, geht zur Tür und klopft. Ein blonder Typ öffnet ihr, und ich erkenne ihn von gestern wieder. Es ist ihr Freund Luka, dessen Blick sofort in meine Richtung schießt. Falls möglich, wird seine ohnehin schon dunkle Miene noch finsterer. Aus der Entfernung höre ich nicht, was er sagt, doch als Lóa den Kopf schüttelt und ihm den Haustürschlüssel in die Hand drückt, presst er die Lippen zusammen, bevor er wieder ins Haus verschwindet.

Lóa kommt zum Auto und starrt eine Weile geradeaus, ohne den Motor zu starten. Ich kann nur raten, was gerade in ihr vorgeht, und weiß, dass fragen in dieser Situation zwecklos wäre. Was kann ich schon erreichen, wenn die einzigen Antworten, die ich bekomme, »Ja« und »Nein« sind?

Schließlich fährt sie los und biegt auf die Straße Richtung Süden ein. Mittlerweile würde ich den Weg nach Streymoy auch im Schlaf finden, was zum Teil daran liegt, dass nur eine einzige Straße dorthin führt. Dennoch kann ich mich nicht an der Landschaft sattsehen. An den hohen, grasbewachsenen Bergen, deren Gipfel heute in einer dichten Wolkendecke versinken.

»Sorry«, flüstert Lóa irgendwann, als wir gerade den Flughafen passieren.

Verwirrt sehe ich sie an. »Wofür?«

»Dass ich nicht rede …«

»Dafür musst du dich nicht entschuldigen«, stelle ich klar. »Ist etwas passiert?«

Sie nickt.

»Willst du darüber reden?«

Ein Kopfschütteln.

So viel dazu.

Wir fahren in die Hauptstadt Tórshavn und folgen dort der Umgehungsstraße zur Küste. Manchmal kann ich immer noch nicht glauben, dass das hier wirklich als Stadt gilt. Es gibt keine Hochhäuser. Selbst Reihenhäuser sind die Ausnahme. Und dazu ist alles so grün, dass es mehr wie eine Ansammlung von Dörfern wirkt. Als wir die Küste erreichen, bricht die Sonne durch die Wolken. Einzelne Strahlen treffen auf die Oberfläche des Meeres und bringen sie zum Funkeln. Das Wetter wirkt insgesamt sehr ruhig, was eine ziemliche Erleichterung ist, wenn ich daran denke, was mir gleich bevorsteht.

Der Flugplatz ist so unscheinbar wie vieles andere auf diesen Inseln auch. Der kleine Parkplatz am Straßenrand liegt direkt an der Küste mit einem winzigen Häuschen und einer runden Asphaltfläche daneben. Nur ein orange-weißgestreifter Windsack deutet darauf hin, dass wir hier am richtigen Ort sind.

Lóa steuert einen der Parkplätze an, die direkt an den Grünstreifen zwischen uns und dem Meer angrenzen. Am Horizont sehe ich die weiße Hülle eines Schiffs zwischen Nólsoy und dem südlichen Kap der Insel Eysturoy. Ansonsten ist da draußen nichts. Auch kein Helikopter.

»Um wie viel Uhr ist noch mal Abflug?«

Lóa hebt die Finger. Erst einen, dann zwei.

»Zwischen eins und zwei?«

Kopfschütteln.

»Zwölf.«

Nicken.

Ich bin stolz darauf, dass ich sie verstanden habe. »Sind wir nicht ein bisschen früh dran?« Die Frage ist rhetorisch gemeint. Es ist gerade mal zwanzig Minuten nach elf. Wir sind definitiv zu früh dran, aber Lóa hat schon einmal erwähnt, dass sie diejenige ist, die immer überpünktlich irgendwo auftaucht.

Ich fahre den Sitz ein wenig zurück, um meine Beine auszustrecken, und löse den Sicherheitsgurt. »Gibt definitiv schlimmere Orte, um zu warten. An die Aussicht könnte ich mich glatt gewöhnen.«

Ich hole mein Handy heraus und schicke Lee ein Foto von der Umgebung. Vielleicht kein Infinitypool mit Blick auf die Skyline von Singapur, aber das hier ist definitiv auch nicht übel.

»Willst du ein bisschen Musik anmachen?«

Etwas, woran ich mich erst gewöhnen musste, ist die

Tatsache, dass das Radio in Lóas Wagen immer ausgeschaltet ist. Sie hört beim Fahren keine Musik, nicht mal ein Hörbuch oder so was, was mir zuerst total seltsam vorkam. Ich habe sie nie darauf angesprochen, weshalb es mich überrascht, dass sie jetzt so bereitwillig das Audiosystem einschaltet und über den Touchscreen den Bluetooth-Modus auswählt. Na sieh mal an, sie hört also doch Musik.

»Irgendwas Bestimmtes?«, flüstert sie.

»Ich höre echt alles, also such du aus.«

Nur ein paar Sekunden später ertönt aus den Boxen »The Chain« von Fleetwood Mac, was mir ein Lächeln auf die Lippen zaubert. Mit den Siebzigern hat sie bei mir definitiv ins Schwarze getroffen. Ich summe leise mit, bis der Song endet und ein neuer beginnt.

»Was ist das?«

Lóa lächelt. »Ich dachte, du hörst alles?«

»Ja, schon, ich hab nur ... *Was ist das??*«

»Wardruna.«

»Was?«

»Wikinger-Musik«, erklärt sie. »Ein Musikprojekt. Die Band erkundet und reproduziert alte spirituelle Folkmusik aus dem skandinavischen Raum. Sie waren am Soundtrack von *Vikings* beteiligt. Ich kann auch etwas anderes anschalten, wenn es dir nicht gefällt.«

»Nein, lass. Es klingt cool, ich war nur etwas verwirrt, das ist alles. Ich höre normalerweise keine Wikinger-Musik.«

»Sondern?«

»Keine Ahnung. Alles andere? Was mir Spotify so vorschlägt, aber offenbar hat es wohl ein Genre übersprungen. Das klingt echt cool.«

»Und das sagst du nicht nur so?«

»Nein.«

Lóa lächelt und beginnt nun ihrerseits, leise mitzusummen. Was auch immer sie zum Schweigen gebracht hat, jetzt ist es vorbei, und es scheint fast so, als wäre damit ein ganzer Energieschub gekommen. Sie bewegt ihre Beine im Takt der Musik und wiegt den Kopf hin und her. Nur ein paar Sekunden, und sie scheint ganz in dem Lied aufzugehen, fast so, als wäre ich nicht da.

Mit dem nächsten Song kommt ein weiterer Stilbruch, und ich bin umso verwirrter, als plötzlich Harry Styles an meine Ohren dringt. Dieses Mal singt Lóa leise bei »As It Was« mit, und irgendwie hat das etwas Ansteckendes, sodass ich mit einstimme, auch wenn es bei mir viel schiefer klingt als bei ihr. Das Ganze hier erinnert mich an einen Roadtrip mit Lee einmal quer durch halb England, und wie es der Zufall so will, ist das nächste Lied in Lóas willkürlicher Playlist genau jenes, welches der Auslöser für unseren Roadtrip gewesen ist.

»Binley Mega Chippy …« Schon als ich die ersten Worte höre, muss ich lauthals lachen, doch als nach dem original Song plötzlich ein Bass Drop kommt und ein wilder Technopart beginnt, laufen mir fast die Tränen über die Wange.

»Was, zur Hölle?«, bringe ich japsend hervor.

»Was?«

»Dieses Lied. Dieser Remix. Woher hast du das?!«

Lóa lächelt schief. »Scheint so, als würden wir beide ein bisschen zu viel auf TikTok rumhängen.«

»Ich wusste gar nicht, dass jemand außerhalb von England das Meme kennt.«

»Oh doch, es war überall in meinem Feed. Ein paar Leute aus meinem Studienjahr wollten sogar nach England fliegen, nur wegen einer Imbissbude.«

»Mein Kumpel und ich haben das tatsächlich gemacht«, erzähle ich. »Nach der Vorlesung hat mich Lee einfach in sein Auto gepackt, und wir sind zwei Stunden nach Binley gefahren, damit er die Fish and Chips dort probieren konnte.«

Lóas Augen werden groß. »Einfach so? Spontan?«

»*Yep*. Er wollte es mir erst nicht verraten und meinte, es sei eine Überraschung. Aber sobald wir aus London raus waren, hab ich Angst bekommen und es aus ihm rausgequetscht.«

»Und wie war's?«

»Das Essen? Okay. Es gibt definitiv schlechtere Chippies, aber auch bessere. Aber dafür war der Trip selbst einsame Spitze.«

»Das klingt so cool«, murmelt Lóa. »So was wollte ich schon immer mal machen. Mich einfach ins Auto setzen und spontan irgendwohin fahren, aber ...«

»Wird schwer, wenn man auf einer Insel wohnt.«

»Und wenn man Angst vor neuen Situationen hat.«

»Widerspricht sich das nicht irgendwie?«

»Was? Spontan sein wollen und Angst vor dem Unbekannten haben? Auf jeden Fall, aber sag das mal meinem Kopf, der trotzdem beides will.«

»Das tut mir leid«, erwidere ich. »Das muss ziemlich schwer sein.«

Lóa seufzt. »Manchmal. Es ist generell schwer, aus meinem Alltag auszubrechen, auch wenn ich das echt nötig habe. Es hat so lange gedauert, bis ich mich dazu durchgerungen hab, mit den Mädels in die Bar zu gehen. Und so ist es mit allem.«

»Belastet dich das sehr?«

»Ab und zu. Aber zu wissen, dass ich so bin und wieso ich so bin, hilft mir, mich darauf einzustellen. Andere haben da nicht so viel Glück. Wusstest du, dass Mädchen und Frauen viel seltener mit Autismus diagnostiziert werden als Männer? Sorry. Das interessiert dich vermutlich nicht. Ich plappere schon wieder zu viel.«

»Doch, tut es. Gibt's dafür einen Grund?«

Lóa zuckt mit den Schultern. »Einige. Erziehung. Sexismus. Als Mädchen bekommt man viel intensiver beigebracht, wie man sich zu benehmen hat, und wird dadurch ziemlich gut darin, sich anzupassen und nicht aufzufallen. Bei Jungs ist das in der Regel anders. Bei mir wäre es vermutlich auch nicht aufgefallen, wenn meine Grundschullehrerin mich nicht durchschaut hätte.«

»Das wusste ich alles gar nicht«, stelle ich fest.

»Viele wissen es nicht, und das gilt leider auch für Ärzte.«

Nachdenklich starren wir beide aufs Meer. Der Himmel ist in den letzten Minuten klarer geworden, ein strahlendes

Blau, das vom Wasser eingefangen wird. Nur einzelne Wolken hängen noch in der Luft. Und ein schwarzer Punkt, der mit jeder Sekunde größer zu werden scheint.

»Das muss der Heli sein«, bemerkt Lóa und kramt eilig im Staufach der Fahrertür nach ihren AirPods, die sie sich sofort ins Ohr steckt. »Geräuschunterdrückend.«

»Wird der Lärm gleich so schlimm?«

»Wenn du so empfindlich bist wie ich, dann ja.«

Bin ich nicht, zumindest finde ich den Lärm vom Auto aus erträglich, als der Helikopter nur ein paar Meter von uns entfernt auf der runden Fläche landet. Das Rauschen des Windes und das Rauschen der Rotorblätter sind laut, werden aber genug gedämpft, sodass es mich nicht weiter stört, wohingegen sich Lóa zusätzlich die Hände auf die Ohren legt, bis der Pilot endlich den Motor abstellt.

Es ist ein weiß lackierter Passagierhubschrauber, auf dessen Heck das Logo von Atlantic Airways gedruckt ist. Dieselbe Fluggesellschaft, die mich auf diese Insel gebracht hat. Ob ich den Piloten einfach nett fragen kann, ob er einen kurzen Umweg runter nach Schottland machen kann, um mich abzusetzen? Meine Sachen hab ich schließlich dabei.

Sobald die Rotorblätter sich nicht mehr bewegen, steigt der Pilot aus und öffnet die hintere Tür, um die Passagiere rauszulassen. Oder vielmehr: den Passagier. Eine einzige Person, ein älterer Herr, steigt aus und schultert eine Tasche.

»Ist er etwa allein geflogen?«, frage ich verwirrt. »Ich meine, lohnt sich das?«

»Manche Inseln sind nicht so leicht zu erreichen. Das

Ufer ist zu steil für ein Boot, oder das Wetter spielt nicht mit. Dann bleibt nur der Helikopter. So bekommt meine Bekannte auch Lieferungen auf ihre Insel.«

»Das mit der einsamen Insel meintest du offenbar echt wörtlich.«

»Ja. Auf Dímun gibt es nur eine Farm, und die gehört ihrer Familie. Sie leben dort allein mit ihren Kindern.«

»Wird das nicht auf Dauer sehr einsam?«

»Keine Ahnung. Für mich wäre es ein absoluter Traum.«

»Kann ich mir vorstellen.« Ich dagegen bin mir nicht so sicher, ob mich so ein Leben für mehr als ein paar Tage reizen würde. Mir sind die Färöer ja jetzt schon zu ruhig. Kaum vorzustellen, wie es erst auf dieser Insel sein wird. Zum Glück bleiben wir nur ein paar Tage. Und zum Glück bin ich nicht ganz allein.

Auf Lóas Stichwort steigen wir aus und bringen unsere Sachen zum Helikopter. Der Pilot begrüßt uns mit einem strahlenden Lächeln und wirkt mit der Sonnenbrille so cool, als entstammte er irgendeinem Hollywoodstreifen. Er wechselt ein paar Worte mit Lóa in der Landessprache und hilft uns dann dabei, unser Gepäck sicher zu verstauen. Allmählich wird mir mulmig zumute, denn bisher saß ich noch nie in einem Hubschrauber. Ich weiß, dass irgendeine komplexe Physik dahintersteckt, aber die Vorstellung, dass wir nur von einem einzigen großen Propeller in der Luft gehalten werden, lässt mir flau im Magen werden.

Lóa dagegen hört gar nicht mehr auf zu grinsen, sobald wir die Sitzplätze eingenommen und unsere Kopfhörer aufgesetzt haben. Aufgeregt nimmt sie jedes Detail in sich auf und starrt immer wieder aus dem Fenster hinauf zu den Rotorblättern, obwohl wir uns noch kein Stück bewegt haben.

Sie holt ihr Handy aus der Hosentasche und tippt etwas in ein Nachrichtenfenster, bevor sie es mir unter die Nase hält.

Nervös?

Ich nicke angespannt. Wahrscheinlich bin ich jetzt schon leichenblass. Ich habe Angst, bin aber gleichzeitig auch aufgeregt wie vor einer Achterbahnfahrt. Neben mir schließt der Pilot die Tür, bevor er nach vorn ins Cockpit klettert und ebenfalls sein Headset aufsetzt. In meinem ertönt ein Rascheln, gefolgt von einem: »Daumen hoch, wenn ihr mich hören könnt.«

Lóa und ich kommen der Aufforderung nach.

»Sehr gut. Jetzt sagt beide mal was.«

Von Lóa und mir kommt je ein Hallo.

»Sehr gut. Okay. Wir sind den ganzen Flug über miteinander verbunden, also wenn ihr irgendwas habt, sagt Bescheid. Bis nach Dímun dauert es dreißig Minuten, das Wetter ist gut, also sollten wir keine Turbulenzen haben, aber bleibt bitte trotzdem angeschnallt. Das hier ist eure letzte Chance, noch mal auszusteigen. Habt ihr definitiv alles?«

Lóa wirft mir einen prüfenden Blick zu, und ich nicke. »Ja.«

»Gut. Dann macht euch bereit für den Start.« Es ertönt ein kurzes Rauschen, bis die Verbindung still wird. Dann spüre ich ein Rucken, und über uns setzen sich die Rotorblätter in Bewegung. Der Lärm, den ich vorhin im Auto gehört habe, wird durch die speziellen Kopfhörer gedämpft, ist kaum mehr als ein leises Brummen. Ein Vibrieren geht durch die Maschine, und dieses Mal wird meine Angst greifbar. Meine Finger verkrallen sich unwillkürlich in der Armlehne.

Plötzlich habe ich das Gefühl, als würde mein ganzer Körper durch den Boden rutschen, dann heben wir auch schon ab. Panisch kneife ich die Augen zusammen, während ich versuche, diese überwältigenden Eindrücke zu verarbeiten. Das Kribbeln in jeder Zelle meines Körpers. Das Gefühl, in den Sitz gedrückt zu werden, gefolgt von einem winzigen Augenblick der Schwerelosigkeit, während wir allmählich aufsteigen.

Es dauert Minuten, bis ich mich endlich traue, die Augen zu öffnen, bis mein Herzschlag sich so weit beruhigt hat, dass ich wieder halbwegs klar denken kann. Vorsichtig schaue ich aus dem Fenster, und der Anblick raubt mir den Atem. Unter uns zieht die Hauptstadt hinweg, die mit den einfachen Häusern so viel mehr wie ein Dorf wirkt. Wir sind niedrig genug, dass ich einzelne Gebäude erkennen kann, das Hotel, den Hafen, sogar das Irish Pub, in dem ich Lóa getroffen habe.

Wir fliegen eine Kurve und folgen der Küstenlinie aus der Stadt heraus Richtung Süden. Unter mir treffen steile Klippen auf den tiefblauen Ozean. Gischtkronen zeichnen feine Linien auf die Wasseroberfläche, und das Sonnenlicht zaubert Regenbögen in die Luft, dort, wo die Wellen auf den Stein treffen.

Mit jeder Sekunde steigen wir höher auf, sodass ich mehr von der Landschaft sehe. Wir passieren den Gipfel des höchsten Berges der Insel Streymoy. Dahinter kommen zwei kleinere Nachbarinseln zum Vorschein, deren Namen ich nicht kenne und die wie moosbewachsene Felsen aus dem Meer ragen.

Erst da wird mir etwas bewusst. Ein wärmendes Gefühl an meinem Handrücken. Als ich hinschaue, liegt Lóas Hand auf meiner. Statt nach draußen sieht sie mich an. Ihr Blick wirkt besorgt, und auf den Lippen liegt die stille Frage, ob alles in Ordnung ist.

Ich nicke, obwohl ich gerade vermutlich ein ziemlich armseliges Bild abgebe. Aber langsam gewöhne ich mich an das Gefühl, in der Luft zu sein. Die Aussicht hilft dabei, und auch wenn ich es nicht so recht wahrhaben mag: der Körperkontakt ebenso.

Es ist nur eine winzige Geste, und dennoch fühlt sich Lóas Hand gerade wie ein Anker an, der mich am Boden hält, obwohl wir was weiß ich wie viele Meter über dem Meer fliegen. Die Wärme ihrer Haut macht die Flugangst erträglicher. Vorsichtig drehe ich die Hand um und verschränke meine Finger mit ihren, um mich noch mehr an ihr festzuhalten.

Es ist nur wegen des Fluges, sage ich mir, aber ich bin nicht immer so ein guter Lügner, wie ich mir einreden will, denn ich kann nicht leugnen, dass mir das Ganze auch so ziemlich gut gefällt.

Lóa

Stóra Dímun gleicht einem einzigen breiten Berg, der aus dem Meer herausragt. Zu fast allen Seiten ist er von Klippen umgeben, die steil und unbarmherzig in die Tiefe ragen. Den Gipfel bildet ein hohes Plateau, und an den vom Wind geformten Hängen befindet sich die einzige Siedlung weit und breit. Zwei Häuser mit schwarzen, holzvertäfelten Fassaden, weißen Fenstern und grünen Dächern, daneben eine Stallanlage. Mehr hat unsere kleinste bewohnte Insel nicht zu bieten.

Der Helikopter steuert ein flaches Grasstück an, das durch einen Ring aus Steinen als Landeplatz gekennzeichnet ist. Je näher wir kommen, desto mehr Schafe kann ich erkennen, die überall an den Hängen des Berges verteilt sind. Hier draußen gibt es keine Zäune oder Grenzen, weil alles zu dieser Insel gehört.

Sobald wir gelandet sind, lässt Alex meine Hand los. Noch immer steht ihm die Nervosität ins Gesicht geschrieben, selbst seine braune Haut wirkt blasser als sonst und das Lächeln auf seinen Lippen gequält. Er bleibt noch ein bisschen länger angeschnallt, nachdem der Pilot den Motor abgeschaltet hat, während ich bereits aufstehe und nach meiner Reisetasche greife.

Ich öffne die Tür und mache den ersten Schritt auf die Insel. Es ist eine Weile her, seit ich das letzte Mal hier gewesen bin, und dennoch fühlt es sich ein bisschen wie nach Hause kommen an. Die Stille ist absolut surreal. Es gibt nichts außer dem Wind, dem Meer und den Schafen. Kein Auto, nicht einmal in weiter Ferne. Nur den Helikopter, der schnell wieder verschwindet, nachdem wir ausgestiegen sind.

Eine Weile sehe ich ihm hinterher, bis er über dem Berg verschwunden ist und das Brummen des Motors verhallt. Dann endlich wende ich mich Alex zu, der auf seinem Koffer an einer Stallmauer sitzt und seltsam verloren wirkt. Vorsichtig nähere ich mich ihm und komme nur wenige Schritte vor ihm zum Stehen.

Bis zu unserer Ankunft hier ist es mir leichtgefallen, die negativen Gedanken zu verdrängen und mich auf meine To-do-Liste zu konzentrieren, doch jetzt, wo ich ihn so sehe, dringt der Streit mit Luka wieder in den Vordergrund. Dabei will ich das gar nicht. Das, was er zu mir gesagt hat, sollte eigentlich keine Rolle spielen. Denn selbst wenn Alex nur bei mir übernachtet, um an mich ranzukommen, kann mir das egal sein. Schließlich profitiere ich davon, bekomme ebenfalls das, was ich will. Und überhaupt. Wer weiß, ob Luka die Wahrheit gesagt hat, nachdem er so deutlich gemacht hat, wie er zu Alex steht. Und zu mir.

Mir wird übel bei der Erinnerung an den Kuss. Nicht, weil es ein schlechter Kuss war, sondern weil er unerwartet kam. Und weil er einfach alles verändert hat. Mein bester Freund aus Kindheitstagen will mehr von mir. Und ich war nicht nur so naiv, es nicht zu bemerken, ich kann seine Gefühle auch nicht erwidern.

Scheiße. Wann ist mein Leben so kompliziert geworden?

»Okay, geht wieder«, verkündet Alex und richtet sich auf. »Bitte sag mir, dass du für den Rückweg ein Boot gebucht hast.«

»Ich fürchte, nein«, erwidere ich. »Aber du gewöhnst dich schon dran. Lass uns erst mal reingehen.«

Ich führe Alex um das Haupthaus herum, vorbei an einem Spielplatz mit Schaukel und Rutsche. Hier sind wir nur ein paar Hundert Meter von den südlichen Klippen der Insel entfernt, und bei gutem Wetter wie heute sieht man die Nachbarinseln Lítla Dímun und Suðuroy.

»Keine Ahnung, was ich erwartet habe«, sagt Alex, »aber es ist echt sehr einsam hier.«

»So schlimm ist es nicht. Im Sommer kommen regelmäßig Touristen vorbei. Außerdem gibt es hier jede Menge Schafe, ein paar Kühe und zwei Hunde.«

»Und wo sind die Hunde?«

»Drinnen, schätze ich.«

Wir erreichen die Haustür, und als ich die Klinke betätige, stößt Alex einen überraschten Laut aus. »Schließt hier niemand ab?«

»Wieso sollten wir? Hast du Angst, die Möwen könnten uns berauben?«

»Nicht die Möwen, aber vielleicht die Schafe?«

Drinnen werden wir von lautem Bellen begrüßt. Charlie und Lucinda, die beiden Australian Shepherds, kommen uns entgegengerannt und beginnen aufgeregt damit, uns zu beschnuppern. Mich kennen sie bereits, weil es immer mal wieder vorkommt, dass ich auf sie aufpassen muss.

»Wir sind also nur hier, um die Hunde zu füttern?«, fragt Alex.

»Quasi, ja. Morgens lassen wir die Kühe aus dem Stall, abends holen wir sie wieder rein. Die Schafe bleiben für sich, aber einmal am Tag müssen wir einen Rundgang machen, um zu schauen, ob alles in Ordnung ist.«

»Das war's?«

»Das war's.«

»Lohnt sich so was überhaupt? Ich meine wirtschaftlich?«

Ich zucke mit den Schultern. »Aðallín und Thomas verdienen das meiste Geld mit den Schafen. Wolle, Leder und Fleisch. Ich denke schon, dass sie damit gut durchkommen, und mehr brauchen sie zum Leben nicht.«

Mir entgeht sein missmutiger Seitenblick nicht. Er hat mehr dazu zu sagen, kann sich wahrscheinlich gar nicht vorstellen, wie ein Leben auf einer einsamen Farm mitten im Atlantik erfüllend sein kann.

»Das mag dich vielleicht überraschen«, sage ich leise, »aber es geht im Leben nicht nur darum, so weit wie möglich die Karriereleiter zu erklimmen.«

Alex runzelt die Stirn. »Das weiß ich doch.«

»Tust du das wirklich?«

Schweigen. Ich nutze die Gelegenheit, ihm das Haus zu zeigen. Es gibt ein Wohnzimmer mit integrierter Küche und vier Schlafzimmer. Eins für Aðallín und Thomas, zwei für ihre Kinder und eins für Gäste. Das zweite Haus nebenan ist für Feriengäste. Ich vermeide es normalerweise, dort reinzugehen, um keinen Dreck hineinzuschleppen.

Alex und ich packen unsere Taschen aus und befüllen den Kühlschrank. Danach gehen wir zusammen mit den Hunden raus, um nach den anderen Tieren zu schauen.

»Es ist hier echt wie in einem Kinderbuch«, bemerkt er, als wir durch das angrenzende Feld laufen, wo die Kühe grasen. »Leben auf dem Bauernhof.«

»Ziemlich idyllisch, oder?«

»Und irgendwie gruselig.«

Wir folgen einem Trampelpfad die Hügel hinauf. Mittlerweile haben sich wieder Wolken gebildet, die sich über uns auf dem Gipfelplateau sammeln. Ein seltsamer Anblick, als wäre die Insel dort mit einer riesigen Schicht Schnee bedeckt, die jederzeit in sich zusammenbrechen könnte.

»Findest du?«, erwidere ich auf Alex' Bemerkung.

»Mir vorzustellen, dass die nächsten Menschen erst auf der Insel da drüben sind? Ein bisschen.« Er deutet mit dem

Finger auf Lítla Dímun , die von hier wie ein grasbedeckter Fels im Meer wirkt.

»Da muss ich dich enttäuschen. Die Insel ist unbewohnt. Das nächste Dorf ist auf Skúvoy im Norden, das kannst du von hier aus nicht sehen. Aber die große Insel hinter der kleinen ist bewohnt.«

Alex erschaudert. »Das heißt, wenn ich schreie, hört das niemand?«

»Nein«, erwidere ich lächelnd. »Kann nur sein, dass du die Schafe erschreckst. Und mich.«

Der Gedanke amüsiert mich, weil ich einen ganz ähnlichen hatte, als ich zum ersten Mal auf der Insel allein gewesen bin. Einfach schreien, alles rauslassen, ohne dass irgendjemand etwas davon mitbekommt. Eine Vorstellung, die gleichermaßen befreiend wie auch beklemmend ist.

»Was hast du die nächsten Tage vor? Wenn du nicht gerade Schafe zählst.«

Ich zucke mit den Schultern. »Ich hab meinen Kindle dabei. Und hier gibt es außerdem jede Menge Vögel, also kann ich auch ein bisschen arbeiten.«

»Aha.«

»Und wenn mir ganz langweilig wird, hab ich ja auch noch deine erlesene Gesellschaft.«

Alex' rechter Mundwinkel zuckt. »*Meine* Gesellschaft? Was hast du denn mit mir vor?«

»Niemand hört dich schreien, schon vergessen?« Einen winzigen Augenblick lasse ich den Satz wirken, stelle amüsiert fest, wie tatsächlich Sorge in seine Augen tritt, bevor ich es nicht mehr aushalte und lachen muss. »Ich mach nur

Spaß. Ich bin mir sicher, wir finden schon etwas, um uns zu beschäftigen.«

Ich stupse ihn mit dem Ellenbogen in die Seite, und endlich kehrt das Grinsen auf sein Gesicht zurück. Es hat etwas Schmutziges, Anzügliches, das mir zeigt, dass wir den gleichen Gedanken haben. Aber statt mich mit Vorfreude zu erfüllen, löst es etwas anderes in mir aus. Ein schmerzhafter Stich durchzuckt meine Brust, und das Gespräch mit Luka ist wieder präsent. Der Kuss. Seine Sorge. Und das, was er von Alex gehört hat.

Stört dich das gar nicht? Ein Typ, der sich nur mit dir abgibt, weil er Sex will? Ein Typ, der nur bei dir wohnt, um mit dir schlafen zu können?

Die Antwort ist eigentlich Nein. Es stört mich nicht, weil es für mich okay ist. Weil ich gern mit Alex schlafe und weil unsere Verbindung sowieso nur darauf aufgebaut ist. Aber das ist nicht die Wahrheit. Zumindest nicht die ganze. Nein, es stört mich nicht, dass Alex nur mit mir schlafen will. Aber es stört mich, dass er es nie kommuniziert hat. Dass er es dargestellt hat, als wäre der Sex nur ein nettes Extra, um uns die Zeit zu vertreiben, und nicht der einzige Grund, wieso er sich überhaupt mit mir abgibt.

Vorsichtig schiele ich zu ihm hinüber, und der Schmerz in meiner Brust wird deutlicher, tiefer, lauter. Brennt sich wie Säure durch meinen Körper. Fühlt sich an wie Verrat, während sich diese Erkenntnis wie ein Egel in meinem Bewusstsein festsetzt.

Er gibt sich nur mit dir ab, weil er mit dir schlafen will. In meinem Kopf nimmt der Gedanke Fahrt auf. *Er redet nur mit dir, weil er dich heiß findet. Er tut nur so, als würde deine Art ihn nicht stören, weil er dich ficken will.*

Die Stimme in meinem Kopf ist gemein und klingt nicht nach mir, aber ich werde sie nicht los. Ihre Worte setzen sich in meinen Gedanken fest, bis sie alles andere überlagern. Jedes noch so kleine Detail, das dafürspricht, dass Alex mich auch so ganz okay findet. Jedes Gegenargument. Selbst die Möglichkeit, dass ich etwas missverstanden oder Luka gelogen haben könnte, scheint es nicht mehr zu geben.

Für mich gibt es nur diese eine logische Erklärung: Alex hasst mich und gibt sich bloß mit mir ab, um mit mir zu schlafen.

Eine andere Option ist ausgeschlossen.

Ein Schauer überkommt mich, als ich unwillkürlich etwas mehr Abstand zu ihm nehme. Ich verschränke meine Hände ineinander, um zu verhindern, dass sie sich eigenständig bewegen und durch die Gegend flattern. Ich lächle, obwohl ich schreien will.

Ich weiß, dass ich ihn zur Rede stellen sollte, ihn fragen, ob das, was Luka behauptet, stimmt, in der Hoffnung, dass wir es einfach aussprechen und aus der Welt schaffen können. Aber so funktioniere ich nicht. Weil ich Angst habe, was danach kommt. Denn jetzt tut Alex zumindest so, als würde er mich mögen, und so ist es vielleicht auch am besten, wenn ich die nächsten Tage überstehen will, bis er endlich abreist. Wann ist noch mal das Gespräch mit der Botschaft? In drei Tagen? Das werde ich schon aushalten. Irgendwie. Schließlich bin ich es gewohnt, so zu tun als ob.

Also kann ich auch so tun, als wüsste ich von nichts. Und dann, wenn er weg ist, setze ich einen Haken darunter und denke nie wieder darüber nach.

Total einfach.

Es sind zwei Paar Schuhe, mir etwas vorzunehmen und es am Ende auch durchzuziehen. Ich bin und war schon immer gut darin, so zu tun, als wäre nichts, und meine Gedanken für mich zu behalten, aber meistens nur dann, wenn ich es nicht bewusst getan habe. In dem Moment, in dem ich mich dafür entscheide, meine Gefühle zu maskieren, beginnt meine Fassade zu bröckeln. Das war in der Bar so, während der ersten Tage mit Alex und jetzt mehr denn je. Ich schaffe es nur mit Mühe durch den Tag, muss mich förmlich dazu zwingen, normal mit ihm zu reden und zu scherzen, während mir eigentlich nur ein einziger Satz auf der Zunge liegt.

Sag doch einfach, dass du mich hasst.

Aber es geht nicht. Ich muss das durchstehen. Irgendwie. Und das Schlimmste ist, dass ich niemanden habe, dem ich mich anvertrauen kann.

Alex ist die Wurzel des Problems.

Luka kommt erst recht nicht infrage.

Und ansonsten fallen mir nur die Mädels in meiner Fußballmannschaft ein. Doch auch das käme mir falsch vor. Denn obwohl ich mir in der Bar gedacht habe, dass wir vielleicht Freundinnen sein könnten, habe ich es bisher nicht geschafft, auch nur einer von ihnen zu schreiben. Zumindest nicht mehr als die Info, dass es mir gut geht. Mich jetzt bei Anjali oder Greta zu melden und sie gleich mit der Scheiße zu konfrontieren, in der ich stecke, käme mir heuchlerisch vor. Wir kennen uns nicht so gut. Und am Ende würden sie die Situation vermutlich sowieso nicht verstehen.

Also beschließe ich, mich an das wenige zu klammern, das ich habe: meinen Plan und die zarte Hoffnung, dass ich vielleicht zu viel in die Sache hineininterpretiere, obwohl ich es besser weiß.

Mittlerweile ist es Abend. Alex sitzt auf dem Sessel an meinem Laptop und lernt wieder, während ich es mir zusammen mit den Hunden auf dem Sofa bequem gemacht habe und auf Netflix *Cunk on Earth* schaue. Allerdings schaffe ich es nicht, mich aufs Programm zu konzentrieren, und hole stattdessen mein Handy hervor.

Einen Moment zu lange verharrt mein Finger dabei über der Nachrichten-App, bevor ich letzten Endes Instagram öffne, um etwas zu tun, was ich eigentlich schon längst hätte tun sollen. Ich schaue, ob ich Alex online finde, um mehr über ihn herauszufinden.

Ich brauche eine ganze Weile dafür. Unter seinem Vor- und Nachnamen finde ich nichts. Und im Raum London gibt es gefühlt eine halbe Million Menschen, die Alex Jones heißen. Also probiere ich es mit seiner Universität und der Fakultät für Wirtschaft. Und siehe da, ich bin einen Schritt weiter.

Auf einem der Posts, wo es um eine Charity-Veranstaltung geht, dankt der Kanal einem gewissen *@itsleeyaboi* für die Organisation, und ich meine mich zu erinnern, dass Lee der Name von Alex' bestem Freund ist. Ich gehe auf das verlinkte Profil und lande einen Volltreffer. Blonde, verstrubbelte Haare, markantes Gesicht. Sofort springt mir eine ganze Flut von Bildern entgegen, die von einem großen Influencer stammen könnten. Selfies an weißen Stränden, in teuer aussehenden Hotelzimmern oder mit riesigen Flugzeugen. Aber neben dem ganzen Luxus sticht eines besonders heraus: ein Foto, das mit der grünen Landschaft und der grauen Wolkendecke nicht so ganz zum Rest passen will. Ich erkenne die hohen Klippen am Kallur-Leuchtturm im Hintergrund, aber vor allem den Mann, der neben Lee im Bild steht. Alex.

Und schon habe ich sein Profil. Auf den ersten Blick wirkt es nicht ganz so protzig wie das seines besten Freundes. Es gibt insgesamt weniger Fotos, vor allem nicht von langen weißen Stränden. Die Bilder wirken alltäglicher, nicht ganz so angeberisch, aber dennoch verraten sie mir mehr, als ich eigentlich wissen will.

Selbst als jemand, der sich nicht mit Mode auskennt, erkenne ich die teuren Markensachen, die Alex auf den Fotos trägt. Zwar scheint er nicht wie Lee jeden Tag an einem anderen Ort zu sein, doch das macht die Hintergründe nicht weniger spannend. Eine Bar über den Dächern Londons. Ein Opernhaus. Eine Dachterrasse mit Pool. Und ein opulentes Fünf-Gänge-Menü in einem Restaurant von Gordon Ramsey. Je weiter ich scrolle, desto mehr lässt sich zu der Liste hinzufügen. Ein Poloturnier. Wimbledon. Und ein Foto von seinem sagenhaften Roadtrip nach Binley mit einem Aston Martin im Hintergrund. Alex mag mich bisher getäuscht haben, doch seine Bilder auf Instagram sprechen für sich. Er ist kein armer Student, wie er vorgibt, sondern scheint in einer ähnlichen Liga zu spielen wie seine reichen Freunde. Die Klamotten, die Events, selbst dieser Urlaub …

Alles Dinge, die man sich als einfacher Student eher weniger leisten kann. Genauso wie ein Hotelzimmer, wenn der Urlaub unerwartet verlängert wird.

Plötzlich brodeln Wut und Enttäuschung in mir. Wie hat er mich so anlügen können? Wie habe ich so naiv sein können, mir einzubilden, ich würde ihm helfen und nicht nur ein Zeitvertreib sein?

Ich packe mein Handy weg und versuche, mir nichts anmerken zu lassen. Immer wieder streichele ich über Charlies Fell, schaffe es aber nicht, mich auf die weiche Textur zu konzentrieren. Egal, was ich tue, Alex findet immer einen Weg in meine Gedanken, und ich hasse ihn dafür. Hasse ihn dafür, dass er mich so belogen hat. Und ich hasse *mich* dafür, dass es so verdammt wehtut. Dass ich mir eingeredet habe, dass … ja, was eigentlich? Er jemanden wie mich mögen könnte? Einfach so? Bullshit. Außer den Leuten, die mich mein Leben lang kennen, tut das niemand. Für alle anderen bin ich nur Lóa, das Mädchen, das so seltsam ist, dass man sich besser nicht mit ihm abgibt. Außer für Sex, anscheinend. Wäre nicht das erste Mal.

Wütend stelle ich fest, dass Luka recht hatte. Und das macht das alles nur noch unerträglicher. Ich kann es nicht leiden, wenn er mich wie ein rohes Ei behandelt oder wie ein Kind, das die Welt nicht versteht. Aber noch schlimmer ist es, zu wissen, dass er damit gar nicht so unrecht hat.

Dass ich allem Anschein nach wirklich unfähig bin, auf mich selbst aufzupassen, wenn ich mich so gedankenlos in eine Situation wie die mit Alex reite.

Ich halte es nicht mehr aus.

Hastig mache ich den Fernseher aus und richte mich auf, spüre sofort Alex' fragenden Blick auf mir. »Gehst du schon ins Bett?«

Draußen ist die Sonne kaum untergegangen. Seine Frage ist berechtigt, vor allem nachdem wir vorhin noch darüber geredet haben, *wie* wir uns die Zeit vertreiben können, so ganz allein auf dieser Insel. Verdammt. Hitze sammelt sich in meinem Körper, wenn ich nur daran denke, gefolgt von bitterer Kälte.

Zur Antwort nicke ich nur, was Alex dazu bringt, den Laptop zuzuklappen. »Ist alles in Ordnung, Lóa?«

Seine Stimme klingt sanft. Besorgt. Geradezu trügerisch. Aber ich weiß es besser, weiß, dass es nur Teil seiner Masche ist, dass es ihm – *Stopp*. Ich muss mich zusammenreißen, damit die Wut nicht die Kontrolle übernimmt. Damit ich meinen Plan nicht schon am ersten Abend komplett über Bord werfe. Wenn ich ihn jetzt mit dem konfrontiere, was ich herausgefunden habe, navigiere ich mich womöglich in eine noch unangenehmere Situation: allein auf einer Insel zu sein mit einem Menschen, der nun kein Geheimnis mehr daraus macht, dass er mich eigentlich gar nicht leiden kann. Nein. Ich muss durchhalten, muss stark bleiben, bis er von hier weg ist. Nur ein paar Tage noch. Nur ein paar Tage. Das schaffe ich.

Ich atme tief ein und nehme meine ganze Kraft zusammen, um auf ihn zuzugehen, statt ins Badezimmer zu verschwinden.

»Lóa?«

Ich presse die Lippen zusammen, weil ich weiß, dass, wenn ich jetzt den Mund aufmache, etwas Falsches herauskommen würde. Etwas, das dieses fragile Gleichgewicht sofort zerstören würde. Nein. Ich muss so tun, als hätte sich nichts geändert.

Ich setze ein Lächeln auf, bei dem mein Gesicht schmerzt, als ich auf Alex' Schoß klettere. Automatisch legt er seine Arme um mich, und automatisch erfüllt mich allein diese Berührung mit Hitze. Selbst hier. Selbst jetzt, wo ich eigentlich nur Kälte empfinden dürfte, bringt er mein Herz zum Schlagen wie kein anderer zuvor.

Ich vergrabe meine Hand in seinem seidig schwarzen Haar, schließe die Augen und küsse ihn. Ein Kuss, der sich trotz allem so viel besser und so viel richtiger anfühlt als der mit Luka. Als wäre es das Natürlichste der Welt. Als wären Alex und ich nur dafür gemacht worden, einander zu küssen.

Ich hasse dieses Gefühl. Und liebe es gleichzeitig so sehr. Und beinahe, beinahe gebe ich ihm nach. Lasse zu, dass es mich überwältigt und die Wahrheit vergessen lässt.

Beinahe.

»Lóa …« Sanft schiebt Alex mich von sich, seine Stimme ist nur ein Raunen, aber es reicht, um den Moment wie Glas zerbersten zu lassen. Ich öffne die Augen und blicke in seine, in das tiefe, dunkle Braun, in dem ich in den letzten Tagen viel zu oft versunken bin. Aber gerade ist schon das zu viel. Stattdessen fokussiere ich einen Punkt auf seinem flachen Nasenrücken, während ich den Impuls unterdrücke, einfach aufzustehen.

»Ist etwas passiert?«, fragt Alex, eindringlicher dieses Mal.

»Nein? Wie kommst du darauf?« Keine Ahnung, wie ich es überhaupt schaffe, ihm zu antworten. Meine Kehle fühlt sich an, als würde mein Herz darin feststecken.

»Du zitterst. Und ich merke, dass etwas nicht stimmt.«

Ich schüttele den Kopf.

»Lóa …« Alex seufzt. Sein Atem streift mein Gesicht, und seine Hände wandern sanft an meinen Armen auf und ab. »Bitte, rede mit mir.«

Wieder kann ich nur den Kopf schütteln.

»Oder schreib es auf, wenn das leichter geht.«

Wie umsichtig von ihm. Die Tatsache, dass er mich so gut kennt, dass er mir sogar diese Option vorschlägt, macht den Schmerz in meiner Brust nur unerträglicher. So sehr, dass ich es nicht mehr aushalte. Das alles, er, seine Wärme, seine Berührungen, selbst sein verdammter Duft sind zu viel. Ich weiche zurück und stehe auf, senke den Kopf, bis meine Haare mir vors Gesicht fallen, damit er die Tränen nicht sieht, die sich nun unweigerlich aus meinen Augenwinkeln stehlen.

»Lóa …«

»Du hast mich angelogen«, presse ich hervor.

»Was meinst du?«

»Du hast mich angelogen. Ich habe mit Luka gesprochen, und … und … er hat gehört, was du zu deinem Freund gesagt hast. Dass du, dass du …« Ich stammele nur so vor mich hin, aber jetzt ist es zu spät, einen Rückzieher zu machen. »Dass du mein Angebot nur angenommen hast, um an mich ranzukommen. Dass du eigentlich genug Geld für ein Hotel hast. Dass du mich … nur für Sex benutzt hast.«

Alex schweigt eine ganze Weile. Die einzigen Geräusche sind der Wind, der an den Fensterläden rüttelt, und das Schluchzen, das ich nun nicht mehr unterdrücken kann.

»Lóa, ich –«

»Sag mir die Wahrheit.«

»Es ist kompliziert, bitte lass uns in Ruhe darüber sprechen, sobald du –«

»Sobald ich was?!«, zische ich. »Sobald ich mich beruhigt habe?«

»Sobald du mir zuhören willst.« Noch immer klingt seine Stimme trügerisch sanft, aber ich weiß, was sie in Wirklichkeit ist: kalkuliert. Wahrscheinlich hat er damit gerechnet, dass ich es herausfinde, und sich einen Plan B zugelegt, weil er mich so viel leichter durchschauen kann als ich ihn. »Nicht jetzt. Wenn ich dich verletzt habe –«

»Du *hast* mich verletzt.«

» … dann tut mir das leid. Lóa. Ich … ach, verdammt.«

Bis hierher hatte ich noch Hoffnung. Hoffnung, dass es irgendeine andere, vernünftige Erklärung gibt. Hoffnung, dass meine Schlüsse falsch waren. Hoffnung, dass wir das irgendwie geradebiegen können. Aber so, wie sich Alex sträubt, mir überhaupt irgendetwas zu sagen, muss ich mit meiner Anschuldigung wohl ins Schwarze getroffen haben. Und mehr will ich eigentlich gar nicht wissen.

Ohne ein weiteres Wort wende ich mich ab und stürze zur Haustür hinaus in die Nacht. Weg von diesem Haus. Weg von ihm. Weg von der Illusion, dass es tatsächlich einen Menschen gibt, der mehr in mir sieht als alle anderen.

Alex

Eigentlich sollte mich die Situation nicht belasten, es sollte mir egal sein. Aber Lóas verletzte Stimme, die Tränen in ihren Augen, das alles will mir einfach nicht aus dem Kopf. Ich fühle mich, als hätte ich ein Verbrechen begangen. Dabei hätte ihr von vornherein klar sein müssen, worum es mir geht. Natürlich bin ich auf ihr Angebot eingegangen, weil ich mir gewisse Vorteile davon erhofft habe, aber …

Wem mache ich überhaupt etwas vor?

Normalerweise bin ich so gut im Lügen, dass ich mir manchmal sogar selbst glaube. Aber dieses Mal will es nicht klappen. Sosehr ich es auch versuche, ich kann die Wahrheit nicht verdrängen. Dass ich Lóas Gastfreundschaft nicht ausgenutzt habe, um mit ihr ins Bett zu kommen, sondern dass ich wirklich aufrichtig dankbar dafür bin, weil ich mir für die Zeit, die ich hier festsitze, kein Hotel leisten kann.

Doch das kann ich ihr nicht sagen. Erstens weil sie mir nach der Nummer sowieso nichts mehr glauben wird. Zweitens weil die Wahrheit einen ganzen Rattenschwanz an anderen unbequemen Fakten hinter sich herziehen würde. Luka hat das Gespräch mit Lee belauscht, er hat gehört, was ich meinem besten Freund erzählt habe. Und wenn ich Lóa gestehe, was Sache ist, wird das unweigerlich dazu führen, dass ich ihr auch den Rest gestehen muss. Dass ich eine Lüge lebe. Dass ich zwar wie sie einfach nur dazugehören will, dafür aber noch weiter gehe. Sogar so weit, meine Freunde über fast jeden Aspekt meines Lebens zu belügen.

Vielleicht könnte ich die Situation herunterspielen? Das Gespräch suchen, mich entschuldigen und sagen, dass ein Missverständnis vorliegt? Dass ich davon ausgegangen bin, ihr sei klar, worum es mir geht? Sicher würde mich das zum Arschloch des Jahrhunderts machen. Aber es wäre die unkomplizierteste Art, mich aus dieser Situation zu winden. Eine Art Frieden zu schließen, um irgendwie die nächsten Tage zu überstehen, bis ich endlich diese furchtbare Unterhaltung mit der Botschaft führen kann. Das würde den Rest meines Aufenthalts zumindest erträglicher gestalten.

Seit dem Gespräch geht mir Lóa aus dem Weg. Sie hat sich gestern früh ins Bett verzogen, ist heute vor mir aufgestanden und vermeidet es, länger als nötig mit mir in einem Raum zu sein. Sie verbringt generell die meiste Zeit draußen, egal, ob es regnet oder stürmt. Währenddessen tue ich das, was ich am besten kann: Mit dem Laptop verkrieche ich mich im Wohnzimmer und lerne, um alles zu verdrängen. Das ist zumindest das, was ich versuche. In Wirklichkeit kann ich mich keine Sekunde auf den Stoff konzentrieren, weil es mir wie Zeitverschwendung vorkommt. Eine Nichtigkeit.

Also verbringe ich den größten Teil des Tages auf Social Media und YouTube, bis ich irgendwann auf dem ausziehbaren Sofa liege, nicht müde genug, um einzuschlafen, und von meinen Gedanken eingeholt werde. Das schlechte Gewissen scheint mich von innen heraus aufzufressen. Und ich weiß noch immer nicht, wie es weitergehen soll. Auf keinen Fall so wie jetzt. Aber welche realistische Möglichkeit habe ich schon?

Der nächste Tag bricht an. Ich stehe auf, frühstücke allein in diesem fremden, stillen Haus und will mich bereits an die Arbeit machen, als mein Blick zum Fenster wandert. In den letzten Tagen war das Wetter überdurchschnittlich gut, es gab viel mehr sonnige Stunden als in den Wochen, die ich mit Lee hier verbracht habe. So auch heute. Goldenes Sonnenlicht schenkt dem Grün des Grases einen warmen Glanz. Der Himmel ist noch orange, und feiner Nebel ergießt sich von den Berggipfeln der Nachbarinseln. Ein traumhaft schöner Tag. Viel zu schön, um hier drin über dem Steuerrecht zu versauern.

Kurz entschlossen schlüpfe ich in Schuhe und Jacke und trete nach draußen. Sofort kommt mir Lucinda entgegengerannt. Sie beginnt meine Hose zu beschnuppern und bellt aufgeregt. Fast so, als freute sie sich darüber, dass ich ihr hier draußen Gesellschaft leiste.

Ich sehe mich suchend um, doch von Lóa fehlt jede Spur. Sie könnte überall sein. Im Stall, im Feld, an den Klippen, oben auf dem Berg. Hier auf dieser Insel gibt es keine Straßen. Keine Grenzen. Nichts, was Lóa davon abhalten könnte, bis ans andere Ende zu wandern, nur um so weit wie möglich von mir weg zu sein. Und nichts, was mich davon abhalten könnte, diese neue Umgebung zu erkunden. Also marschiere ich zusammen mit Lucinda los.

Noch immer kommt mir der Gedanke, dass hier auf dieser Insel niemand außer mir und Lóa ist, surreal vor. Nur eine andere Person – und die hasst mich gerade. Eine ziemlich miese Statistik.

Ich kann sie nirgendwo im Feld entdecken, aber selbst wenn ich sie irgendwo sehen würde, wüsste ich nicht, was ich machen sollte. Wahrscheinlich würde sie mich zuerst erspähen und ganz schnell das Weite suchen.

Während ich gedankenversunken Richtung Leuchtturm laufe, findet Lucinda ein Stück Holz, das sie mir bringt. Ich werfe es für sie, nur um es kurze Zeit später wieder vor die Füße gelegt zu bekommen. Ein angenehmer Zeitvertreib, der mich von meinen kreisenden Gedanken ablenkt, bis ich den Leuchtturm erreiche – obwohl ich diesen kaum als solchen bezeichnen würde.

Er ist mehr eine Art Säule mit einer eingebauten Lampe, nicht viel größer als ich, doch allein für die Aussicht hat sich die kurze Wanderung gelohnt. Ich befinde mich auf einer hohen Klippe, die nur einen Schritt von mir entfernt vertikal abfällt. Wellen branden unter mir gegen den Fels, und die sonstige Stille auf der Insel ist erfüllt vom Schnattern Hunderter Papageientaucher, die sich in den Furchen angesiedelt haben. Ich erwische mich bei dem Gedanken, dass Lóa dieser Ort gefallen würde. Doch vermutlich kennt sie ihn bereits. Und vermutlich sollte ich das überhaupt nicht denken.

Es kann mir egal sein, was ihr gefällt oder nicht. Die Sache zwischen uns hat sich erledigt. Wahrscheinlich sollte ich mir einfach ein Hotel suchen, sobald wir von dieser Insel runter sind. Ein paar Tage kann ich mir das schon irgendwie leisten, und so würde ich ihr den Stress ersparen, sich weiter mit mir abgeben zu müssen.

Ich seufze und lasse mich frustriert ins Gras sinken. Lucinda legt sich zu mir, und nur ein paar Meter entfernt grasen drei Schafe, als gäbe es keinen schöneren Ort auf der Welt als eine Klippe. Vermutlich haben sie damit gar nicht so unrecht. Wenn ich ein Schaf wäre, könnte ich mir auch nichts Besseres vorstellen.

Ich starre auf den Ozean, sauge den Geruch von Salz und feuchtem Gras in mich auf und spüre die warmen Sonnenstrahlen auf meinem Gesicht. Noch vor zwei Tagen habe ich mich gefragt, wie Lóas Bekannte es hier aushält, so ganz ohne Action und andere Leute, aber langsam bekomme ich zumindest eine Ahnung davon. Das Leben hat hier einen ganz anderen, eigenen Puls, der um einiges langsamer schlägt als in der Großstadt. Mir kommt mein Gespräch mit Lóa wieder in den Sinn. Das, bevor alles den Bach runtergegangen ist.

Das mag dich vielleicht überraschen, aber es geht im Leben nicht nur darum, so weit wie möglich die Karriereleiter zu erklimmen.

Das weiß ich doch.

Tust du das wirklich?

Auch wenn sie immer behauptet, nicht gut mit anderen Menschen zu sein, hat sie mich doch so verdammt leicht durchschaut. Denn ja, in der Theorie weiß ich, dass es mehr im Leben gibt als nur Karriere, aber in der Praxis habe ich nie etwas anderes in Betracht gezogen. Es gab für mich einfach nie eine andere Option, als so schnell wie möglich so weit wie möglich nach oben zu kommen. Um mit Lee mithalten zu können, um meine Eltern stolz zu machen, aber auch, um mir selbst zu beweisen, dass ich einen Wert habe. Dass ich jemand bin.

Aber jetzt gerade frage ich mich, ob ich nicht doch falschliege. Ob es auch andere Möglichkeiten gibt, jemand zu sein, das Gefühl zu haben, etwas erreicht zu haben. Wenn ja, weiß ich nicht, wie. Denn gerade fühle ich mich wie der größte Versager.

Weil ich ein Lügner bin und nicht damit aufhören kann. Weil ich Lóa verletzt habe. Weil ich in ein paar Tagen diese Inseln hinter mir lassen werde, obwohl ich mir insgeheim wünsche, ich könnte länger bleiben, um das mit Lóa wieder geradezubiegen. Aber wie? Und vor allem, was heißt geradebiegen? Warum ist es mir überhaupt so verdammt wichtig, wo es mir doch sonst egal ist, was ein flüchtiger Flirt von mir denkt?

Die Idee, ihr zu sagen, dass sie da einfach nur was missverstanden hat, und ihr eine weitere Lüge aufzutischen, steht inzwischen nicht mehr zur Diskussion. Es wäre simpel, unkompliziert, aber gleichzeitig auch absolut toxisch. Doch mit der Wahrheit herausrücken? Keine Ahnung, ob ich dafür bereit bin. Es würde alles ändern. Ich habe nie einem Menschen davon erzählt. Niemand weiß, was für ein scheiß Doppelleben ich führe, und irgendwie habe ich Angst, dass Lóa mich dafür verurteilt, wenn sie erst mal erkennt, wer ich wirklich bin.

Vorausgesetzt, sie glaubt mir.

Vorausgesetzt, ich bekomme überhaupt eine Chance, mit ihr zu reden.

Am liebsten würde ich Lee anrufen, um mit ihm darüber zu reden, nur ist das keine Option. Nicht nur, weil er gewissermaßen Teil des Problems ist, sondern auch, weil ich hier auf der Insel überhaupt keinen Handyempfang habe. Im Haus gibt es einen Internetanschluss mit WLAN, aber hier draußen auf der Klippe bin ich vollkommen von der Welt abgeschnitten. Also muss ich da allein durch.

Obwohl Dímun nicht riesig ist, stellt es sich als echte Herausforderung heraus, Lóa zu finden. Im Stall, auf den Feldern, selbst im Haus fehlt jede Spur von ihr, weshalb ich mich am Ende dafür entscheide, einfach auf sie zu warten. Mit einem Tee setze ich mich auf die Bank hinterm Haus und werfe den Holzscheit für Lucinda, bis sie irgendwann keine Lust mehr hat, ihn zu mir zurückzubringen. Und dann sitze ich einfach nur da. Und sitze. Ohne Lernen. Ohne Handy. Nur ich und meine Gedanken, das idyllische Wetter und das blaue Meer, das in der Sonne funkelt. Wer hätte gedacht, dass Nichtstun so angenehm sein kann?

Lóa kommt erst nach Hause, als es bereits zu dämmern beginnt. Der Richtung und den Grasflecken auf ihrer Kleidung nach zu urteilen, muss sie irgendwo auf dem Berg gewesen sein, dem einzigen Ort, den ich nicht abgesucht habe. Als sie sich nähert, wirkt sie zunächst heiter, doch im selben Moment, in dem sie mich erblickt, erstarrt ihre Miene zu Stein. Sie sieht weg von mir und fährt sich so durch die Haare, dass ein paar rote Strähnen ihr Gesicht verdecken, bevor sie sich ohne ein Wort der Begrüßung ins Haus verzieht.

Ich zögere kurz und frage mich, ob jetzt der passende Zeitpunkt ist und ob ich wirklich tun will, was ich mir vorgenommen habe. Aber dann stehe ich auf und folge ihr.

»Können wir reden?«, frage ich.

Lóa sieht nicht einmal auf, sondern konzentriert sich ganz auf das, was sie tut. Erst zieht sie ihre Jacke aus. Dann streift sie die nackten Füße an der Matte ab, ehe sie wortlos ins Gästebad verschwindet. Dort bleibt sie. Lange, sehr lange, weil sie wahrscheinlich darauf hofft, dass ich das Thema fallen lasse. Doch heute bleibe ich hartnäckig. Eigentlich hätte ich ihr gleich sagen sollen, was Sache ist, spätestens als sie das Thema angesprochen hat. Dann würde es jetzt nicht so klingen, als hätte ich den ganzen Tag damit verbracht, mir eine Erklärung zurechtzulegen. Aber besser ich sage ihr jetzt die Wahrheit als gar nicht. Und vielleicht, ganz vielleicht lässt sich noch irgendetwas retten.

Was denn?, fragt eine lästige Stimme in meinem Innern, obwohl ich die Antwort nicht kenne. Denn ich habe keine Ahnung, was ich retten will. Lóa und ich sind nicht befreundet und erst recht nicht zusammen. Ich habe nichts davon, ihr mein Herz auszuschütten und ihr die Wahrheit zu sagen, außer vielleicht ein paar Tage hier ohne diesen quasi Kriegszustand. Aber ansonsten? Ich könnte es genauso gut lassen. Die halbe Woche bringe ich auch noch hinter mich, und danach bin ich weg und höre sowieso nichts mehr von ihr.

Wieso verbeißt sich mein Unterbewusstsein also in der Idee, das mit Lóa geradebiegen zu müssen?

Ich setze mich auf die Couch und warte, bis sie wieder herauskommt, etwas, das ich beinahe nicht mitbekommen hätte, weil sie sich so lautlos bewegt wie ein Schatten.

»Lóa?«

Sie zuckt zusammen, als ich ihren Namen sage, und bleibt mitten im Raum stehen. Die Hände knetend, starrt sie zu Boden und scheint zumindest darauf zu warten, dass ich mehr sage.

»Können wir reden?« Ein Kopfschütteln. Ich seufze. Was habe ich auch erwartet? Ich habe nichts anderes verdient. Dennoch starte ich einen zweiten Versuch. »Kann *ich* reden? Du musst nichts sagen, wenn du nicht willst, nur wäre es okay, wenn du mir kurz zuhörst?«

Sie zögert.

»Nur wenn du willst«, verdeutliche ich, obwohl ich innerlich flehe, dass sie nicht Nein sagt. Doch am Ende nickt sie kaum merklich, ehe sie sich auf den Sessel mir gegenüber setzt. Allein wirkt sie seltsam verloren in dem riesigen Ding aus braunem Leder, und ausgerechnet jetzt kommt die Erinnerung an unseren letzten Kuss zurück, bei dem ich die Verzweiflung beinahe schmecken konnte.

Mein Herz stolpert, meine Kehle fühlt sich trocken an. Nervosität macht sich in mir breit, aber ich weiß, ich habe nur diese eine Chance.

»Es tut mir leid«, sage ich schließlich, während ich mir ein letztes Mal bewusst mache, was ich im Begriff bin zu tun. »Es tut mir leid, dass ich dich verletzt habe. Ich habe von Anfang an nicht mit offenen Karten gespielt und war nicht ehrlich mit dir, aber es ist anders, als du denkst.«

»Ist es das?« Ihre Stimme ist nur ein Lufthauch in der Stille zwischen uns.

»Ja. Was es, um ehrlich zu sein, nicht besser macht, aber so kennst du wenigstens die Wahrheit.« Ich lasse einen Moment verstreichen, ehe ich weiterrede, um meinem immer schneller werdenden Puls Zeit zu geben, sich wieder zu beruhigen. Aber es passiert nicht. Mein Herz schlägt auch nach einer halben Ewigkeit genauso schnell weiter. »Das, was Luka gehört hat, stimmt nicht.«

»Willst du etwa behaupten, mein bester Freund belügt mich?«

»Nein. Er hat schon richtig gehört, nur bin *ich* derjenige, der gelogen hat. Der ständig lügt. Ich ... Ich habe wirklich kein Geld. Zumindest nicht genug, um mich noch zwei Wochen länger in einem Hotel einzunisten. Deshalb war ich nicht nur dankbar für dein Angebot, ich war auch darauf angewiesen.«

»Verarschst du mich gerade?«, zischt Lóa unerwartet kalt.

»Nein.«

»Ich hab deine Instagramseite gesehen.«

»Dann hast du das gesehen, was alle anderen sehen sollen«, erkläre ich. »Mein Image. Aber nicht, wer ich wirklich bin. Wenn ich nicht lerne, arbeite ich im Supermarkt, um mir was dazuzuverdienen und dieses Image irgendwie aufrechtzuerhalten.«

»Klingt erbärmlich ... Sorry.«

»Nein, du hast ja recht«, seufze ich. »Lee, mein bester Freund, kommt aus ziemlich reichen Verhältnissen. Stinkreichen Verhältnissen, um genau zu sein, und mein ganzes Leben hat es sich für mich so angefühlt, als stünde ich deshalb unter ihm. Also habe ich erst angefangen, meine eigenen Verhältnisse zu verschweigen und später dann auch, deshalb zu lügen.«

»Um deinen Freund zu beeindrucken?«

»Um dazuzugehören, zu ihm und seinem Freundeskreis.«

»Glaubst du nicht, dass Lee dich auch so mögen würde?«

»Rational gesehen, ja. Aber sag das mal meinem Kopf. Und überhaupt, mittlerweile stecke ich so tief drin, dass ich unmöglich wieder rauskomme. Unser ganzer Freundeskreis glaubt, dass meine Eltern reich sind, und vielen von denen ist es nicht egal, mit wem sie sich abgeben.«

Lóa schnaubt. »Können dir die Leute nicht egal sein?«

»Nein. Ich brauche die Connections, wenn ich meinen Traum wahr machen will.«

»Verstehe.« Lóa verschränkt die Arme vor der Brust und hebt zum ersten Mal den Kopf. Nicht um mich anzusehen, sondern die Decke. Unmöglich zu sagen, was gerade in ihr vorgeht, aber ich kann mir vorstellen, dass sie mich dafür verachtet. Verständlicherweise.

»Du siehst also«, fahre ich vorsichtig fort, »ich habe dich

nicht angelogen. Streng genommen bist du sogar die einzige Person, zu der ich ehrlich war.«

Lóa lächelt matt und schaut mich zum ersten Mal an. »Da muss ich dir wohl danken.«

»Nein. Es ist absolut okay, wenn du mich verurteilst.«

»Keine Ahnung«, erwidert sie schulterzuckend. »Ich glaube, du weißt selbst, dass das, was du tust, ziemlich mies ist. Aber ich bin die Letzte, die dich deswegen verurteilen sollte.«

»Wieso?«

»Weil ich mein ganzes Leben lang alles versucht habe, um irgendwie irgendwo dazuzugehören, mich verstellt habe. Nur bin ich darin nicht so geschickt wie du.«

»Vielleicht solltest du einfach du selbst sein.«

»Vielleicht solltest *du* einfach du selbst sein.«

»Touché.«

»So oder so, danke, dass du mir die Wahrheit gesagt hast«, sagt sie nach einer kurzen Pause. »Ich kann mir vorstellen, dass das nicht leicht für dich war. Und mir tut es leid, dass ich so heftig reagiert habe. Ich war verletzt, aber je mehr ich darüber nachdenke, desto mehr wird mir klar, dass ich dafür kaum einen Grund hatte. Schließlich hätte ich wissen müssen, worauf ich mich einlasse, als ich dich zu mir nach Hause eingeladen habe.«

»Nein. Du hättest überhaupt nichts wissen oder erwarten müssen. Wenn du jemandem in Not einen Schlafplatz anbietest, solltest du nichts anderes erwarten.«

»Ich weiß. Trotzdem …«

»Lóa«, unterbreche ich sie sanft. »Jeder wird mal emotional, das ist absolut okay.«

»Ja …«

Lóa

Jeder wird mal emotional, das ist absolut okay. Selbst nachdem unser Gespräch beendet ist und wir in eine Art Waffenstillstand übergegangen sind, lassen mich Alex' Worte nicht los und scheinen mich geradezu zu verhöhnen. Ich weiß, es ist okay, emotional zu werden. Vor allem in einer Situation wie dieser. Aber nicht für mich. Es sieht mir nicht ähnlich, weil ich sonst eher pragmatisch mit solchen Themen umgehe.

Alex' vermeintliche Lüge hätte mich nicht treffen dürfen. Zumindest nicht so. Ich hätte wütend sein dürfen, genervt, irritiert, doch ich war so viel mehr. Mehr, als ich verarbeiten konnte. Mehr, als ich rückblickend nachvollziehen kann. Ich hasse das. Dass mein Kopf offenbar einen ganz eigenen Kurs fährt, dass ich mich wohl nie verstehen werde.

Und ich hasse es, dass Alex' Worte mich verletzt haben, obwohl sie es eigentlich nicht hätten tun dürfen.

Wir verbringen den Abend gemeinsam. Mit Abendessen, einer Serie auf Netflix und Small Talk. Von außen wirkt es so, als wäre alles wieder beim Alten, dabei komme ich mir vor, als würde ich zwischen Glasscherben umherbalancieren, um nicht zu verraten, dass ich noch immer an einer Situation kaue, mit der ich längst abgeschlossen haben sollte.

»Wo warst du eigentlich heute den ganzen Tag?«, fragt Alex irgendwann, als gerade der Abspann unserer aktuellen Folge von *The Great Pottery Throw Down* läuft. Eine britische Serie, die er mir empfohlen hat und von der ich schon jetzt weiß, dass sie für die nächsten Wochen mein Leben bestimmen wird, bis ich jede Staffel durchgebinged habe.

»Gute Frage«, antworte ich nachdenklich und starre zum Fenster. Draußen ist es mittlerweile dunkel geworden. Ein stürmischer Wind fegt über die Insel und lässt immer wieder ein leises, gruseliges Pfeifen ertönen. Vermutlich wäre das hier eine gute Kulisse für einen Horrorfilm. Ein altes, verlassenes Bauernhaus auf einer einsamen Insel. Doch mit zwei Decken aus Schafswolle und dem prasselnden Kaminfeuer finde ich es eher gemütlich als gruselig. »Ich hab mich um die Tiere gekümmert und wollte danach spazieren gehen. Charlie hat mich begleitet, und irgendwie wurde aus einer kleinen Runde eine sehr große.«

»Ich hab dich gesucht«, gesteht er.

»Tut mir leid. Ich dachte, es ergibt sich aus dem Kontext, dass ich nicht allzu weit weg sein kann.«

Alex lächelt leicht. Der warme Schein des Kamins zeichnet die Konturen seines Gesichts nach und bringt das Braun seiner Augen zum Glühen. Aus irgendeinem Grund wirkt er entspannter als sonst, und erst jetzt bemerke ich, woran das liegt. Er hat den ganzen Abend kein einziges Mal den Laptop geöffnet, um zu lernen, und selbst sein Handy lag die meiste Zeit nur neben ihm auf dem Sofatisch.

»Bist du durch mit dem Stoff vom letzten Semester?«, frage ich überrascht. So wie er jede freie Minute damit verbracht hat, würde es mich nicht wundern. Doch zu meiner Überraschung schüttelt er den Kopf.

»Nein. Ich hatte nur keine Lust.«

Meine Lippen teilen sich vor Verblüffung. »Keine Lust? Du?«

»Ist das denn so abwegig?«

»Ein bisschen«, gestehe ich.

»Wahrscheinlich hast du recht. Aber ich konnte mich einfach nicht konzentrieren wegen der ganzen Sache.« Unwillkürlich zieht sich mein Herz zusammen. »Ich habe viel nachgedacht, und vielleicht hast du recht.«

»Womit?«

»Dass meine Lebenseinstellung ein bisschen ungesund ist, dass es nicht nur darum gehen sollte, möglichst schnell so weit wie möglich zu kommen. Also habe ich heute einen Tag Pause gemacht.«

»Wow! Einen ganzen Tag?«, stichele ich.

»Hey. Kleine Schritte und so. Aber ja. Ich dachte, wie oft hat man im Leben schon die Chance, ein paar Tage auf einer einsamen Insel festzusitzen? Und die wollte ich nicht damit verbringen, den ganzen Tag auf einen Bildschirm zu starren. Also habe ich stattdessen aufs Meer gestarrt.«

»Wow.«

»Lach mich ruhig aus.«

»Nein, sorry, das kam falsch rüber«, stelle ich hastig klar. »Das war kein ironisches Wow, ich bin wirklich erstaunt, dass du das gemacht hast.«

»Ich auch.«

»Wenn du willst ... Können wir morgen gemeinsam was unternehmen. Es gibt nicht so viel Auswahl, aber ich hab gehört, aufs Meer starren ist um diese Jahreszeit besonders spannend.«

»Klar.«

Alex' Antwort klingt so selbstverständlich und entspannt. Ein starker Kontrast zu meinem rasenden Herzschlag, der vollkommen durcheinandergeraten ist. Dabei sollte es kein Riesenthema sein, ihn zu fragen, ob wir etwas gemeinsam unternehmen. Schließlich haben wir das die letzten Tage ständig gemacht. Nur gerade fühlt es sich anders an. Wie alles seit unserem Streit. Selbst mit ihm im Raum zu sein, hinterlässt mit einem Mal ein Prickeln auf meiner Haut, als würden tausend Bienen um mich herumschwirren.

»Lóa?«

»Hm?«

»Du bist mir immer noch böse, oder?«

Obwohl ich ihn nicht ansehe, kann ich Alex' Blick auf mir spüren. »Nein.«

»Sicher? Du wirkst irgendwie ... keine Ahnung ... verhalten.«

Ertappt presse ich die Lippen zusammen. »Verhalten zu

sein, bedeutet nicht, dass ich dir böse bin. Das bin ich wirklich nicht. Da ist nur gerade ziemlich viel in meinem Kopf, das ich sortieren muss.«

»Weswegen?«

Wegen dir.

»Wegen allem Möglichen.«

»Verstehe.« Er verändert die Position, bis er am Ende im Schneidersitz auf dem Sofa hockt. Ich beobachte ihn aus dem Augenwinkel und lausche dem Rascheln seiner Kleidung und dem Heulen des Windes. »Würde es dir helfen, darüber zu reden?«

»Keine Ahnung«, murmele ich.

»Alles klar. Wenn du willst, bin ich hier.«

»Ist ja auch nicht so, als ob du wegrennen könntest.«

»Nein. Aber du weißt, was ich meine.«

Tue ich, doch das ändert nichts daran, dass ausgerechnet mit ihm darüber zu reden, was in mir vorgeht, die denkbar schlechteste Idee ist, weil er der Grund dafür ist, dass mir überhaupt so viel durch den Kopf geht. Aber das kann ich ihm unmöglich sagen, oder?

Zögernd hebe ich den Blick und sehe ihn an. In den letzten Tagen habe ich gesehen, was passieren kann, wenn man nicht klar kommuniziert, was in einem vorgeht. Dass man ziemlich schnell in irgendein Missverständnis hineinrollt, bei dem am Ende jemand verletzt wird. Aber bedeutet das, dass ich ihm sofort alles erzählen sollte, was in mir vorgeht, und das, obwohl ich es selbst nicht einmal verstehe?

Ich versuche, die Sache rational zu sehen, als würde ich irgendein komplexes wissenschaftliches Problem lösen.

Was sind die möglichen Konsequenzen? Was wäre das bestmögliche Ergebnis? Was das denkbar schlechteste? Doch mit diesen Fragen komme ich nicht weit, weil …

»Ich denke immer noch über das von gestern nach«, sage ich vorsichtig, bevor ich mit meinen Überlegungen irgendwo angekommen bin.

»Also bist du mir noch böse?«

»Nein, das ist es nicht. Nur …« Alex' Blick bringt mich durcheinander. Das durchdringende Braun seiner Augen löst meine Gedanken in Luft auf. Ich kneife die Lider zusammen, um mich besser konzentrieren zu können. Aber es ist so verdammt schwer, etwas in Worte zu fassen, das man einfach nicht in Worte fassen kann. »Ich versuche immer noch zu verarbeiten, was passiert ist, glaube ich. Eigentlich kenne ich die Wahrheit, aber es ist, als wäre der Schock immer noch da.«

»Lóa«, murmelt Alex. »Ich erwarte nicht, dass du das alles gleich so hinnimmst oder mir sofort vergibst.«

Ich schüttele den Kopf. »Das ist es nicht.«

»Sondern?«

Fuck. Wieso kann mein Kopf nicht ein Mal in meinem Leben die richtigen Worte ausspucken?! »Es ist mehr so … Das, was da passiert ist, hat mir etwas vor Augen geführt. Es hat etwas mit mir gemacht, aber es ergibt einfach keinen Sinn. Es ist nicht so, als ob ich in dich verliebt wäre oder irgendwelche Besitzansprüche stellen würde, aber der Gedanke, dass du mich einfach nur benutzt haben könntest, hat sich wie Verrat angefühlt. Dabei weiß ich, dass du mir nichts schuldest. Wir sind nicht zusammen. Wir sind gerade mal Freunde, glaube ich. Aber es tat trotzdem weh. Und das … damit komme ich nicht klar. Ich weiß nicht, was es bedeutet.«

»Lóa …« Alex' Stimme ist jetzt nur noch ein Hauch, aber es reicht, um mich realisieren zu lassen, *was* ich gerade von mir gegeben habe. Was ich alles unzensiert auf ihm abgeladen habe.

»Was ich damit sagen will, ist: Ich habe keine Ahnung, was da in mir vorgeht. Nur, dass es verdammt wehtut.«

Tränen brennen in meinen Augen. Auf einmal ist mir alles zu viel. Die warme Luft im Raum. Der raue Stoff der Decke auf meinen Schultern. Selbst das leise Geräusch des Fernsehers, das bisher kaum in mein Bewusstsein vorgedrungen ist, kommt mir jetzt wie ein Bombenhagel vor. Es ist zu viel. Alles zu viel.

Hastig stehe ich auf und streife die Decke ab. Presse nur ein »Sorry« hervor, bevor ich durch den Raum marschiere und die Haustür aufreiße. Eine kühle Böe bläst mir ins Gesicht, aber es reicht nicht. Reicht nicht, um mein wild schlagendes Herz zu beruhigen oder die Reue zu ersticken. Wieso habe ich das gerade gesagt? Warum mache ich immer das Gegenteil von dem, was ich tun sollte? Ich schweige, wenn ich reden sollte. Und rede zu viel, wenn es besser wäre, einfach die Klappe zu halten.

Ich schließe die Haustür hinter mir und trete hinaus in die Nacht. Das Gras unter meinen Füßen ist feucht vom Regen, doch der Himmel über mir ist so klar, dass die Sterne hell erstrahlen. Nur ein paar Sekunden, und meine Augen gewöhnen sich an das schwache Licht, in das der sichelförmige Mond die Welt taucht.

Ich schlinge die Arme um mich, aber nicht wegen der Kälte, sondern um endlich dieses unangenehme Kribbeln loszuwerden, das meinen ganzen Körper befallen hat. Heftig reibe ich mit den Händen über den Stoff meines Pullovers, aber es dauert unendlich lange, bis es schließlich nachlässt. Währenddessen laufen mir die Tränen unaufhaltsam über die Wangen, mein Schluchzen durchbricht die Stille dieser Nacht, und ich lasse es einfach zu. Lasse es raus, weil ich mich kenne. Weil ich weiß, dass es das Einzige ist, das ich gerade machen kann. Andere verschweigen ihre Gefühle und führen ein glückliches Leben; ich dagegen kriege einen Heulkrampf, wenn ich ein Mal den Mund aufmache und das Falsche herauskommt.

Was habe ich mir bloß dabei gedacht, Alex meine halb verdauten Gedanken einfach so ohne Kontext, ohne Erklärung und ohne Warnung vor die Füße zu kotzen?

»Lóa?«

Ich fahre erschrocken zusammen, als ich seine Stimme höre, und wende mich um. Er steht hinter mir, ein bisschen hilflos, ein bisschen verloren mit einer Decke in den Armen.

»Ich weiß, du willst allein sein, nur ist es vielleicht ein bisschen kalt.«

Ich nicke schwach und nehme die Decke entgegen. »Danke.«

»Soll ich ... soll ich wieder reingehen, oder willst du ...?«

Ich zucke mit den Schultern, weil ich nicht mehr weiß, was ich will. Eben noch kam mir seine Nähe unerträglich vor, aber gerade macht es keinen Unterschied mehr. Immerhin hat dieses furchtbare Kribbeln nachgelassen, aber ich bin immer noch völlig durch den Wind. Schniefend wische ich mir mit dem Ärmel die Tränen aus den Augen. Eine Weile sagt niemand von uns etwas, bis Alex sich vorsichtig räuspert.

»Das wird mir echt fehlen«, murmelt er. »So klare Nächte, dass man alle Sterne sehen kann.«

Ich verstehe, was er meint. In Großstädten ist die Lichtverschmutzung so stark, dass man nur einen Bruchteil des Nachthimmels erkennt, aber hier draußen ist alles deutlich zu sehen. Von Cassiopeia bis hin zu Cepheus.

»Du musst nicht das Thema wechseln«, erwidere ich. »Es tut mir leid, dass ich dich mit meinem Gerede so überfallen habe.«

»Dir muss nichts leidtun. Du hast nur gesagt, was dir auf dem Herzen lag. Daran ist nichts falsch.«

»Manche Dinge behält man besser für sich.«

»Das nicht.«

Ich seufze. Wenn er meint.

»Hast du es denn auch so gemeint?«

»Was? Dass ich keine Ahnung habe, was in mir vorgeht? Schon, aber …«

»Mir geht es genauso, okay?«, bricht es da plötzlich aus ihm heraus.

Verwirrt wende ich mich ihm zu. »Was?«

»Verdammt, Lóa, ich hab selbst keine Ahnung, was das alles hier soll, und ich bin überhaupt nicht gut in so was. Normalerweise lasse ich mich nicht auf irgendwas ein, das länger dauert als ein One-Night-Stand, aber dann kamst du, und irgendwie konnte ich nicht die Finger von dir lassen.«

»Weil ich so unwiderstehlich bin, ja?«

»Bist du. Und du merkst es nicht mal.«

Eine schnippische Erwiderung bleibt mir in der Kehle stecken, stattdessen steigt Hitze in meinen Wangen auf.

»Was ich aber eigentlich sagen will ... Vielleicht ist nicht zu wissen, was zwischen uns passiert, nicht das Schlechteste? Niemand verlangt von uns, dass wir irgendwelche Dinge benennen oder eine Entscheidung für den Rest unseres Lebens treffen.«

»So fühlt es sich aber an«, flüstere ich, als Alex den letzten Schritt zwischen uns überbrückt.

»Ich weiß. Aber das muss es nicht. Wir können auch einfach nur das tun, was sich richtig anfühlt, und sehen, was dabei herauskommt.«

Was soll schon dabei herauskommen? In ein paar Tagen bist du doch sowieso wieder weg. Die Widerworte bleiben mir in der Kehle stecken, als ich ihm in die Augen schaue. Im schwachen Mondlicht wirken sie fast schwarz und strahlen dabei doch so viel Wärme aus, dass mir selbst der scharfe Wind nichts anzuhaben scheint.

»Und was fühlt sich richtig an?«, frage ich stattdessen, als wüsste ich die Antwort nicht schon längst.

Er legt eine Hand auf meine Wange und lehnt seine Stirn gegen meine. Sein Atem streift meine Lippen. »Verrate du's mir.«

Nur wenige Millimeter von einem Kuss entfernt, hält er inne, nagelt mich mit seinem Blick fest. Er gibt mir die

Chance, das alles hier und jetzt zu beenden. Eine Entscheidung zu treffen und einen anderen Weg einzuschlagen. Ich weiß, Alex würde es zulassen, würde es akzeptieren, wenn ich das zwischen uns beende.

Aber ich kann nicht. Wie schon die Male zuvor habe ich nicht mal den Hauch einer Chance, an etwas anderes zu denken als an ihn und das, was er mit mir macht. Mit seinen Augen, seinem Lächeln und der Art, wie er mich behandelt. Wie verständnisvoll er ist mit diesem Chaos auf zwei Beinen, das ich bin.

Nein. Es gibt an dieser Stelle nur eine einzige Option für mich: ihn zu küssen. Hier unter den Sternen mitten im Sturm. Im fahlen Licht des Mondes und der Kälte der Nacht. Auf dieser Insel, wo es weit und breit nichts gibt außer uns. Alex zu küssen, ist das Einzige, was ich tun kann. Das Einzige, das Sinn ergibt. Und alles, was ich je wollte.

Als meine Lippen auf seine treffen, droht der Wind mir die Decke von den Schultern zu reißen, doch Alex zieht mich so fest an sich, dass es sich anfühlt, als könnte nichts auf der Welt mir etwas anhaben. Er erwidert den Kuss zuerst sanft, bis sich eine Verzweiflung in seine Berührung legt, die ich so nicht kenne. Er wird gieriger, leidenschaftlicher, als hätte er sich die ganzen letzten Male zurückgehalten. Als wäre Alex ebenfalls aufgefallen, wie wenig Zeit uns bleibt, seinen Vorschlag umzusetzen, bevor wir letzten Endes eine Entscheidung treffen müssen.

»Wir sollten reingehen«, raune ich irgendwann gegen seine Lippen.

Er nickt, doch statt vollends von mir abzulassen, zieht

er mich in eine Umarmung, die mir die Luft aus der Lunge drückt. Ich vergrabe das Gesicht in seiner Schulter, atme seinen Duft ein, während er mit einer Hand über mein Haar streicht.

Das hier ist anders, daran besteht kein Zweifel.

Ich weiß nicht, wie, aber irgendwann sind wir wieder drinnen. Alex muss den Fernseher ausgeschaltet haben, als er mir nachgelaufen ist, denn bis auf das Prasseln des Kaminfeuers und den Sturm ist es still im Haus. Nur einen Moment lässt er von mir ab, um noch etwas Holz nachzulegen und die Decken auf den Boden zu werfen, bevor er mich wieder küsst, wieder seine Arme um mich schlingt, mir wieder den Verstand raubt.

Ich kann nicht mehr denken. Nur noch fühlen. Fühlen, wie Alex' Hände an meinem Körper entlangwandern, fühlen, welche unausgesprochenen Worte in seinem Blick liegen. Obwohl er mich mittlerweile kennt und wir uns eben noch darauf geeinigt haben, weiterzumachen, gibt er mir den Raum, meine Entscheidung noch mal zu überdenken, sicherzugehen, dass ich mich auch wirklich wohlfühle. Aber gerade will ich nichts anderes als ihn.

Zärtlich ziehe ich ihn in einen weiteren Kuss und führe seine Hände zu meinen Brüsten. Gänsehaut überzieht meinen Körper, als seine Daumen meine Nippel streifen. Die Verzweiflung von eben ist wie weggeblasen. Mit einem Mal lässt er sich alle Zeit der Welt. Als hätten wir das nicht schon so oft getan. Als würde er mich gerade zum allerersten Mal ausziehen.

Verführerisch langsam schiebt er mir den Hoodie über

den Kopf und betrachtet meinen nackten Oberkörper, als wäre ich der schönste Mensch auf Erden. Trotz der Sommersprossen überall, trotz meiner winzigen Brüste und obwohl ich so dünn bin, stiehlt sich ein ungläubiges, aber zufriedenes Lächeln auf seine Lippen.

»Du bist so schön«, murmelt er, und mein Herz setzt einen Schlag aus. Röte schießt mir in die Wangen. Ich will das Kompliment erwidern, aber mir fällt nichts ein, das dem gerecht wird, was ich fühle, wenn ich ihn ansehe. Stattdessen ziehe ich mich vollkommen aus und umarme Alex so fest, dass ich spüren kann, wie er nach Luft schnappt.

Er schlüpft aus dem Shirt, doch als er sich am Bund seiner Hose zu schaffen macht, lege ich meine Hand auf seine, um ihn zu stoppen. Er sieht mich fragend an, und ich schüttele nur den Kopf. All die Male davor hatte ich solche Angst, etwas falsch zu machen, dass ich ihm bedingungslos die Kontrolle überlassen habe, aber heute, heute bin ich mutiger.

»Lóa?«

Ich lege die Finger auf seinen Mund und küsse seinen Hals. Langsam lasse ich meine Lippen und meine Hände an seinem Körper hinabwandern, achte genau auf seine Reaktion. Ich gehe in die Knie, und als ich seine definierten Bauchmuskeln erreiche, schaue ich zu ihm hinauf. Die Angst, etwas falsch zu machen, ist noch immer präsent, doch allein Alex' verhangener Blick lässt mich die Sorgen vergessen.

Wie von allein gehe ich tiefer, weiter zum Bund seiner Hose. Mein nervöses Zittern ignorierend, öffne ich den Verschluss und ziehe den letzten Stoff, der uns trennt, langsam nach unten, bis mir seine Härte förmlich entgegenspringt.

»Lóa, wenn du nicht willst, dann …«

»Ich will aber.« Es kostet mich alle Kraft, diese drei Worte herauszubringen, und vermutlich klinge ich gerade wenig überzeugt, obwohl ich es genau so meine. Ich will das hier. Ich will ihn. Ich will Alex.

Ohne weiter zu zögern, nehme ich seine Erektion in meine Hand und lege meine Lippen auf die Spitze. Gerade hasse ich mich dafür, dass ich so nervös bin, dass ich nicht ein bisschen mehr Erfahrung habe. Aber dann beginne ich meine Hand vorsichtig auf und ab zu bewegen, und das leise Stöhnen, das ich als wortlose Bestätigung erhalte, schafft es schließlich, die Zweifel ein für alle Mal auszublenden.

Ich nehme seine Härte in den Mund und …

»*Shit.*«

Unsicher sehe ich in Alex' Gesicht, brauche eine Sekunde, um zu verstehen, dass das keine Beschwerde sein sollte, sondern dass er genießt, was ich hier tue. Also mache ich weiter. Nehme ihn tiefer in mich auf, bevor ich meinen Kopf langsam wieder zurückbewege. Alex stöhnt, und obwohl gerade er derjenige ist, der auf seine Kosten kommt, merke ich, wie ich feucht werde. Wie sehr ich es genieße, ihn so zu sehen und zur Abwechslung diejenige zu sein, die ihm diese Laute entlockt.

Ich mache weiter. Beschleunige mein Tempo. Scharf ziehe ich Luft ein, als er die Hand in meinen Haaren vergräbt. Sein Griff ist stark genug, um mir das Tempo vorzugeben, aber er lässt mir Raum, mich frei zu bewegen. Aufzuhören, wenn ich das will. Aber gerade will ich nichts anderes als das hier.

Auf einmal zieht Alex sich aus mir zurück und geht vor mir in die Knie. Feine Schweißperlen funkeln auf seiner Stirn, aber sein Lächeln ist so unglaublich, dass es meinen Herzschlag nur weiter beschleunigt.

»Hab ich etwas falsch gemacht?«

»Nein. Absolut nicht. Ich will nur nicht der Einzige sein, der kommt.«

Sein Rucksack steht nur ein Stück von uns entfernt neben dem Sofa, und daraus holt Alex eine Packung Kondome. Ich will ihm sagen, dass ich auch warten kann, aber da küsst er mich bereits wieder. Heftiger, gieriger. Hitze knistert über meine Haut, und sie kommt nicht von dem Kaminfeuer neben uns, sondern von Alex. Er zieht mich auf seinen Schoß, sodass ich seine Härte unter meinen Beinen spüre. Seine Hand wandert zu meiner Mitte hinab, hinterlässt eine Spur aus Elektrizität auf meiner nackten Haut. Langsam reibt er über meine empfindlichste Stelle, doch ich bin mittlerweile so erregt, dass selbst diese zarte Berührung mich erschaudern lässt. Alex scheint es zu bemerken, denn er lässt von mir ab, um sich das Kondom überzuziehen.

Ich ändere meine Sitzposition, um mich ihm voll zuzuwenden, und versinke einen Moment in seinen braunen Augen. Er streicht mit der Rückseite seiner Finger über meine Wange, meine Schläfe, bis er mein Haar erreicht. Sieht mich an, wie mich noch nie jemand angesehen hat. Dann senke ich langsam das Becken, bis Alex in mich eindringt und mich ganz ausfüllt.

Mein Stöhnen vermischt sich mit dem Knistern des Feuers und dem Heulen des Sturms, und ich merke, dass sich das hier ebenso anders anfühlt wie zuvor die Küsse und die Berührungen. Inniger. Ernster. Intensiver. Allmählich beginne ich mich zu bewegen, auf ihm zu reiten. Es ist ungewohnt, selbst das Tempo zu bestimmen, aber das macht es fast ein bisschen besser. Alex schlingt die Arme um mich, um mich fester an sich zu ziehen und noch tiefer in mich zu stoßen. Ich spüre seine Lippen an meiner Brust, seinen heißen Atem auf meiner nackten Haut. Seine Hände auf meinem Rücken. Seine Härte in mir. Dazu meine eigene Sehnsucht, das Verlangen zwischen uns und meinen Wunsch, dass dieser Moment niemals endet. Ich fühle mehr als je zuvor in meinem Leben, und ausnahmsweise ist es nicht zu viel. Nicht überwältigend oder erstickend. Sondern richtig.

Meine Knie werden weich, als ich mich dem Höhepunkt nähere. Ein Kribbeln breitet sich in meinem ganzen Körper aus wie Elektrizität. Alex' Lippen landen auf meinen, und ausgerechnet der Kuss raubt mir endgültig den Verstand.

Ich lehne mich zurück, stütze mich auf die Hände, vergrabe die Finger in der Decke unter uns. Meine Bewegungen werden schneller, unregelmäßiger, bis ich es nicht mehr aushalte. Ich stöhne, nein, ich schreie auf, als sich die ganze Anspannung explosionsartig in mir entlädt, und es dauert nicht viel länger, da kommt Alex ebenfalls. Leiser als ich, aber ich merke es an der Art, wie er zuckt, wie er seinen

Kopf in meiner Schulter vergräbt, bis der Druck seiner Hände auf meinen Hüften auf einmal sanfter wird.

Ich keuche, bin immer noch völlig durch den Wind. Keine Ahnung, wie es mit uns weitergehen soll, aber wenn ich nur ein bisschen mehr, ein bisschen länger mit Alex zusammen sein kann, dann ist das die Ungewissheit wert.

Alex

Etwas hat sich verändert. Vieles. Aber damit meine ich nicht den Sex oder die Tatsache, dass ich zum ersten Mal in meinem Leben ehrlich war, sondern den Umstand, dass ich zum ersten Mal seit meiner letzten Hotelübernachtung nicht allein im Bett aufwache. Nur wenige Zentimeter von mir entfernt liegt Lóa, und während ich noch versuche, wach zu werden, mustert sie mich mit einer Intensität, als wäre ich ein Rätsel, das sie zu lösen versucht.

»Morgen«, murmele ich verschlafen.

»Morgen.« Ein sanftes Lächeln huscht über ihre Lippen.

»Ist alles okay?«

»Ja ... nur ungewohnt, neben jemandem aufzuwachen.«

»Das letzte Mal ist doch noch gar nicht so lange her«, scherze ich.

»Schon, aber da warst du quasi ein Fremder, und von entspanntem Aufwachen konnte auch nicht die Rede sein.«

»Erinnere mich nicht.« Ich vergrabe das Gesicht in der Hand, als ich an den Beginn dieses Albtraums zurückdenke, obwohl ich meinen »Zwangsurlaub« inzwischen nicht mehr als solchen bezeichnen würde. »Wann geht heute der Flug?«

»Um eins. Wir haben also noch ein bisschen Zeit …«

»Um die vielen Sachen zu machen, die man hier so tun kann?«

»Ich dachte eher, um die Einsamkeit noch ein bisschen zu genießen.« Sie legt die Hand auf meine Brust und zeichnet mit den Fingern Kreise auf meine Haut. »Ehrlich gesagt graut es mir ein bisschen davor, nach Hause zu gehen. Ist ein bisschen, als würden wir zurück in die Realität fliegen.«

Ich nicke schwach und muss ihr zustimmen. Denn das gerade fühlt sich wirklich wie ein verdammter Traum an. Aber ich merke auch, dass für sie mehr an diesem Gedanken dran ist. »Macht dir irgendwas zu Hause Sorgen?«

»Vieles.« Ein Seufzen kommt über ihre Lippen. »Morgen beginnen die Vorlesungen.«

»Das hast du gar nicht erzählt.«

»Weil ich es verdrängt habe. Und weil ich nicht hinwill …«

»Und was, wenn du einfach nicht gehst? Kannst du mit deiner Diagnose nicht von der Anwesenheitspflicht befreit werden?«

»Könnte ich. Bin ich gewissermaßen schon, aber es ändert nichts daran, dass ich an sich nicht glücklich mit dem Studium bin.«

»Verstehe.«

»Sorry, ich sollte das alles nicht auf dir abladen. Es ist nur ... viel los im Moment.«

»Du musst dich nicht dafür entschuldigen, dass du mir deine Sorgen anvertraust«, sage ich sanft. »Ich hör dir gern zu.« Ich drehe mich auf die Seite, um Lóa besser ansehen zu können, spiele mit einer roten Haarsträhne.

»Sicher?«

Ich küsse sie auf die Nase. »Sicher.«

»Dann gibt es vielleicht noch etwas, worüber wir sprechen sollten ...« Zögernd beißt sie sich auf die Unterlippe und weicht meinem Blick aus. Selbst ihre Finger verharren mitten in der Bewegung.

»Okay?«

»Luka. Bevor wir los sind, habe ich mit ihm gesprochen, und ... du weißt ja, er war derjenige, der dein Telefonat belauscht hat.«

Ich nicke. »Nicht die feine Art, aber ich kann verstehen, dass er um dich besorgt war.«

»Vielleicht ein bisschen zu sehr ...«

»Was willst du damit sagen?«

»Scheint so, als hätte deine Anwesenheit ihn ziemlich aus der Bahn geworfen und ihn daran erinnert, dass er mehr in mir sieht als nur eine Freundin.«

»Oh«, stoße ich überrascht aus.

»Ja, oh.«

»Wusstest du ... ich meine, hast du was geahnt?«

»Nein, aber ich hab für so etwas auch überhaupt kein

Gespür. Ich meine … im Nachhinein ergibt es Sinn, aber ich habe einfach nicht damit gerechnet.«

»*Shit*. Und du … ich meine …«

»Ich mag ihn«, stellt sie klar. »Aber nicht auf die Art.«

Erleichterung durchflutet mich. »Hast du ihm das gesagt?«

»Nein. Ich hatte keine Chance, mit ihm zu reden oder überhaupt darüber nachzudenken, was das alles bedeutet. Er hat mich geküsst …«

Ich ignoriere den bitteren Geschmack auf meiner Zunge, den mir diese Information beschert. Weil es hier nicht um mich geht. Und weil ich so überhaupt nicht fühlen sollte. Ein Schritt nach dem anderen, darauf haben wir uns gestern erst geeinigt. Kein Grund, eifersüchtig zu werden.

Lóas Seufzen reißt mich aus meinen Gedanken. »Ich muss mit ihm reden, nur … will ich das gar nicht. Ich will einfach, dass es so wird wie vorher.«

»Du musst ihn ja nicht auf der Stelle konfrontieren«, schlage ich vor. »Warte ein paar Tage, bis ich weg bin.«

Bis ich weg bin …

»Vermutlich hast du recht. Wird nur nicht leicht, wenn ich bei seinen Eltern im Garten wohne und er mit mir in der Vorlesung sitzt. Aber ja … Ich warte einfach ab.«

Ich nicke. »Du musst nicht jedes Problem sofort angehen. Vor allem, wenn so viele Emotionen daran hängen.«

»Okay.«

Zärtlich streiche ich ihr die Haarsträhne hinters Ohr und küsse sie erneut. Dieses Mal auf die Lippen. Ich kann nicht anders, komme mir so hilflos vor, weil ich ihr keine konkrete Lösung für ihre Probleme liefern kann. Nur Ablenkung. Eine Option, die sie nur zu gern in Anspruch nimmt.

Erleichtert seufzt sie gegen meine Lippen, als ich sie dicht an mich heranziehe und mich mit ihr auf den Rücken rolle. Ihr langes Haar umgibt uns wie ein Vorhang aus Kupfer, der uns von den Sorgen dieser Welt abschirmt.

Und ich könnte sie küssen. Schon wieder.

Und ich will sie. Immer noch.

Und ich erkenne mich einfach nicht wieder, weiß nicht, welcher Zauber sie umgibt, dass ich mir plötzlich Dinge einrede, die ich vorher nie in Betracht gezogen hätte: dass Ehrlichkeit sich lohnen kann. Dass Alex Jones auch etwas anderes kann als One-Night-Stands. Dass es im Leben wirklich um mehr geht als eine Karriere.

Als wir nach Hause zurückkehren, bin ich zunächst traurig, dass unsere Zeit auf Dímun bereits vorbei ist, doch als ich mit dem Auto auf die Einfahrt der Farm einbiege, sackt mir das Herz in die Knie. Dunkle Wolken ziehen in meinem Kopf auf. Manchmal ist es besser, Dinge zu verschieben, bis man die Kapazität hat, sich damit zu befassen. Aber es funktioniert nicht immer. Gelegentlich wartet das Problem nämlich buchstäblich vor der Haustür, wenn man gerade das Auto parkt.

Luka muss draußen gearbeitet haben, denn anders kann ich mir nicht erklären, wie er so schnell hier aufgetaucht sein kann. Mit schweren Schritten kommt er auf uns zu, als wir aussteigen, und tatsächlich schüchtert mich seine schiere Größe allein schon ein. Wahrscheinlich könnte er mich mit einem Fingerschnippen von der nächsten Klippe schubsen, doch statt sich mit mir zu befassen, rennt er direkt auf Lóa zu.

»Bist du okay?« Offenbar ist es ihm wichtig, dass ich mitbekomme, was er zu Lóa sagt, denn er spricht Englisch.

»Natürlich bin ich okay«, zischt sie und hat gerade noch die Chance, die Autotür zuzumachen, bevor er auch schon vor ihr zum Stehen kommt. Lóas Miene ist ausdruckslos, aber ich kann selbst von hier aus sehen, wie sich ihre Brust hastig hebt und senkt. Dennoch versucht sie, die Gelassene zu spielen, lehnt sich an die Seite des Wagens und verschränkt die Arme vor der Brust. »Wieso sollte ich nicht okay sein?«

»Ich hab mir Sorgen gemacht«, erklärt Luka, und der Schmerz in seiner Stimme entgeht mir nicht. Vermutlich war er die letzten Tage wirklich nur aufrichtig besorgt um seine beste Freundin. Aber dass er gute Absichten hat, ändert nichts daran, dass er sie gerade bedrängt.

»Nicht nötig.«

»Lóa, sag mir die Wahrheit.«

»Das ist die Wahrheit.«

Ich umrunde das Auto und trete an Lóas Seite. Sofort starrt Luka mich an. »Was willst du von ihr?«, fragt er drohend.

»Ich wüsste nicht, was dich das angeht.«

»Hast du überhaupt mit ihm geredet?«, fragt er nun wieder an Lóa gewandt.

»Hab ich. Und wir haben alles geklärt. Du musst dir keine Sorgen machen, wirklich.«

»Alles geklärt? Lóa, er hat dich angelogen, um dich ins Bett zu bekommen. So etwas klärt man nicht einfach so.«

Nervös knetet Lóa ihre Hände und presst die Lippen fest zusammen. Ich trete noch einen Schritt weiter vor, sodass ich halb zwischen ihr und Luka stehe. Wut funkelt in seinen blauen Augen, und er hebt das Kinn, was ihn noch bedrohlicher wirken lässt.

Ich räuspere mich. »Ich glaube, ihr solltet später darüber sprechen. *In Ruhe.*«

»Niemand hat dich gefragt.«

»Luka, bitte«, fleht Lóa. »Später. Lass mich erst mal ankommen.«

Einen Moment starrt er zwischen uns beiden hin und her. Sein Gesicht ist rot vor Zorn, doch auch Verzweiflung steht darin geschrieben. Ich kann mir vorstellen, wie sehr ihn die Situation verletzt, aber ich bin nicht derjenige, der ihm erklären kann, was Lóa fühlt. Das muss sie selbst tun.

Schließlich tritt Luka einen Schritt zurück und nickt widerwillig. »Schön. Schreib mir, wenn du reden willst.«

Er wartet auf eine Antwort, aber kein Ton verlässt Lóas Lippen, bis er ihr schließlich den Haustürschlüssel vor die Füße wirft, sich kapitulierend abwendet und zur Farm zurückkehrt. Lange starre ich ihm hinterher, bis seine Silhouette hinter der Scheune verschwindet, dann wende ich mich Lóa zu.

Ihre Haut wirkt blasser als sonst, und ihre Augen sind glasig. Dass das erzwungene Gespräch sie mitgenommen hat, steht völlig außer Frage, doch ich habe keine Ahnung, was ich tun kann, um ihr mit der Überforderung zu helfen.

Unschlüssig lege ich ihr meine Hand auf den Rücken, doch sobald ich sie berühre, zuckt sie erschrocken zusammen. Schlechte Idee. Um ihr Raum zu geben, weiche ich ein Stück zurück und mache mich daran, unser Gepäck aus dem Kofferraum zu holen, um es ins Haus zu bringen. Beim Reingehen lasse ich die Tür auf, damit frische Luft hereinkommt, danach setze ich mich unschlüssig aufs Sofa und warte.

Lóa scheint lange zu brauchen, um ihre Fassung zurückzugewinnen. Als sie sich endlich wieder rührt, kommt sie nicht direkt nach drinnen, sondern geht ums Haus herum. Ich höre die Klappe des äußeren Staufachs. Keine Ahnung, was sie vorhat, aber ich weiß, dass ich sie besser in Ruhe lassen sollte, bis sie bereit ist, wieder zu reden.

Um mir die Zeit zu vertreiben, hole ich mein Handy raus und schicke Lee eine Nachricht. In den letzten Tagen haben wir nur sporadisch Kontakt gehalten, was unter anderem daran lag, dass ich mein Smartphone die meiste Zeit in der Tasche gelassen habe, weil es sowieso nur im Haus WLAN gab. Und kaum ist die Nachricht draußen, trudelt auch schon ein Videocall ein. Ich zögere kurz, unsicher, ob Lóa mich vielleicht brauchen könnte, doch schließlich nehme ich das Gespräch an.

»Bro, du lebst?!«

»Du bist schon wieder im Flieger?«, stelle ich die Gegenfrage, als ich den breiten Ledersitz im Hintergrund entdecke.

»Ja, Mann. Waren nur ein paar Tage. Soll ich dich abholen kommen?«

Ich schüttele den Kopf. »Lass gut sein. Morgen habe ich das Gespräch für den Pass, danach kann ich meinen Flug buchen.«

»Irgendwie klingst du darüber nicht halb so begeistert, wie du solltest.«

Nein, bin ich wirklich nicht. Und ausnahmsweise will ich Lee nichts vorspielen. Das tue ich sowieso schon oft genug. »Ich bin ein bisschen im Zwiespalt.«

»Im Zwiespalt? Sag nicht, dich hat dieser seltsame Cottagecore-Trend erwischt.«

»Nein ... es ist kompliziert.«

»Oh, oh. Die Rothaarige?«

»Lóa.«

Wie aufs Stichwort taucht sie draußen auf, eine Ladung Vogelfutter im Arm, mit dem sie ihre Station neu befüllt. Leise schließe ich die Tür, damit sie Lees schockiertes Raunen nicht mitbekommt. »Dein Ernst?«

Ich setze mich wieder hin. »Wie gesagt, es ist kompliziert.«

Fassungslosigkeit steht in das Gesicht meines besten Freundes geschrieben. »Will ich wissen, was die letzten Tage passiert ist?«

»Ich war mit ihr im Haus einer Bekannten. Wir sollten auf die Tiere aufpassen. Allein auf einer einsamen Insel, da kommt man schon ins Nachdenken.«

»Nachdenken ist die eine Sache, aber ich bin mir gerade nicht sicher, ob ich noch mit demselben Alex rede.«

Ich lächle matt. »Übertreib nicht. Ich bin immer noch ich.«

»Weiß ich doch«, sagt Lee etwas sanfter. »Willst du darüber reden?«

»Nein. Lóa und ich, wir wissen noch gar nicht, was wir wollen, und werden deshalb erst einmal sehen, was passiert.«

»Alex, bitte nimm mir das nicht übel, aber bei dem Gesicht, das du gerade machst, klingt das nicht nach nicht wissen, was ihr wollt. Zumindest was dich betrifft.«

»Ach, echt?«, gebe ich zurück. »Nein, wir hatten gerade ein unschönes Erlebnis. Lóas bester Freund steht auf sie.«

»*Jeez*, in was hast du dich denn da reingeritten?«

»Ich weiß. Wie gesagt: *kompliziert.*«

»Wie so ein Zauberwürfel.«

»Ich glaube, ein Zauberwürfel ist leichter zu lösen als das hier.«

»Stimmt. Und was machst du jetzt?«

Ich seufze. »Was soll ich schon machen? Abwarten und sehen, was passiert.«

»Wäre es nicht besser, gleich die Reißleine zu ziehen? Ich meine, du magst sie, das merkt man, aber vernünftig betrachtet, macht es doch keinen Unterschied, wenn du diese Woche eh zurückfliegst.«

»Du tust so, als wäre das so leicht.«

Mein Blick wandert wieder nach draußen zu Lóa. Mittlerweile hat sie sich auf das Ende der Terrasse gesetzt und beobachtet die beiden Vögel, die an den Erdnüssen herumpicken. Der Wind wirbelt einzelne Strähnen ihres Haars durcheinander, und selbst aus der Entfernung sehe ich die Verzweiflung in ihrer Miene. Mein Herz zieht sich schmerzhaft zusammen, als mir klar wird, dass ich sie ebenfalls enttäuschen werde. Auf die eine oder andere Art werde ich sie verletzen. Egal, ob ich ihr jetzt sage, dass wir das Ganze besser beenden sollen, oder ob ich weitermache, bis ich mich am Flughafen von ihr verabschiede ... Es wird wehtun. Das tut es bereits jetzt.

»Bist du noch da?«

Ich atme tief ein und wieder aus. »Sorry, ja.«

»Kann ich irgendwas für dich tun?«

Ich schüttele den Kopf. »Gibt es bei dir irgendwas Neues?«

»Nein. Ich bin traurig, dass ich zurückfliegen muss, aber ich freue mich ehrlich gesagt auch auf mein eigenes Bett. Claire will Freitag eine Party veranstalten, bevor das Semester beginnt. Soll ich ein gutes Wort für dich einlegen?«

Claire ist eine Kommilitonin von uns, deren Eltern einige Hotels im ganzen Land gehören. Eigentlich sind wir immer gut miteinander klargekommen, aber seit ich am Anfang der Semesterferien etwas mit ihrem Cousin aus den Staaten hatte, ist sie nicht mehr so gut auf mich zu sprechen.

»Wenn ich bis dahin hier weg bin, gern.«

Wahrscheinlich ist Feiern nach allem nicht die schlechteste Idee. Alkohol, laute Musik und der Jacuzzi in der Stadtvilla von Claires Familie werden mir möglicherweise helfen, auf andere Gedanken zu kommen.

Und etwas sagt mir, dass ich dringend auf andere Gedanken kommen muss, sobald ich von hier weg bin.

»Idee.«

Überrascht hebe ich den Blick und sehe Lee an. Ein triumphierendes Grinsen hat sich auf seine Lippen geschlichen, und er nimmt demonstrativ einen Schluck Champagner, als würde er seinen Einfall schon feiern, bevor er ihn mir überhaupt mitgeteilt hat.

»Okay?«

»Was, wenn du Lóa einfach mitbringst?«

»Was?«

»Überleg doch mal. Du bist angeblich noch unsicher, und das Semester fängt erst in zwei Wochen an ... Lad sie zu dir nach Hause ein, dann habt ihr ein bisschen mehr Zeit, euch über alles Gedanken zu machen. Sie sieht, wie du so lebst und ob deine Eltern wirklich so schlimm sind, wie du immer behauptest.«

Er zwinkert mir zu, und ich verstehe die Anspielung. Die Anspielung darauf, dass ich ihn noch nie zu mir nach Hause eingeladen habe, sondern immer irgendeinen anderen Grund vorschiebe, es nicht zu tun. Meistens den, dass meine Eltern total ätzend sind, obwohl meine Mutter der liebste Mensch auf Erden ist und mein Vater mir sämtliche Freiheiten einräumt.

»Ich glaube nicht, dass das so leicht ist«, erwidere ich nachdenklich.

»Wieso? Wegen deinen Eltern? Ernsthaft?«

»Nein. Eher Lóa, sie ...« Ich beiße mir auf die Lippen, will Lee nichts anvertrauen, was Lóa ihm nicht auch sagen würde. »Ich glaube, es ist ein bisschen viel verlangt, sie in einen Flieger nach London zu schleppen. Ich meine, ich kenne sie kaum.«

»Und trotzdem ziehst du es in Betracht.«

Ertappt blicke ich zur Seite.

»Komm schon, Bro, ich kenne sie nicht, aber ich kenn dich. Ich seh doch, was in dir vorgeht. Frag sie einfach und schau, was passiert. Wenn sie Nein sagt, hat sich die Sache eh erledigt.«

»Und wenn sie Ja sagt?« An diesem Punkt weiß ich gar nicht, wovor ich mich mehr fürchte: vor einem kurzen, schmerzhaften Ende oder vor einem in die Länge gezogenen.

»Dann hast du noch ein paar Tage mehr Zeit, über alles nachzudenken, zu meditieren und was weiß ich, was du so tun musst, um draufzukommen, dass du mehr von ihr willst.«

Ich lächele traurig, hasse es, wie schnell mich Lee durchschaut. Dass er in einem Gespräch erkennt, was ich will, bevor ich überhaupt nur in Betracht ziehe, darüber nachzudenken.

… dass du mehr von ihr willst.

Ja, er hat recht. Ich will mehr von ihr. Nur wie viel?

»Alex?«

»Sorry, ich denke noch nach.«

»Sieht man.«

»Für mich ist die Sache eben nicht so eindeutig wie für dich.«

»Weil du dich wehrst.«

»Ach, halt die Klappe«, schnaube ich.

»Ist die Wahrheit zu hart für dich?«

Genervt verdrehe ich die Augen. »Ich leg jetzt auf.«

»Ja, ja. Würg mich nur ab, weil du meine Weisheit nicht erträgst. Aber gut, mein Essen kommt eh gleich. Sorry, aber Arabian Meze hat einfach Priorität.«

»Mhm. Ich weiß schon, wo ich stehe.«

»Gut. Aber nein, ehrlich, Bro: Rede mit ihr, frag sie und schau, was passiert, bevor du es am Ende bereust.«

Lóa

Mit einem mulmigen Gefühl schließe ich die Haustür hinter mir. Inzwischen sind Alex und ich bereits einen Tag zurück, und ich kann nicht länger verdrängen, dass uns die Zeit davonläuft. Gerade führt er das Gespräch mit der Botschaft, und wenn alles klappt, müsste morgen oder spätestens am Tag danach sein Ersatz-Pass hier ankommen. Dann wird es höchste Zeit für ihn, endlich nach Hause zu fliegen, und für mich, zu vergessen, was ich in der letzten Woche erlebt habe.

Wenn das nur so leicht wäre.

Während er im Videocall mit der Botschaft sitzt, erledige ich das, um was ich mich gestern schon hätte kümmern sollen: Ich rede mit Luka, auch wenn es mir lieber wäre, so zu tun, als existierte er nicht. Doch mir ist klar, dass das auf Dauer nichts bringt. Hier auf der Insel ist es schwer, jemandem aus dem Weg zu gehen, vor allem, wenn wir nicht nur Nachbarn sind, sondern auch Kommilitonen.

Meine Hände zittern, als ich den kurzen Weg zur Farm antrete. Nervosität treibt meinen Puls in die Höhe, aber dieses Mal muss ich stark sein und ihm sagen, was ich gestern nicht herausgebracht habe. Dass es Grenzen gibt. Dass er sich nicht überall einmischen muss, egal, wie sehr er sich sorgt. Dass ich auf mich selbst aufpassen kann.

Ich habe mir die Worte genau zurechtgelegt, doch sowie ich an der Haustür klopfe, habe ich das Gefühl, alles vergessen zu haben. Nach nur ein paar Sekunden öffnet Luka die Tür, sein Blick ist undurchdringlich.

»Komm rein.«

Am Esstisch sitzen seine Geschwister über ihren Hausaufgaben und begrüßen mich, ohne aufzusehen. Es ist keine Seltenheit, dass ich bei ihnen vorbeischaue. Für sie bin ich nur ein weiteres Familienmitglied. Die seltsame Cousine, die in einem Bauwagen wohnt und die Vögel füttert oder so was. Luka führt mich geradewegs zur Treppe. Wir gehen rauf, und erst, als er seine Zimmertür hinter uns schließt, scheint er wieder zu atmen.

Er setzt sich aufs Bett, das schon seit Jahren zu klein für ihn ist, und verschränkt abwartend die Arme vor der Brust. Dagegen lasse ich mir Zeit, mich an die Situation zu gewöhnen. Ich nehme den vertrauten Duft des Zimmers in mich auf und schwelge in den Erinnerungen, die ich damit verbinde. Ich denke an lange Netflix-Abende, Pyjamapartys und gemeinsames Lernen für die Prüfungen. Lukas Laptop liegt aufgeklappt auf dem Schreibtisch; auf dem Bildschirm erkenne ich die Folien einer PowerPoint-Präsentation. Kein Zweifel: Im Gegensatz zu mir war mein bester Freund heute brav in der Vorlesung, während ich allein bei dem Gedanken, hinzugehen, eine halbe Panikattacke bekommen habe. Hastig wende ich mich ab und fixiere stattdessen das *Breath of The Wild*-Poster über Lukas Bett. Alles, um mich von diesem bevorstehenden Gespräch abzulenken.

»Danke, dass du vorbeigekommen bist«, sagt er gedehnt, als die Stille langsam erdrückend wird.

»Kein Problem.« Meine Stimme klingt tonlos und halb erstickt. Aber ich schaffe es immerhin, mich aus der Starre zu lösen und auf den Schreibtischstuhl zu setzen. Das in die Jahre gekommene Ding quietscht selbst unter meinem Gewicht.

»Lóa ... ich ... Wie ich mich gestern aufgeführt habe, das tut mir leid. Ich hätte dich nicht bedrängen sollen.«

Ich nicke schwach.

»Aber jedes Mal, wenn ich ihn sehe, dann kann ich mir nicht helfen. Was er dir angetan hat ...«

»Er hat mir nichts *angetan*«, stelle ich klar.

»Er hat dich belogen.«

»Ich hab dir gesagt, dass wir das aus dem Weg räumen konnten. Es war ein Missverständnis.«

»Ein Missverständnis? Ich weiß doch, was ich gehört habe.«

»Das stelle ich auch nicht infrage«, schnaube ich. »Aber es ist nicht die ganze Wahrheit. Jetzt kenne ich sie aber, wir haben darüber geredet und das aus dem Weg geräumt. Ich bin dir dankbar, dass du dir Sorgen um mich machst, aber vertraust du mir nicht? Traust du mir nicht zu, dass ich auf mich selbst aufpassen kann?«

»Ich vertraue dir, aber ihm nicht. Was, wenn er dich einfach nur wieder angelogen hat?«

»Hat er nicht.«

»Und woher weißt du das?«

»Weil ich ihm verdammt noch mal vertraue!«, zische ich. »Fahr deine Eifersucht ein paar Sekunden zurück und hör mir zu. Mir. Hör dir an, wie es *mir* damit geht, statt selbst irgendwelche Schlüsse für mich zu ziehen.«

»Lóa ...«

»Mir geht es gut«, sage ich. »Ich weiß, was ich tue. Und ich mag Alex. Was du gehört hast, ist nur ein Bruchteil dessen, was wirklich passiert ist.«

Luka ballt die Hände zu Fäusten. »Ich will nur nicht, dass er dich verletzt.«

»Luka ... Ich weiß, es geht dir nicht nur darum.« Ich schaue auf den Boden.

»Du hast recht«, gesteht er. »Aber das macht jetzt eh keinen Unterschied, oder? Es ist zu spät.«

»Wofür?«

»Um dir zu sagen, was ich für dich empfinde.«

»Ein bisschen ... ja.«

»Und das ist meine Schuld, das sehe ich. Aber ich ... ich kann einfach nur daran denken, was gewesen wäre, wenn ich früher etwas gesagt hätte, statt zu warten, bis –«

»Es hätte keinen Unterschied gemacht«, unterbreche ich ihn, egal, wie weh es tut, ihm wehzutun. Er muss es hören. Alles andere würde ihm nur Hoffnung machen. »Luka. Ich mag dich, aber ich habe in dir nie mehr gesehen als einen Freund oder vielleicht einen großen Bruder, der auf mich aufpasst.«

Weil er sich genau so verhalten hat und es immer noch tut. Er behandelt mich wie eine kleine Schwester, der kein Leid geschehen soll, statt wie jemanden, der auf seinem Level steht. Nicht wie Alex.

»War es das dann?«, fragt er überraschend heftig.

»Du wolltest mit mir reden.«

»Ich glaube, es gibt nichts mehr, was wir bereden müssen.«

»Ach nein? Wir sind Freunde, Luka, wirf das nicht einfach so weg.«

»Tue ich nicht. Aber ich kann nicht mit ansehen, wie du einem Typen hinterherrennst, der dir am Ende sowieso nur das Herz bricht.«

»Der Einzige, der mir gerade das Herz bricht, bist du.«

Und damit gehe ich. Ich warte nicht mehr auf seine Antwort oder einen Versuch, mich zurückzuhalten. All meine Kraft habe ich bereits darauf verschwendet, in diesem Gespräch die Contenance zu bewahren, aber nun spüre ich, wie meine Kontrolle nachlässt. Tränen brennen in meinen Augen, als ich aus der Haustür stürme, und mein Sichtfeld beginnt zu verschwimmen.

Vollkommen überfordert kehre ich zum Haus zurück, wo ich Alex auf der Terrasse stehen sehe. Ein Teil von mir will sich ihm in die Arme werfen und heulen, bis ich keine Tränen mehr habe, ein anderer lässt mich nur bei dem Gedanken an Körperkontakt zusammenzucken.

Am Ende schaffe ich es nicht einmal, ihn anzusehen, geschweige denn, stehen zu bleiben. Ich gehe einfach weiter, Alex' Rufe ignorierend. Ich folge dem Pfad hinab zu den Klippen und biege dann links ab in Richtung Aussichtspunkt. Vorbei an meiner Bank, bis ich eine Betontreppe erreiche. An ihrem Fuß befindet sich eine Landzunge, bestehend aus Steinen und Geröll von den Klippen über mir. Dort erst halte ich an und setze mich hin. Und nur eine halbe Minute später nimmt Alex mit etwas Abstand neben mir Platz.

Hier unten kann man den Wasserfall auf der gegenüberliegenden Seite der Bucht besonders gut hören und sehen. Vor allem an Tagen wie heute, wo der Himmel blau und das Meer ruhig und türkisfarben ist. Ich verliere mich eine Weile in dem Augenblick, während die Tränen allmählich nachlassen. Die Stille hilft mir dabei und die Aussicht auf die Klippen und die darüberliegenden Berge. Mir fällt auf, dass das Gras allmählich an Farbe verliert. Ein goldener Schimmer im satten Grün, der den Beginn des Herbstes ankündigt. Bald schon wird alles braun sein, das Wetter rauer, die Tage kürzer und nichts mehr so, wie es einmal war. Keine Ahnung, ob Luka sich je wieder einkriegt. Oder ob ich es schaffe, ihm diese ganze Nummer zu verzeihen. Ich weiß, wie mies Eifersucht ist, und kann mir vorstellen, wie sehr er sich dafür verflucht, mir seine Gefühle nicht eher gestanden zu haben, aber es ändert nichts. Nicht für mich.

Und Alex ... Allein beim Gedanken an ihn kommen mir erneut die Tränen, und dieses Mal gebe ich dem Drang nach, rücke näher zu ihm und lasse mich in eine Umarmung ziehen. Wärme umfängt mich, das Gefühl von Geborgenheit, das ich auskosten will, solange ich noch kann. Ich lehne mich ihm entgegen und vergrabe mein Gesicht in seiner Schulter. So verharren wir eine ganze Weile, bis der Ruf eines Papageientauchers mich aus meiner Trance reißt. Ich blicke auf und beobachte ihn dabei, wie er mit den Beinen strampelnd nur knapp über der Wasseroberfläche dahinfliegt, sodass es fast so wirkt, als würde er darauf laufen.

»Ich nehme an, das Gespräch lief nicht gut?«, fragt Alex vorsichtig, als ich von ihm abrücke.

Ich zucke mit den Schultern. »Keine Ahnung. Nein, lief es nicht, aber ich weiß auch nicht, was ich in der Situation erwartet habe.« Meine Stimme klingt belegt. »Das alles ist sicher nicht leicht für ihn.«

»Und für dich?«

»Fühlt sich ziemlich mies an. Wir sind schon unser ganzes Leben lang befreundet, daran sollte nicht so leicht zu rütteln sein. Dachte ich zumindest immer …«

»Er wird sich einkriegen, da bin ich mir sicher.«

»Meinst du?«

»Bestimmt.«

»Ich hab Angst, dass er es nicht tut. Außer ihm hab ich nämlich keine Freunde …«, gestehe ich.

»Was ist mit den Mädels aus der Bar?«

»Keine Ahnung. Ich bin mies darin, Freundschaften zu schließen oder aufrechtzuerhalten. Ständig vergesse ich, mich zu melden, und dann verläuft sich alles irgendwann. Mit Luka war das leichter, weil wir uns schon so lange kennen. Und weil er mich kennt und weiß, wie ich ticke.«

»Verstehe.«

»Wie lief denn dein Gespräch mit der Botschaft?«, komme ich ihm zuvor, ehe er das Thema weiter vertiefen kann.

»Lächerlich.« Er schnaubt. »Es waren zehn Minuten, in denen ich einfach noch mal erzählen musste, wer ich bin und wieso ich hier feststecke. Also ziemlich genau das, was ich schon in dem Formular angegeben habe.«

»Und dann?«

»Antrag stattgegeben. Übermorgen bekomme ich mein Notfalldokument, und dann kann ich ohne Probleme ausreisen.«

»Aber das klingt doch gut. Dann bist du bald zu Hause.« Obwohl ich stark und optimistisch klingen will, kann ich nicht verhindern, dass meine Stimme bei dem Gedanken bricht.

»Mhm.« Er seufzt. »Ich ... Lóa?«

Ich weine schon wieder. Erst das mit Luka und jetzt Alex. »Sorry, ich ... geht gleich wieder.«

»Lóa ... bitte.«

Energisch wische ich mir die Tränen aus den Augen. Verdammt, ich hasse es, keine Kontrolle über meine Emotionen zu haben. »Sorry, ich ... ich ...«, stammele ich. »Ich dachte nur, dass wir vielleicht etwas mehr Zeit hätten.«

»Ich weiß.« Vorsichtig legt Alex den Arm wieder um mich. »Ich auch.«

Mir fällt nichts ein, was ich sagen könnte. *War schön mit dir! Ich hoffe, du vermisst mich nicht zu sehr.* Beides kommt mir in Anbetracht des Schmerzes in meiner Brust geradezu lächerlich vor. Dabei ist es schon lächerlich genug, dass ich überhaupt so fühle. Alex und ich kennen uns noch nicht lange. Uns verbindet kein halbes Leben wie Luka und mich. Und doch tut es weh, so verdammt weh, auch nur daran zu denken, dass er in ein paar Tagen nicht mehr hier sein wird. Weil wir nicht einmal die Chance hatten, zu sehen, was aus uns wird.

»Ich habe gestern mit Lee telefoniert«, murmelt er. »Ich hab ihm erzählt, was Sache ist. Das mit uns, meine ich. Und er hatte da eine Idee.«

Ich sehe zu ihm auf, mein Herz schlägt mir bis zum Hals. »Okay?«

»Also, wie fange ich an ... Erinnerst du dich noch, wie ich dir von unserem Roadtrip zu Binley Mega Chippy erzählt habe?«

»Ja.«

»Du meintest, du wolltest auch schon immer so einen spontanen Trip machen. Und ich hab überlegt, ob du nicht Lust hättest, ein paar Tage mit mir nach London zu kommen.«

Ich blinzele verwirrt. Was hat er da gerade gesagt?

»Es wäre streng genommen kein Roadtrip, und ich kann dir leider auch keine einsame Insel anbieten, aber wenn du willst ... könnten wir noch ein paar Tage länger zusammen verbringen. Du kämst mal raus und wärst dabei nicht allein. Und am Ende könnten wir noch mal reden und sehen, wie es weitergehen soll.«

Mein Gehirn arbeitet nur noch im Sekundentakt, braucht lange, um das, was er sagt, zu verarbeiten. Allein der Gedanke daran, in eine Großstadt zu fliegen, macht mir Angst. Überhaupt zu verreisen bereitet mir Sorgen. Ich habe keine Ahnung, wie ich auf den Lärm und die vielen Eindrücke reagieren würde, und vor allem weiß ich nicht, was es überhaupt bringen soll, das Unausweichliche weiter hinauszuzögern.

Aber gleichzeitig kann ich nicht leugnen, dass mein Herz bei der Vorstellung, noch ein bisschen mehr Zeit mit Alex zu verbringen, höherschlägt. Dass mich die Aussicht auf ein anderes Land und eine Großstadt mit Vorfreude erfüllt.

»Meinst du das ernst?«, frage ich, weil ich selbst nicht glauben kann, was Alex da gerade vorschlägt.

»Ja. Ich will dich zu nichts zwingen und weiß, was für eine Herausforderung es für dich ist. Aber wenn auch nur eine winzige Chance besteht, dass wir noch ein bisschen mehr Zeit miteinander verbringen können ... Ich will nicht gehen, Lóa, aber ich kann mein Leben zu Hause nicht einfach auf Pause stellen. Aber wenn du mit mir kommst, dann könnte ich es dir zeigen. Ich könnte dir London zeigen, mein liebstes Take-out und, was weiß ich, die Hausecke, an der ich mich das erste Mal betrunken übergeben habe.«

»Wie romantisch«, scherze ich.

»Ich meine es ernst«, sagt Alex eindringlich und nimmt meine Hände zwischen seine.

Ausweichend sehe ich zur Seite. »Alex ich ... ich ...« *Ja. Ja. Ja!* »Gib mir einen Moment Zeit, darüber nachzudenken.«

»Klar.«

Ich stehe auf und balanciere auf den Steinen ein Stück weiter in Richtung Ufer. Tief atme ich ein und betrachte gedankenverloren die im Sonnenlicht funkelnde Meeresoberfläche, als könnte dort die Antwort auf meine Frage stehen. Als könnte die Natur mir verraten, ob es wirklich die richtige Entscheidung ist, mit Alex mitzukommen.

Vernünftig betrachtet, spricht alles dagegen. Nicht nur meine Ängste und meine Diagnose, sondern auch, dass ich keine Ahnung habe, was es bringen soll. Was sind schließlich ein paar Tage? Im schlimmsten Fall wird der Abschied danach nur noch unerträglicher, als er ohnehin schon sein wird. Und selbst wenn nicht? Was kommt dann? Bleiben wir in Kontakt? Freunde? Partner? Ich habe es bisher nicht einmal geschafft, eine normale Beziehung zu führen, wie soll das dann über die Distanz funktionieren?

Ja ... vernünftig betrachtet, wäre diese Entscheidung schnell getroffen. Aber von meiner Vernunft bleibt nie viel übrig, sobald Alex im Spiel ist. Plötzlich nehmen andere Dinge eine wichtigere Rolle ein. Meine Gefühle, mein Herz. Und mein Herz sagt, dass ich es versuchen soll, dass ich mit ihm gehen soll. Nicht nur seinetwillen, sondern auch für mich. Damit ich die Chance habe, etwas zu tun, was ich mir schon so lange wünsche.

Herz oder Vernunft – wer gewinnt?

Ich drehe mich um, und als ich Alex ansehe, merke ich, dass es überhaupt keine Frage ist. Dass ich mich schon längst entschieden habe und dass jeder Versuch, die Sache logisch zu betrachten, zum Scheitern verurteilt ist. Ich sehe nur ihn und weiß, dass ich es versuchen will.

Alex

Nichts fühlt sich mehr wie nach Hause kommen an als der vertraute Geruch der Tube – diese eigenartige Mischung aus Staub, Metall und Gummi – und die Durchsagen der Piccadilly Line. Hatton Cross, Hounslow, »Please mind the gap«. Wie lange war ich jetzt weg? Es fühlt sich an wie eine Ewigkeit und doch mit Blick auf Lóa viel zu kurz.

Sie sitzt mir gegenüber in dem Vierer und starrt wie ein Kind aus dem Fenster, wobei sich unsere Knie berühren. Draußen ziehen die industriellen Außenbezirke Londons an uns vorbei, mehr Häuser, als sie in ihrem ganzen Leben gesehen hat, obwohl wir nicht einmal in der Innenstadt angekommen sind.

»Wie geht's dir?«, frage ich zum gefühlt zehnten Mal seit unserem Abflug von den Färöern, und langsam habe ich das Gefühl, mir selbst damit auf die Nerven zu gehen. Aber ich bin unsicher. Ich könnte nicht glücklicher sein, noch ein paar Tage mehr mit Lóa zu verbringen, doch ich weiß, wie viel ihr diese Reise abverlangt, auch wenn sie gerade einen relativ entspannten Eindruck macht.

Sie löst ihren Blick von der Aussicht und zuckt mit den Schultern. »Keine Ahnung, ehrlich gesagt. Gut? Definitiv nicht so schlecht, wie ich erwartet hatte. Ich glaube, das Schlimmste war der Umstieg in Kopenhagen.«

»Verständlich«, seufze ich, als ich mich daran erinnere, wie hektisch wir durchs Terminal gerannt sind, um unseren Anschluss zu bekommen. »Jetzt verstehe ich, wieso Lee seine Flüge immer so bucht, dass seine Zwischenstopps mindestens ein paar Stunden dauern.« Nur leider geht das auf unserer Route nicht. Es gibt insgesamt so wenige Flüge, dass es entweder auf einen viel zu knappen Umstieg in Kopenhagen oder Edinburgh oder eine ganze Übernachtung hinausläuft. Und ich wollte einfach nur so schnell wie möglich nach Hause kommen.

»Werde ich Lee kennenlernen? Also, ich meine, *richtig* kennenlernen?«, fragt Lóa.

»Wie du willst. Eine Freundin von uns veranstaltet übermorgen eine Hausparty. Wir können hingehen, aber wenn dir das zu viel ist, finden sich bestimmt Alternativen.«

»Ich weiß nicht. Gerade würde ich sagen, ja, warum nicht, aber das kann sich jeden Moment ändern. Wenn mir etwas zu viel wird, bahnt sich das nicht langsam an. Ich merke es erst, wenn ich quasi schon in eine Wand gerannt bin.«

»Alles klar. Wir sehen einfach, was passiert. Und du

kannst mir jederzeit sagen oder schreiben, wenn wir irgendwo verschwinden und zurück nach Hause sollen.«

Um uns herum wird die Welt dunkel, während wir in einen Tunnel fahren. Die Plastikscheibe rattert, und die Bremsen des Zugs quietschen hörbar, als wir uns dem nächsten Stopp nähern.

Lóa zuckt zusammen. »Ist es für deine Eltern eigentlich okay, dass ich einfach mitkomme?«

»Meine Eltern leben getrennt«, erkläre ich und stolpere beinahe über die Worte, weil mir bewusst wird, dass ich das Lóa gegenüber bisher nicht erwähnt habe. Es ist kein Geheimnis oder so, aber es führt mir wieder vor Augen, wie wenig wir uns eigentlich kennen. Und wie bizarr diese ganze Situation ist. Hätte mir jemand letzte Woche gesagt, dass ich ein Mädchen, das ich im Urlaub in einer Bar treffe, mit zu mir nach Hause nehmen würde, hätte ich wahrscheinlich nur gelacht. »Mein Vater ist aktuell auf Geschäftsreise, also haben wir seine Wohnung für uns. Er hat kein Problem damit, dass ich jemanden mitbringe. Nur meine Mutter ist nicht so glücklich damit, dass ich nicht sofort zu ihr komme.«

»Wieso?«

»Sie ist sehr fürsorglich.« Ich lächle. »Und traut Dad immer noch nicht zu, dass er mich gut genug füttert. Nach der Scheidung habe ich alle zwei Wochen abwechselnd bei je einem von ihnen gelebt, aber jetzt bin ich mehr bei meinem Vater, weil es praktischer für die Uni ist. Aber wenn es sich zeitlich irgendwie für uns einrichten lässt, würde ich meine Mum morgen gern besuchen.«

»Okay.« Lóa mustert mich besorgt. »Das heißt, ich soll mitkommen?«

»Nur wenn du willst.«

»Es wäre nur fair, oder? Nachdem ich dir meine Eltern aufgezwungen habe.«

»Das war etwas anderes«, erwidere ich. Und wie anders es war. Es fühlt sich an, als wären Monate seit diesem Abend vergangen. Als wäre das damals noch ein anderer Alex gewesen, der sich mehr aus Spaß auf die ganze Nummer eingelassen hat. Und um Lóa den Hintern zu retten.

Doch jetzt ist das nicht mehr so. Wir müssen niemandem etwas vorspielen. Das hier ist echt. Und wenn ich Lóa mit zu meiner Mutter nehme, wird es nur noch realer. Unter normalen Umständen würde mich dieser Gedanke mit Angst erfüllen, aber seltsamerweise passiert genau das Gegenteil. Die Vorstellung lässt ein Lächeln auf meine Lippen wandern, während ich Lóa betrachte. Wärme steigt in mir auf, und mein Herzschlag gerät aus dem Takt.

»Du musst nicht mitkommen«, stelle ich klar.

»Ich will aber.«

Von der Bushaltestelle Battersea ist es nur ein kurzer Fußmarsch zum Apartment. Vorbei an Dads und meinem Stamm-Imbiss *Chicken 2 Go*, auf die Falcon Street und dann runter bis zur Khyber Road. Feiner Nieselregen legt sich auf mein Gesicht, als unser Ziel in Sichtweite kommt. Eine Straßenkreuzung mit einem Tesco an einer Ecke und einem Greggs an einer anderen. Und gegenüber ein dreistöckiger Apartmentkomplex aus dunklem Backstein, der fast schon zu modern für die umliegenden, meist braunen Reihenhäuser wirkt. Im Erdgeschoss befindet sich ein Fitnessstudio, das ich mal mehr, mal weniger regelmäßig besuche, und im ersten Stock die Wohnung meines Vaters.

Es fühlt sich ungewohnt an, nach so langer Zeit die schwere Tür aufzuschließen, hineinzugehen und den vertrauten Duft einzuatmen. Die Schuhe abzustreifen, die Jacke aufzuhängen und den weichen Teppich unter meinen Socken zu spüren. Nur mühsam widerstehe ich dem Impuls, in die Wohnung zu rufen, dass ich zu Hause bin, weil Lóa und ich ohnehin allein sind.

Ich schaue sie an, und ihre Augen sind tellergroß, als sie alles in sich aufnimmt. Sie wirkt fast ein bisschen außer Atem. Ihre Haut glänzt vom Regen, und ihre Haare sind ein wenig durcheinander, aber ansonsten sieht sie nicht unglücklich aus, oder?

»Alles okay?«

»Das fragst du mich jetzt schon zum achten Mal«, erwidert sie und verdreht ironisch die Augen.

»Du hast mitgezählt?«

»Mhm.«

»Sorry. Ich mache mir nur Sorgen, weil …«

»Ich weiß, Alex.« Sie lächelt sanft. »Ich auch. Aber es reicht, wenn sich eine von uns Sorgen macht.«

»Okay.«

»Ich gebe Bescheid, wenn sich was ändert. Versprochen.«

Ich nicke. Noch immer ist mir mulmig zumute, aber Lóa

hat recht. Sie kann selbst auf sich aufpassen und muss nicht behandelt werden wie ein rohes Ei. Sie kann das.

»Willst du eine Roomtour?«, wechsele ich das Thema.

»Da fragst du noch?«

Aber so viel habe ich gar nicht zu zeigen. Das Apartment ist überschaubar. Es gibt eine Wohnküche, ein Bad und zwei Schlafzimmer, und alles wird möbliert vermietet. Dementsprechend ist die Einrichtung modern und neutral, beinahe unpersönlich und erinnert ein bisschen an den Showroom bei IKEA. Es dominieren Beige- und Grautöne, dazu ein paar Akzente in einem sanften Gelb. Nichts davon passt zu meinem Vater, doch ich weiß, dass es ihm so recht ist. Er ist eher pragmatisch und hätte vermutlich auch kein Problem damit, in einer Einzimmerwohnung zu leben, in der es nur Küche und Bad sowie eine Matratze auf dem Boden und einen Fernseher gibt.

»Wie ist dein Vater denn so?«, fragt Lóa, als ich ihr das Highlight zeige, einen halbrunden Balkon, von dem aus man die Straßenkreuzung überblicken kann.

Ich zucke mit den Schultern, weil ich mir darüber noch nie Gedanken gemacht habe. Er ist mein Dad, aber ansonsten? »Er ist ein ziemlicher Workaholic und nicht gut mit Technik. Er arbeitet als Sachbearbeiter für eine Versicherungsfirma und spielt in seiner Freizeit gern Golf.«

Lóa lehnt sich gegen die gläserne Balustrade und starrt auf die Straße. »Das klingt sehr …«

»Langweilig? Ja. Mein Dad ist sehr korrekt und reserviert. Über Gefühle sprechen mag er nicht. Das war, glaube ich, auch der Grund, warum Mum und er …« Ich seufze. »Sorry, ich will das gar nicht alles auf dir abladen.«

Lóa schüttelt den Kopf. »Nein. Ich hör dir gern zu. Ich wusste das alles gar nicht …«

»Ich weiß. Es ist nur ungewohnt, auf einmal alles so direkt erzählen zu können, ohne mir Gedanken machen zu müssen. Ehrlich sein und so.«

»Verstehe.«

»Willst du mein Zimmer sehen?«

»Ich weiß nicht«, sagt sie. »Muss ich Angst haben?«

Nein. Dadurch, dass ich früher ständig woanders übernachtet habe und zwischen meinen Eltern gependelt bin, habe ich mir nie die Mühe gemacht, mein Zimmer persönlicher zu gestalten. Und jetzt, wo ich quasi fest bei meinem Dad lebe, fehlt mir dazu die Inspiration. Ich spiele keine Videospiele mehr, und selten finde ich Zeit für etwas in der Richtung. Keine Bücher, keine Filme. Wenn ich mal Freizeit habe, nutze ich sie, um mich mit Freunden zu treffen oder zum Networken. Wenn ich nicht sowieso arbeiten muss.

Dementsprechend schlicht ist mein Schlafzimmer gehalten. Die Wände sind weiß. Es gibt ein Doppelbett, einen Einbauschrank, einen Schreibtisch und ein klägliches Bücherregal, das mit meinem ganzen Unizeug gefüllt ist. Ein einziges hohes Fenster lässt viel Licht herein, doch mehr als die Seite des Nachbarhauses und ein Stück der Falcon Road gibt es nicht zu sehen.

»Tadaa«, verkünde ich daher wenig inspiriert und gehe zum Schreibtisch. Dort finde ich meine Mitschriften sauber aufeinandergestapelt, nachdem Dad sie mithilfe meiner Anweisungen für mich eingescannt hat. Und darauf liegt eine Karte, auf der in bunten Lettern die Worte »Welcome Back« gedruckt sind. Darin befinden sich zwanzig Pfund und ein Rabattgutschein für *Chicken 2 Go*.

»Ist das von deinem Vater?«

»Mhm.«

Glad you're back. Treat yourself while I'm away. xx Dad

Mehr steht nicht in der Karte, aber es bringt mich dennoch zum Lächeln. Er mag nicht gut darin sein, seine Gefühle zu zeigen, aber manchmal schafft er es eben doch auf seine schrullige Art.

»Wie süß«, bemerkt Lóa.

»Ja.« Ich lege die Karte zurück auf den Schreibtisch und sehe Lóa an. Bisher hat meine Freude, endlich wieder zu Hause zu sein, dominiert, sodass mir jetzt erst bewusst wird, dass ich nicht allein bin. Dass Lóa hier in meinem Zimmer steht. Dass ich sie in mein Leben gelassen habe. Sie mehr von mir habe sehen lassen als jeden anderen. Und dass mir das alles keine Angst macht.

Gedankenverloren lege ich meine Hand an ihre Wange und hebe ihr Gesicht an, um Lóa in die Augen zu sehen. Ich versuche, darin zu lesen, zu verstehen, was in ihr vorgeht, aber gerade ist ihr Blick so undurchdringlich, dass ich nur raten kann. Gefällt es ihr hier? Ist sie nervös? Überfordert? Will sie nach Hause? Hat sie mich schon satt? Tausend Fragen huschen durch meinen Kopf, aber keine kommt mir über die Lippen. Sie wird es mir sagen, wenn etwas nicht stimmt. Kein Grund, die Zeit mit Zweifeln zu verbringen, wenn uns ohnehin nur so wenig davon bleibt. Vier ganze

Tage, um genau zu sein. Heute. Morgen. Übermorgen. Und danach fliegt sie schon wieder.

Und ich, nein, *wir* müssen eine Entscheidung treffen, wie es weitergehen soll. Ob wir unsere gemeinsame Zeit als spannende Episode unseres Lebens abhaken oder ob wir irgendwie versuchen sollen, mehr daraus zu machen.

Als hätte Lóa meine Gedanken erraten, schüttelt sie den Kopf. Kein Wort kommt über ihre Lippen, aber ich verstehe trotzdem, was sie meint. Wahrscheinlich sind die Falten in meiner Stirn so tief, dass sie meine Gedanken einfach erraten hat. Aber statt zuzulassen, dass sie mich weiter auffressen, stellt Lóa sich auf die Zehenspitzen, um mich zu küssen. Um mich aus diesem Strudel aus Sorgen und Zweifeln zu reißen, zurück ins Hier und Jetzt, wo es niemanden gibt außer ihr und mir.

Lóa

London ist groß. London ist laut. London ist voll.

Und zu meiner Überraschung komme ich damit klar. Ich würde nicht so weit gehen, zu sagen, dass ich geheilt wäre oder mir umsonst Sorgen gemacht habe, aber solange ich auf mich achte und mich nicht stressen lasse, gefällt mir die Großstadt sogar ganz gut.

Wenn ich einen Bus verpasse, kommt gleich ein zweiter.

Wenn ein Restaurant zu voll ist, finden wir ein anderes.

Wenn an irgendeinem Ort zu viel los ist, gibt es noch hundert andere Flecken.

Es ist ungewohnt, all diese Möglichkeiten auf einmal zu haben, sodass ich sie anfangs ständig vergesse. Aber sobald ich sie verinnerlicht habe, fällt es mir leichter, mich nicht aus der Ruhe bringen zu lassen. Und damit ist auch London keine unüberwindbare Hürde mehr, sondern einfach nur etwas Neues.

Nach unserer Ankunft verbringen Alex und ich den Rest des Abends bei ihm zu Hause. Wir bestellen uns Essen, schauen Netflix und sitzen auf dem Balkon, von dem aus ich den nie enden wollenden Strom an Menschen und Autos in den Straßen beobachte. Es ist seltsam. Ich habe fest damit gerechnet, dass die Massen mich aus der Bahn werfen, doch das genaue Gegenteil ist der Fall. Es ist nicht wie in Tórshavn, wo an jeder Ecke ein ehemaliger Klassenkamerad oder eine Freundin meiner Mutter wartet, sondern anonymer. Die anderen Leute sind so auf sich fokussiert, dass ich geradezu unsichtbar bin und es mir trotz des Trubels so vorkommt, als wäre ich allein unterwegs.

Alex bei mir zu haben, hilft. Normalerweise hätte ich mich nicht getraut, hierherzukommen, ohne vorher sämtliche Fahrpläne und Karten auswendig zu lernen, doch mit ihm an meiner Seite brauche ich mir keine Sorge darum zu machen, wie ich wohin komme. Er ist in London aufgewachsen und kennt die Stadt in- und auswendig. Er weiß, welche Verbindung wir nehmen müssen. Er kennt die Orte, an denen man weniger Touristen antrifft: kleine Buchläden in Seitengassen, günstige Restaurants mit erstklassigen vegetarischen Menüs, historische Gebäude aus der Antike, die sich unscheinbar in irgendwelchen Hinterhöfen verstecken.

Es kommt mir vor, als gäbe es an jeder Ecke etwas anderes zu entdecken, sodass die Zeit am Ende viel zu schnell vergeht. Meinen dritten und letzten vollen Tag verbringen wir im Sherlock-Holmes-Museum, gefolgt von einem Picknick im Regent's Park. Als wir zurück nach Hause kommen, ist es gerade einmal später Nachmittag.

Mit einem erschöpften Seufzen lasse ich mich aufs Sofa auf dem Balkon fallen. Unter mir brandet das Leben durch die Straßen, doch mittlerweile schaffe ich es, den Lärm auszublenden. Stattdessen konzentriere ich mich auf die sanfte Brise, die mir um die Nase weht, die Sonnenstrahlen auf meinen nackten Füßen, und schließe die Augen.

Mein Kopf surrt von den Eindrücken der letzten Tage, aber ich genieße es. Genieße das Gefühl, so viel erlebt zu haben. Hier zu sein, an diesem wundervollen Ort, an dem kein Tag wie der andere ist. Doch gleichzeitig sehne ich mich auch nach zu Hause. Nach der Routine. Der Natur. Dem Horizont. Nach Stille.

Bei dem Gedanken zieht sich meine Brust schmerzhaft zusammen, und mein Herz fühlt sich an, als bestünde es aus zwei Hälften. Die eine schlägt für meine Heimat. Die andere für diese Stadt, das Abenteuer – und für Alex.

Wie auf ein unausgesprochenes Stichwort kommt er auf den Balkon. Er setzt sich mit einer Tasse Tee neben mich und stellt ein Glas mit Dr Pepper auf den niedrigen Tisch vor uns. Wie so oft hat er an mich gedacht, ohne dass ich ihn darum bitten musste.

»Heute ist die Party deiner Freundin, oder?«, frage ich.

»Ja. Ich wollte ihr eben absagen.«

»Nein«, erwidere ich hastig. »Nicht meinetwegen.«

Er seufzt und sieht mich gequält an. »Lóa. Heute ist unser letzter Abend, und es gibt eine Million Dinge, die ich lieber täte, als dich zu zwingen, mit mir zu einer Party zu kommen.«

»Du würdest mich nicht zwingen. Ehrlich gesagt würde ich sogar sehr gern hingehen.«

Überrascht hebt er die Brauen. »Bist du sicher? Ehrlich, es kommt öfter vor, dass Claire eine Party veranstaltet, da kann ich auch mal fehlen.«

»Wir müssen ja nicht den ganzen Abend dort verbringen. Aber ich würde es echt gern erleben. Wie oft im Leben werde ich schon zu einer Hausparty von reichen Leuten eingeladen sein?«

Alex grinst, doch dann gefriert seine Miene plötzlich zu Eis. Ich ahne, wieso.

»Hast du vor, ihnen die Wahrheit zu sagen? Über dich?«

»Keine Ahnung. Ehrlich gesagt hab ich mir darum noch keine Gedanken gemacht.« Er stellt seine Tasse ab.

»Musst du auch nicht. Du hast Zeit«, erinnere ich ihn sanft.

»Zeit …«

»Ich weiß.« Traurig presse ich die Lippen zusammen, während Alex den Arm um mich legt. Ich lehne den Kopf an seine Schulter, merke jedoch sofort, dass mir das gerade nicht reicht. Dass ich mehr will, mehr brauche.

Ich rutsche näher zu ihm, bis ich auf seinem Schoß sitze, und lasse mich von ihm in eine Umarmung ziehen, von der ich nicht sicher bin, ob sie mein Herz zusammenhält oder nur weiter bricht.

Alex legt seine Lippen auf meine und drückt mich fester an sich, sodass mir kaum Platz zum Atmen bleibt. Kein

Raum für den lästigen Gedanken, wie das hier weitergehen wird.

Wir sollten reden. Die Worte liegen mir auf den Lippen, brennen förmlich auf meiner Zunge, aber ich bringe sie nicht heraus. Egal, wie sehr ich es versuche, mein Kopf stellt sich einfach quer. Ich rede mir ein, dass wir später noch Zeit haben, obwohl ich weiß, dass das nicht stimmt. Aber für den Moment tue ich so. Tue so, als gäbe es keinen Rückflug. Als gäbe es keine Fragen.

Keine Zweifel.

Nur uns.

Die Ennismore Gardens befinden sich nur einen kurzen Fußmarsch vom Hyde Park entfernt. Eine Gegend, die bereits auf den ersten Blick teuer aussieht. Mit hohen, weiß gestrichenen Stadtvillen mit verspielten Balkons und opulenten Säuleneingängen. Es gibt sogar eine Grünanlage dazwischen. Mit meinem Hoodie und den schwarzen Leggings komme ich mir jetzt schon underdressed vor. Alex neben mir hat sich herausgeputzt. Er hat Concealer aufgetragen, um darüber hinwegzutäuschen, dass wir die letzten Nächte kaum mit Schlafen verbracht haben. Zwar trägt er nur Jeans, Shirt und eine Lederjacke, aber selbst mit diesen schlichten Sachen wirkt es so, als stammten wir aus verschiedenen Welten.

Zunächst folge ich ihm zuversichtlich, doch als er an dem Haus mit der Nummer 44 klingelt, trifft mich die Panik schließlich mit voller Kraft. Schlagartig fühle ich mich an den Abend in der Bar zurückversetzt. An meine Angst. An mein Mantra, mich bloß normal zu verhalten. Alles ist auf einmal wieder so präsent.

Ich klammere mich an Alex' Hand, doch nicht einmal seine Nähe bringt mich zur Ruhe.

Sei einfach du selbst, höre ich ihn in meinem Kopf sagen, dabei ist das so viel leichter gesagt als getan. Und so weit weg von der Realität. Ja, in einer idealen Welt wäre ich einfach nur ich selbst, und alle würden das akzeptieren und mich mögen. Aber wir leben in keiner idealen Welt. Und Menschen wie ich, die ecken an, werden als seltsam oder sogar unsympathisch wahrgenommen, bis man endlich das Glück hat, jemanden zu finden, der darüber hinwegsieht oder die Dinge, die einen anders machen, sogar wertschätzt.

Aber dafür braucht es eben Glück.

Oder eine Begegnung in einer Bar und einen verlorenen Reisepass.

Unauffällig schiele ich zu Alex rüber und beschließe, ihm einfach keine Sekunde von der Seite zu weichen. Stur zu lächeln und zu nicken, während alle anderen für mich das Reden übernehmen.

Besser wäre es gewesen, ich hätte ihn im Vorhinein gefragt, worüber ich mich mit seinen Freunden unterhalten kann, aber nun ist es zu spät. Jemand öffnet die Tür, und eine hübsche Blondine mustert Alex missbilligend.

»Hi, Claire«, begrüßt er sie.

»Na, sieh mal an, was die Katze da angeschleppt hat.« Dann wendet sie sich mir zu, und ein breites Lächeln stiehlt sich auf ihre Lippen, das ihre perfekt weißen Zähne enthüllt. »Und du musst Lóa sein. Lee hat schon so viel erzählt, es freut mich sehr, dich kennenzulernen.« Ohne Vorwarnung werde ich in eine kurze Umarmung gezogen, als wäre ich diejenige mit Einladung und Alex nur ein unerwünschtes Mitbringsel. »Ich bin Claire.«

»Hey«, bringe ich knapp hervor.

»Kommt rein.«

Von außen wirkt das Haus zwar hoch, aber schmal, doch kaum sind wir durch die Tür, werde ich mir seiner wahren Größe bewusst. Die Räume sind fast komplett offen, sodass ich selbst von hier bis ans hintere Ende sehen kann. Es gibt eine riesige, modern eingerichtete Küche, gefolgt von einem ausladenden Wohnzimmer und daran angrenzend einen Garten. Die Decken sind hoch und stuckverziert, und die gesamte Einrichtung ist hell, aber mit klassischen Elementen. Ein Haus wie aus einem Luxus-Magazin. Neben einer opulenten Treppe gibt es sogar einen Aufzug.

Claire führt uns ins Untergeschoss, aus dem uns bereits laute Musik und Gelächter entgegendringen. Kein Vergleich mit einer vollen Bar, aber es reicht dennoch, um meinen Puls weiter zu beschleunigen. Der Impuls, einfach abzuhauen, wird stärker, und wahrscheinlich müsste ich Alex nur einen vielsagenden Blick zuwerfen, und er würde sich eine Ausrede einfallen lassen, aber das will ich nicht. Wir sind hier, weil ich seine Freunde kennenlernen wollte. Weil ich sehen wollte, in was für einer Welt er lebt. Da kann ich nicht nach den ersten paar Sekunden sofort verschwinden.

Die Treppe führt in einen weiteren riesigen Raum, der mir wie aus einem Film erscheint. Es gibt einen Pool, eine

Bar, mehrere Sitzecken und sogar ein kleines DJ-Set, und kaum sind wir unten angekommen, kommt uns bereits eine Kellnerin entgegen und drückt uns ein Glas Champagner in die Hand.

»Ich dachte, das hier wird nur eine kleine Reunion-Party«, bemerkt Alex überrascht.

»Ist es auch.« Claire grinst zufrieden. »Aber langsam solltest du wissen, dass ich keine halben Sachen mache, wenn es um Partys geht. Lóa, zur Info für dich, weil du neu bist: Wenn du was zu trinken brauchst, melde dich einfach bei Lory an der Bar. Sie versorgt dich mit allem, was du willst. Toiletten sind hier rechts, und falls du spontan Lust bekommst, schwimmen zu gehen, kann ich dir ein paar Badesachen leihen.«

Ich nicke, bin völlig überwältigt von allem. Noch nie bin ich irgendwo so herzlich und offen willkommen geheißen worden, während ich mich gleichzeitig so fehl am Platz fühle. Claires Akzent klingt, als wäre sie direkt aus einer Folge von *The Crown* entsprungen, und ich bin mir sicher, dass sich selbst dieser Keller als Set eignen würde. Sogar Alex ist überrascht, wie viel Mühe sie sich für die Party gegeben hat, aber ich fühle mich, als wäre ich in einer anderen Welt.

Vollkommen überfordert bleibe ich am Fuß der Treppe stehen, nachdem Claire wieder nach oben gegangen ist, um die Tür für weitere Gäste zu öffnen. Mir schwirrt der Kopf. Mein Gehirn registriert nur alle paar Sekunden, was hier überhaupt vor sich geht.

»Willst du lieber was anderes trinken?«, fragt mich Alex.

Ich schüttele den Kopf und nehme demonstrativ einen Schluck Champagner. Nicht meine erste Wahl, aber das Prickeln der Kohlensäure auf meiner Zunge ist angenehm. Auch wenn ich früher oder später vermutlich etwas Stärkeres brauchen werde, um das hier durchzustehen.

»Wir können jederzeit nach Hause gehen.«

Er sieht mich eindringlich an, und bei der Sorge in seinem Blick flattert mein Herz. Die Tatsache, dass er meinetwegen einfach diese Party verlassen würde, macht etwas mit mir. Aber noch werfe ich nicht das Handtuch. Ich habe den Abend im Irish Pub überlebt, da sollte das hier doch ein Kinderspiel sein.

Ich muss einfach nur *normal* sein.

Meine Kehle fühlt sich wie zugeschnürt an, als ich lächle. Doch ich ignoriere das Gefühl wie auch die tausend anderen Alarmsignale in meinem Kopf. Es ist nicht so, als würde mich gleich jemand nur mit einem Stock bewaffnet in einen Ring voller Löwen schicken, sondern nur eine Party. Nur eine verdammte Party.

»Lass uns bleiben«, sage ich, wobei ich selbst überrascht darüber bin, wie fest meine Stimme klingt. »Ich will deine Freunde kennenlernen.«

»Okay. Aber sag nicht, ich hätte dich nicht gewarnt.«

Keine Ahnung, wovor er mich hätte warnen sollen, denn seine Freunde sind alle ziemlich nett und offen. Sie begrüßen Alex und mich mit kurzen Umarmungen und fragen sofort besorgt nach seinem Abenteuer mit dem verlorenen Pass. Auch ich werde befragt. Nach meinem Namen. Meiner Heimat. Und wie mir London so gefällt. Am Anfang bin ich deshalb überfordert, doch je öfter die immer gleichen Fragen kommen, desto eher habe ich die passende Antwort parat.

Ein bisschen bin ich wie ein Roboter, der einfach nur ein Programm abspielt. Aber es funktioniert. Das Lächeln fällt mir leichter. Der Small Talk auch. Sogar so zu tun, als würde ich hierhergehören.

Etwa eine Stunde nachdem wir angekommen sind, klingelt es ein weiteres Mal an der Tür, und kurze Zeit später taucht ein vertrautes Gesicht an der Treppe auf.

»Lee!« Alle Anwesenden heben die Gläser und rufen synchron seinen Namen. Irgendjemand applaudiert sogar, weshalb ich mich verwirrt an Alex wende.

»Er kommt immer zu spät«, erklärt dieser. »Ist inzwischen so ein Running Gag.«

»Und deshalb applaudiert ihr?«

»Mhm.«

Ich verstehe es nicht ganz, versuche mich aber nicht davon beirren zu lassen. Lee nimmt sich ein Glas Champagner vom Tablett und geht ganz in der Aufmerksamkeit der anderen auf. Er lächelt breit, wirft die blonden Haare zurück und winkt uns allen zu, als wäre er ein berühmter Schauspieler auf dem roten Teppich. Sobald er Alex und mich entdeckt, kommt er auf uns zu.

»Na, sieh mal an. Du lebst tatsächlich noch.« Er klopft Alex freundschaftlich auf die Schulter, ehe er sich auf dem freien Sessel gegenüber niederlässt.

»Hast du je an mir gezweifelt?«, fragt Alex.

»Nach der Performance, die du beim Wandern hingelegt hast? Absolut.«

»Ich bin ja nicht im australischen Busch oder so gestrandet.«

»Stimmt.« Lee wendet sich an mich. »Und dich kenne ich doch, oder?«

»Kann sein«, erwidere ich ironisch.

»Ich muss ehrlich sein: hätte nicht gedacht, dich je wiederzusehen, aber jetzt bist du hier. Lag es an Alex' Charme, oder …?« Seine Brauen schießen vielsagend in die Höhe.

»Lee«, murmelt Alex warnend.

»Als ob ich nur wegen seines Charmes fünf Stunden Flugzeit auf mich nehmen würde.«

Lee lacht. »Hätte mich auch gewundert. Und wie gefällt dir London?«

»Gut«, spiele ich meine einprogrammierte Antwort ab. »Ich hab noch nicht so viel gesehen, aber ich mag es hier. Es ist definitiv mehr los als da, wo ich herkomme.«

»Oh, absolut. Als ich nach dem Urlaub in Dubai zwischengelandet bin, war mir erst mal schwindelig von den ganzen Leuten. Aber ist doch schön, wenn es dir gefällt. Das sollte die Sache ja einfacher machen.«

»Wie meinst du das?«

»Oh, sorry, ich dachte, ihr hättet schon. Egal … vergiss, was ich gesagt habe. Also, Lóa, erzähl mal von dir. Alex hat ja ein ziemliches Geheimnis daraus gemacht.«

Und dafür bin ich immens dankbar, denn so kann ich Lee einfach genau das erzählen, was ich allen anderen auch schon aufgetischt habe. Nicht die ganze Wahrheit, aber die unverbindlichste Geschichte, die mir eingefallen ist. Dass ich Biologie studiere, aber noch nicht sicher weiß, was ich damit machen will. Dass ich in meiner Freizeit Fußball spiele, mich mit Freundinnen treffe und gern Netflix schaue. Ab und zu gehe ich auch wandern. Und London stand schon lange auf meiner Bucketlist.

Nichts davon ist zu sehr an den Haaren herbeigezogen, aber mir ist bewusst, dass es in etwa so aussagekräftig ist wie eine Tinder-Bio. Doch Lee scheint das nicht zu stören. Er fragt mich eine Weile länger aus, bevor er dazu übergeht, von seinem Trip nach Singapur zu erzählen. Dann irgendwann lässt er Alex und mich allein, um sich auch mit seinen anderen Freunden zu unterhalten.

»Lóa?« Schon eine Weile habe ich Alex' Blick auf mir gespürt, aber jetzt erst traue ich mich, ihn anzusehen. Seine Miene ist unerwartet ernst, und eine kleine Falte liegt zwischen seinen Augenbrauen.

»Ja?«

»Können wir kurz reden?«

»Worüber?«

»Nicht hier.«

Ohne wie bisher nach meiner Hand zu greifen, steht er auf. Ich folge ihm, unschlüssig, was diese Nummer soll, nach oben durch den verlassenen Wohnbereich raus in den Garten. Die Fläche ist kaum so groß, dass ich sie als solchen bezeichnen würde, doch in einer Stadt wie London sicher ein absoluter Luxus. Es gibt sogar einen modernen Springbrunnen, dessen Plätschern neben dem entfernten Tosen der Autos die Nacht erfüllt. Gierig sauge ich die frische Luft ein und starre hinauf in den wolkenverhangenen Himmel, der, angestrahlt von den Lichtern der Stadt, in ein dunkles Orange gehüllt ist.

Alex lässt sich auf dem Outdoor-Sofa nieder und verschränkt die Arme vor der Brust. Kein Zweifel, irgendetwas stimmt nicht, und obwohl ich keine Ahnung habe, was ich falsch gemacht haben könnte, krampft sich mein Herz schmerzhaft zusammen.

Unschlüssig vergrabe ich die Hände in der Bauchtasche meines Hoodies, und nur ein paar Sekunden später verknote ich die Finger nervös ineinander. Ich beiße die Zähne zusammen, doch mir fehlt der Mut, ihn zu fragen, was los ist.

»Lóa«, richtet er irgendwann das Wort an mich. »Ist alles okay?«

Ich hebe überrascht die Brauen. »Ja, wieso?«

»Willst du nach Hause gehen?«

»Nein.«

»Sag mir die Wahrheit.«

»Das ist die Wahrheit.«

»Sicher?« Er macht eine kurze Pause. »Ich habe nämlich nicht das Gefühl, dass du ehrlich zu mir bist.«

Was? »Wie meinst du das?«

»Dein Verhalten heute Abend ... wie du redest und was du den Leuten erzählst ... Das bist nicht du.«

»Nein.« Ich beiße mir auf die Unterlippe. Natürlich sollte es mich nicht überraschen, dass er die Nummer durchschaut, aber was hat er auch erwartet? »Nicht wirklich.«

»Wolltest du nicht damit aufhören? Zu versuchen, jemand anders zu sein?«

»Wollte ich, aber ...«

»Lóa ...« Er steht auf, kommt allerdings nicht auf mich zu. »Ich ... ich weiß, dass das alles nicht leicht ist, aber ich hab dir doch gesagt, dass du dich meinetwegen nicht verstellen musst.«

»Ich weiß.«

»Ich mag dich so, wie du bist.«

»Ich weiß.« Und trotzdem brennen Tränen in meinen Augen. Trotzdem fühlt es sich gerade so an, als würde er mir ein Messer in die Brust rammen. Ich erschaudere.

»Du musst dich nicht verstellen«, wiederholt er. »Ich will nicht, dass du dich meinetwegen verstellst, nur um –«

»Es hat nichts mit dir zu tun. Überhaupt nicht.« Meine Stimme zittert. »Ich weiß, dass ich mich nicht verstellen muss. Und ich weiß, dass du mich ganz gut leiden kannst. Aber hast du vielleicht mal kurz darüber nachgedacht, dass es Leute gibt, die das anders sehen?«

»Die gibt es bestimmt, aber ...«

»Fast alle, Alex. Fast jeder einzelne Mensch, mit dem ich irgendwann in meinem Leben zu tun hatte, hatte ein Problem mit mir. Weil ich komisch bin. Ich rede anders, ich denke anders, ich mag andere Dinge. Und ich weiß, dass es Ausnahmen gibt. Leute wie Luka oder du, die das aus absolut unverständlichen Gründen nicht stört. Aber das ist eben die Ausnahme. Zwei Leute in zwanzig *fucking* Jahren, die mich so mögen, wie ich bin. Gegen was weiß ich wie viele, die es nicht tun. Was ich damit sagen will: Ich lüge nicht deinetwegen, damit ich zu deinen Freunden passe, sondern damit ich nicht wieder verletzt werde. Und es ist verdammt schwer, das einfach abzuschalten.« Ein Schluchzen kommt über meine Lippen. Tränen rinnen mir über die Wangen. Ich fühle mich verletzt und seltsam bloßgestellt. »Es ist so verdammt schwer, ich zu sein.«

Alex tritt zu mir. Seine Hand landet auf meinem Oberarm, und es kostet mich sämtliche Willenskraft, sie nicht einfach abzuschütteln. Selbst diese Berührung ist gerade zu viel.

»Lóa, ich ... Es tut mir leid, dass du diese furchtbaren Erfahrungen machen musstest. Dass die Leute so zu dir waren. Aber ich glaube ... ich glaube auch, dass es da draußen mehr als nur zwei Leute gibt, die dich mögen würden, so wie du bist, wenn du ihnen nur eine Chance gäbst.«

Natürlich hat er recht. Das weiß ich. Ich bin inzwischen erwachsen, nicht mehr an der Schule. Aber das ändert für mich nichts. Es war ein Risiko, mich auf ihn einzulassen, ihn die Wahrheit sehen zu lassen. Und es hat geklappt. Aber wer weiß, ob es das nächste Mal wieder so ausgeht?

»Vielleicht«, sage ich.

»Und ich vertraue meinen Freunden. Vor allem Lee. Er wird dich mögen, wenn du ihm erst einmal zeigst, wer du bist.«

»So wie *du* es allen zeigst, ja?« Ich mache einen Schritt zurück, und Alex' Hand fällt kraftlos von meiner Schulter. Nervös trete ich von einem Fuß auf den anderen. Habe ich das gerade wirklich gesagt?

»Wie meinst du das?«

»Genau so, wie ich es gesagt habe«, wispere ich. »Vielleicht hast du recht. Und vielleicht würden mich mehr Leute mögen, wenn ich ehrlich mit ihnen wäre. Aber das gilt für uns beide. Ich bin nicht die Einzige, die anderen etwas vorspielt, nur um gemocht zu werden.«

»Das bei mir ist etwas anderes.«

»Ist es das?«, frage ich spöttisch. »Verdammt, Alex, sieh dich doch mal um. Du weißt genauso gut wie ich, dass das hier eine ganz andere Welt ist als deine. Wir sind beide Lügner.«

Er schweigt, presst die Lippen zusammen.

»Warum sagst du Lee nicht einfach die Wahrheit? Oder Claire? Oder irgendjemandem da unten?«

Sein Mund öffnet sich, fast so, als hätte er sich die Widerworte bereits zurechtgelegt. Doch dann schüttelt er den Kopf. »Weil ich Angst habe.«

»Und dann stehst du hier und kritisierst, was ich tue?«

»Ich weiß. Ich ... ach, *fuck*.«

»Ich will nach Hause, Alex.«

Er sieht mich an und nickt. »Klar. Wir können sofort los.«

»Nein, ich meine ... *nach Hause* nach Hause.« Hastig wische ich mir weitere Tränen aus den Augenwinkeln. Auf einmal ist mir alles zu viel.

»Verstehe.«

Keine Ahnung, warum ich ihm das sage. Schließlich geht mein Flug doch sowieso schon morgen Mittag. Ist ja nicht so, als könnte er mich mit einem Fingerschnippen einmal über den Ozean teleportieren.

Er zieht mich in eine Umarmung, und dieses Mal lasse ich es zu. Ich schließe die Augen, während er sanft meine Stirn küsst und dann den Kopf in meinen Haaren vergräbt. Seine Nähe ist tröstlich, angenehm, aber ich weiß auch, wie trügerisch sie ist. Wie sehr sie mich vom Wesentlichen ablenkt und mich ignorieren lässt, was ich eigentlich schon längst verstanden habe.

Alex und ich, wir haben keine Zukunft. Wir sind zu verschieden. Unsere Leben zu weit auseinander. Und wir stecken beide zu tief in unseren eigenen Problemen, um uns auf die Gefahr einzulassen, jemand anderen mit reinzuziehen.

»Was machen wir hier, Alex?«, flüstere ich und atme ein letztes Mal seinen berauschenden Duft ein. Lasse ein letztes Mal zu, wie er mich einhüllt, ehe ich mich entschlossen aus der Umarmung löse und ihn von mir schiebe.

»Was meinst du?«

»Das hier. Wir. Ich in London. Was haben wir uns dabei gedacht?«

»Wir wollten sehen, wohin das Ganze führt.«

»Und wohin führt es?«

»Ich weiß es nicht.«

»Sehen wir es ein: Wir sind Lügner. Wir beide. Und wir belügen nicht nur unsere Freunde, sondern auch uns selbst. Seit Tagen machen wir nichts anderes. Reden uns ein, dass wir schon eine Lösung finden oder eine Antwort oder was auch immer, wenn wir nur weitermachen, wenn wir nur mehr Zeit haben. Dabei wissen wir doch, dass es sowieso nichts bringt. Oder siehst du das anders?«

Still schüttelt Alex den Kopf. Es ist seltsam, zu sehen, wie unsere Rollen mit einem Mal vertauscht sind. Er derjenige, der schweigt, und ich diejenige, die es ausnahmsweise mal nicht schafft.

»Ich will nach Hause …«, flüstere ich noch einmal, obwohl Tränen meine Stimme mittlerweile ersticken.

»Okay.«

Alex

Ich kann nicht schlafen, liege stattdessen nur wach und wälze mich unruhig in meinem Bett hin und her. Es waren nur ein paar Tage. Nur ein paar Tage, und trotzdem fühlt es sich seltsam an, allein hier zu liegen. Lóa will ihre letzte Nacht auf dem Sofa verbringen, und ich kann es ihr nicht einmal verübeln.

Eigentlich wollte ich sie heute Abend fragen, ob wir es miteinander versuchen sollen. Eine feste Beziehung, Distanz hin oder her. Aber stattdessen habe ich auf ganzer Linie versagt, weil ich meine Gedanken nicht für mich behalten konnte. Weil ich mich über etwas beschwert habe, obwohl ich selbst im gleichen Glashaus sitze. Und das habe ich nun davon. Verdient.

Objektiv gesehen, ist es vermutlich besser so. Ich bringe Lóa morgen zum Flughafen, und danach kann ich einfach einen Haken unter diese Geschichte setzen. Eine kurze, schöne Episode, eine klassische Sommerromanze, bevor es zurück ins echte Leben geht. Doch egal, wie sehr ich auch versuche, die Situation aus diesem Blickwinkel zu sehen, es bringt nichts. Es tut weh. So verdammt weh.

Mehr als einmal spiele ich mit dem Gedanken, das Gespräch zu suchen, mich für mein Verhalten zu entschuldigen und Lóa die Wahrheit zu sagen, aber wie bei unserem Streit in Claires Garten bin ich unfähig, mich zu regen. Eine Starre hat mich gepackt, gefüttert durch die Gewissheit, dass es sowieso zu spät ist. Für Lóa scheint die Sache jedenfalls erledigt zu sein. Das sollte ich akzeptieren. Egal, wie sehr es schmerzt.

Während ich im Bett liege, scheint die Zeit beinahe stillzustehen. Ich versuche zu schlafen, doch meine Gedanken drehen sich weiter im Kreis und lassen mir keine Ruhe. Und jedes Mal, wenn ich aufs Handy schaue, sind nur ein paar Minuten vergangen. Irgendwann klicke ich mich durch TikTok und Instagram und bleibe auf Snapchat hängen. Lee und ein paar andere sind nach Claires Party noch in einen Club gegangen – zumindest den verwackelten Bildern nach zu urteilen – und waren sogar vor zehn Minuten noch unterwegs. Mittlerweile ist es halb sechs.

Ich kehre auf TikTok zurück, und gerade, als ich das Gefühl habe, dass mir langsam doch die Augen zufallen, ertönt ein Geräusch in der Stille der Wohnung. Es ist die große, schwere Eingangstür, die lautstark ins Schloss fällt.

Panisch schieße ich in die Höhe und haste ins Wohnzimmer. Ich schalte das Licht an, dessen greller Schein mich zunächst blendet. Mein Herz klopft wie wild, doch niemand ist hier. Niemand.

Eilig schaue ich im Schlafzimmer meines Vaters und im Bad nach. Keine Spur von Lóa. Ich gehe auf den Balkon und lehne mich über die gläserne Balustrade, um mehr sehen zu können. Es ist noch dunkel, nur einzelne Straßenlampen erhellen die Stadt, aber bereits jetzt ist die Welt voller Leben. Menschen auf dem Weg zur Frühschicht. Nachtschwärmer auf dem Weg nach Hause. Und unter ihnen eine schmale Gestalt mit roten Haaren, die einen Koffer hinter sich herzieht und die ich selbst in der tiefsten Nacht erkennen würde.

Lóa.

Ich beiße die Zähne zusammen, um den frustrierten Schrei, der mir in der Kehle steckt, zu unterdrücken. Meine Augen brennen. Ich bin wütend. Traurig. Verzweifelt.

Kraftlos lasse ich mich auf den Sessel fallen, die Kälte des Morgens ignorierend, und vergrabe das Gesicht in meinen Händen. Scheiße.

Scheiße. Scheiße. Scheiße.

Vergebens warte ich darauf, dass es aufhört. Dass mein Herz sich nicht mehr so schmerzhaft zusammenzieht und mein Verstand wieder seine Arbeit aufnimmt. Ich warte darauf, dass mein Kopf akzeptiert, dass es vorbei ist. Aber es passiert nicht. Er klammert sich wie ein Ertrinkender an die Erinnerungen, sowohl an die aus London als auch an jene auf den Färöer-Insel. An ihren Geruch, der mir noch immer in der Nase hängt. An das Echo ihrer Nähe. An die seltenen Momente, in denen Lóa laut und offen gelacht hat.

Ich hole mein Handy raus und schicke Lee, ohne nachzudenken, eine Muschel. Dieses Mal dauert es ein paar Minuten, aber der Anruf kommt.

»Alles okay?«, fragt er sofort, und seine Stimme klingt unerwartet besorgt.

»Bist du noch eine Weile wach?«

»Klar. Wo brennt's?«

»Kannst du vorbeikommen?«

»Wo?«

»Ich schick dir die Adresse.«

»Okay.«

Es dauert nicht lange, bis ein Auto vor dem Wohngebäude hält und Lee aus dem Uber steigt. Kurz sieht er sich verwirrt um, doch jetzt ist es zu spät, um mir die Sache anders zu überlegen. Ich öffne ihm die Tür, als er klingelt, und lasse ihn zum ersten Mal, seit ich ihn kenne, wirklich in mein Leben hinein.

Er erwartet mich mit zwei Dosen fertig gemischtem Gin Tonic, die er wohl unterwegs organisiert hat, und einem breiten Grinsen. Letzteres verschwindet jedoch sofort, als er meinen Blick bemerkt.

»Alles okay?«, fragt er erneut, und alles, was ich zustande bringe, ist ein müdes Kopfschütteln.

»Komm rein.«

Es kommt mir komisch vor, dass er immer noch die Kleidung von der Party trägt, obwohl es nur ein paar Stunden her ist, seit wir uns das letzte Mal gesehen haben. Denn es fühlt sich an, als wäre mehr Zeit vergangen und nicht nur ein Augenblick, der alles auf den Kopf gestellt hat.

»Deine Wohnung?«, fragt Lee, als wir uns ins Wohnzimmer setzen und mit den Dosen anstoßen.

»Von meinem Vater.« Noch immer fehlen mir die Worte. Normalerweise hätte ich mir tagelang einen Plan zurechtgelegt, wie ich meinem besten Freund gestehe, dass ich ihn all die Jahre belogen habe. »Ich wohne mittlerweile die meiste Zeit bei ihm.«

»Das hast du nie erwähnt.«

»Ich weiß.« *Wie so vieles andere.*

»Wo ist Lóa?«

Ich presse die Lippen zusammen und trinke einen weiteren Schluck Gin Tonic. »Auf dem Weg zum Flughafen.«

»Und du bist nicht bei ihr, weil?«

»Sie einfach gegangen ist.«

Seufzend stehe ich auf. Plötzlich fühlt es sich an, als würde Elektrizität durch meinen ganzen Körper schießen. Ich kann nicht sitzen bleiben, ohne noch mehr den Verstand zu verlieren.

»Shit. Hast du vorher noch mal mit ihr geredet, oder was ist passiert? Ihr seid einfach von der Party verschwunden. Ich dachte, das wäre ein gutes Zeichen.«

Ich schüttele den Kopf. »Nein. Wir haben uns gestritten ... oder wie man das auch nennen will. Und haben entschieden, dass es besser ist, wenn wir einfach alles vergessen.«

»Ihr habt entschieden?«, bohrt Lee nach.

Ein weiterer Schluck. Ich schaue weg und fixiere stattdessen das abstrakte Gemälde an der Wand, das mein Vater im Baumarkt gekauft hat.

»Wir haben gemerkt, dass es besser so ist.«

»Ist es das?«

»Verdammt, Lee«, zische ich.

»Was? Darf ich etwa keine Fragen stellen, nachdem du mich in aller Frühe hierherbeordert hast?«

»Du warst sowieso noch wach.«

»Das tut nichts zur Sache. Aber mal ernsthaft, Alex: Ich bin hier, ich will dir helfen, und offenbar willst du, dass ich dir helfe. Nur kann ich das erst, wenn du endlich mal Klartext redest.«

Ich ziehe scharf Luft ein. So einen Tonfall habe ich von ihm noch nie gehört, und auch sein Blick spricht Bände. Ich setze mich wieder hin und trinke den Rest meines Gin Tonic in einem Zug. Niemals ist dieses Gemisch stark genug, um mir irgendwie Mut anzutrinken, aber jede Sekunde, die ich dieses Gespräch länger hinauszögern kann, ist mir willkommen.

»Es tut mir leid«, sage ich schließlich. »Lóa und ich haben gestritten, und es ging um uns ... darum, dass wir beide etwas gemeinsam haben.«

»Und das ist schlecht?«

»Ich hab dich angelogen, Lee. Dich und alle unsere Freunde. Deshalb habe ich mich mit Lóa gestritten. Weil wir beide dazu neigen, anderen etwas vorzuspielen, um besser reinzupassen.«

Lee runzelt die Stirn. »Und womit hast du mich angelogen?«

»Sieh dich um«, erwidere ich und mache eine allumfassende Geste.

»Die Wohnung deines Dad? Die hässliche Wandfarbe? Worauf willst du hinaus?«

»Darauf, dass ich, seit wir uns kennen, so getan habe, als hätte ich reiche Eltern. Als könnte ich mir teure Designerklamotten und schöne Urlaube leisten. Kann ich aber nicht.«

»Oh.«

»Ja, oh.« Ich schnaube, stehe wieder auf und beginne, nervös im Zimmer auf und ab zu laufen. Mein Herz schlägt mir bis zum Hals. Die Wahrheit ist heraus, aber der Moment der Erleichterung lässt auf sich warten. Dafür ist die Panik beinahe unerträglich. Fast rechne ich damit, dass Lee einfach aufsteht und geht, aber stattdessen blickt er sich nur irritiert im Raum um, als würde er jetzt erst bemerken, dass es hier nur IKEA-Möbel und Teppichboden gibt.

»Und weiter?«

»*What the fuck?*«, stoße ich hervor.

»Was?«

»Ich gestehe dir hier, dass ich dich von Anfang an belogen habe, und dich stört das nicht?«

»Tut es, glaub mir«, entgegnet Lee scharf. »Keine Ahnung, was du dir dabei gedacht hast. Aber als ob ich nur mit dir befreundet wäre, weil ich denke, dass deine Eltern reich sind.«

»Das hab ich nicht gesagt.«

»Aber impliziert. Ehrlich, Alex. Ich verstehe das mit dem dazugehören wollen, aber wir sind Freunde. Und du solltest wissen, dass ich nicht so oberflächlich bin, dich wegen so was abzusägen.«

»Sorry.«

»Also ja, ich bin angepisst, dass du mir nicht die Wahrheit gesagt hast. Aber du hast mich nicht nur deshalb herbeordert, oder?«

Ich zucke mit den Schultern. »Keine Ahnung. Mir war es wichtig, dass du die Wahrheit erfährst.«

»Dann kann ich ja gehen. Oder reden wir jetzt endlich mal darüber, warum Lóa sich allein auf den Weg zum Flughafen gemacht hat?«

»Wir haben gestritten, schon vergessen?«

»Okay. Und deshalb lässt du sie einfach so ziehen?«

»Was bleibt mir denn sonst übrig? Sie hat gesagt, dass es keinen Sinn macht, weiter so zu tun, als gäbe es für uns irgendeine Chance.«

»Gott, verdammt, Alex. Du klingst wie so ein tragischer Held aus einem historischen Liebesroman. Du magst diese Frau?«

»Ja.«

»Liebst du sie?«

»Möglich.«

»Alex?«

»Ja, verdammt!«

»Und wieso sitzt du dann nicht schon längst im Uber und fährst ihr hinterher?«

»Weil es nichts bringt!«, bricht es aus mir heraus. »Was, wenn ich es tue und ihr hinterherrenne? Wenn ich mich entschuldige, vor ihr auf die Knie falle und was weiß ich.

Was dann? Wir leben in unterschiedlichen Ländern. Wir studieren beide noch. Selbst wenn wir es irgendwie schaffen und in einer Fernbeziehung landen – wo führt das am Ende hin?«

»Keine Ahnung. Aber stellt sich diese Frage nicht immer? Angenommen, du fändest hier eine Freundin, die – was weiß ich – eine Kommilitonin ist. Ihr macht euren Abschluss, und dann bekommt sie ein Jobangebot in Tokio und du hier. Das kannst du genauso wenig vorhersehen, aber deshalb würdest du doch nicht gleich Schluss machen, oder?«

»Schon, aber –«

»Was aber? Alex. Ich weiß natürlich nicht, was alles in deinem Kopf vor sich geht, aber ich weiß, dass du noch nie in deinem Leben jemanden so angesehen hast wie sie. Kann ich dir garantieren, dass es ein Happy End gibt? Nein. Aber du findest es nicht heraus, indem du einfach hier sitzen bleibst und darauf wartest, dass du die Sache irgendwann vergisst.«

Lóa

Es ist noch nicht einmal sieben Uhr, aber Heathrow ist so brechend voll, dass ich Mühe habe, mich zurechtzufinden. Der Gedanke, dass ich schon bald von völliger Stille und Einsamkeit umgeben sein werde, fühlt sich surreal an. Keine Ahnung, ob London mir am Ende nicht doch ein bisschen fehlen wird.

Hilflos bleibe ich vor der großen Anzeigetafel im Terminal stehen, um herauszufinden, wo ich mein Gepäck abgeben muss, aber der Flug ist noch nicht einmal gelistet. Einer der Nachteile davon, dass ich in einer Nacht-und-Nebel-Aktion aufgebrochen bin. Dazu kommt die unerträgliche Müdigkeit.

Aber ich konnte nicht anders. Keine Sekunde länger hätte ich es im selben Haus ausgehalten. Nur ein Augenblick mehr in Alex' Nähe, umgeben von seiner Wärme, seinem Geruch, und ich hätte einfach vergessen, was ich ihm in Claires Garten gesagt habe. Ich hätte die Vernunft über Bord geworfen und mich wieder auf ihn eingelassen. Und dann täte es nur noch mehr weh, als es ohnehin schon tut.

Völlig erschöpft suche ich mir einen Sitzplatz am Ende des Terminalgebäudes, von dem aus ich die Menge überschauen kann. Der Lärm ist hier um einiges erträglicher, die Luft weniger stickig, und selbst der Boden kommt mir so bequem vor wie ein Bett. Die Versuchung ist groß, ein paar Minuten die Augen zu schließen und zu dösen, wie es hier auch einige andere Menschen tun, aber dafür ist meine Angst, trotz allem den Flug nach Kopenhagen zu verpassen, zu präsent. Dabei habe ich noch über sieben Stunden Zeit.

Ich lehne den Kopf an die Wand hinter mir und versuche, nicht zu heulen. Mittlerweile ist die Müdigkeit penetrant, aber darunter mischen sich auch all die angestauten Gefühle der letzten Tage. Und meine Trauer, dass es auf diese Weise enden musste, auch wenn es so das Beste ist.

Gedankenverloren hole ich mein Handy aus der Tasche und mache etwas, das ich eigentlich schon vor Ewigkeiten hätte tun sollen. Ich beantworte die eingetrudelten Nachrichten meiner Teamkameradinnen. Ich entschuldige mich bei Anjali, Greta und Terese für die lange Stille und frage, wie es ihnen geht, bevor ich schließlich den Chat mit Luka öffne.

Das letzte Mal haben wir geschrieben, als ... Und noch immer lässt die Erinnerung Wut in mir auflodern. Dabei wäre es wohl das Vernünftigste, mich auch bei ihm zu entschuldigen und Frieden zu schließen. Doch allein bei dem

Gedanken wird mir schlecht. Die Sache mit Alex mag abgehakt sein, aber das bedeutet noch lange nicht, dass ich bereit bin, zum Alten zurückzukehren. Ich glaube, das werde ich nie können. Dafür ist zu viel passiert.

Ich warte kurz, ob irgendeine Antwort von den anderen eintrudelt, bevor ich das Handy wieder in meine Tasche schiebe und dazu übergehe, die Menge zu beobachten. Abwesend kaue ich dabei auf meinem Sandwich herum, das ich mir bei *Pret* gekauft habe, und trauere schon jetzt ein bisschen der riesigen Auswahl vegetarischer und veganer Imbisse hinterher, die ich bald zurücklasse.

Dann plötzlich entdecke ich ihn.

Schwarze Haare, braune Haut, ein dunkler Mantel und ein karierter Schal. Er sticht nicht wirklich aus der Menge heraus, und dennoch erkenne ich ihn sofort. Mein Herz macht einen Satz, meine Lippen teilen sich vor Überraschung. Und ich blinzele ein paar Mal, um sicherzugehen, dass mich meine Augen nicht täuschen. Aber nein. Alex ist hier, am Flughafen, und sucht offenbar nach mir.

Unwillkürlich mache ich mich noch etwas kleiner, bin dankbar dafür, dass ich die Kapuze des Hoodies aufgezogen habe und somit zumindest mein verräterisch leuchtendes Haar verberge. Vielleicht habe ich Glück, und er gibt einfach auf, weil er mich nirgends sieht. Schließlich könnte ich schon längst durch die Security sein. Es ist nicht mehr wie in den alten Filmen, dass er mir bis zum Gate nachlaufen könnte, und dennoch fühlt es sich gerade verdammt stark wie in einem an. Die Tatsache, dass er hier ist. Meinetwegen. Nach allem, was ich ihm vorhin an den Kopf geworfen habe.

Tränen laufen mir über die Wangen, aber ich unterdrücke das verräterische Schluchzen in meiner Kehle, senke den Blick und hoffe. Hoffe, dass er mich nicht sieht. Er kann nicht hier sein. Er darf nicht hier sein. Nein. Das war nicht der Plan. Er sollte zu Hause sein, vielleicht sogar im Bett, und mich einfach verdammt noch mal vergessen.

Genauso wie ich ihn vergessen sollte.

Aber mit jeder Sekunde fällt mir das schwerer. Die Erinnerungen sind zurück, lassen mich seine Nähe spüren, seine Lippen auf meinen, obwohl so viel zwischen uns liegt. Sie flüstern mir Dinge zu, lassen mich hoffen und zwingen mich schließlich dazu, aufzustehen.

Noch hat Alex mich nicht entdeckt. Noch könnte ich mich wieder hinsetzen. Oder für die nächsten Stunden bis zum Einchecken auf der Toilette verschwinden. Aber all diese Optionen scheinen mein Unterbewusstsein nicht zu interessieren, als es die Kontrolle an sich reißt und meine Schritte in seine Richtung zwingt.

Meine Knie zittern. Meine Hände werden schwitzig. Und mein Herz schlägt so laut und heftig, dass es ein Wunder ist, dass ich noch niemandem aufgefallen bin. Nicht einmal Alex. Er sieht sich weiter um, aber fast so, als wollte er, dass ich diejenige bin, die zu ihm kommt, schaut er nicht in meine Richtung, bis ich schließlich neben ihm stehe.

Hier ist die Menge dichter. Wahrscheinlich wäre es leicht, einfach darin unterzutauchen und doch einen Rückzieher zu machen. Aber ich kann nicht. Nur noch ein einziges Mal will ich ihm ins Gesicht sehen, seine Stimme hören, nur ein einziges Mal ...

»Alex.« Meine Stimme ist nur ein heiseres Krächzen, wird vom Lärm des Flughafens verschluckt, aber er hat es gehört. Erschrocken wendet er sich um, seine Augen weiten sich, als er mich entdeckt, dann legt sich ein Lächeln auf seine Lippen, das mir nur mehr das Herz bricht.

»Ich hab dich gefunden«, bemerkt er und klingt dabei völlig außer Atem. Ist er etwa gerannt?

Bevor ich ihn danach fragen kann, schlingt er auch schon die Arme um mich. Zieht mich an sich, so fest, dass es sich für einen winzigen Moment so anfühlt, als wäre mein Herz wieder ganz.

Ich weiß, ich sollte nicht. Aber dennoch lehne ich mich ihm entgegen, vergrabe mein Gesicht im Stoff seines Mantels, atme seinen Duft ein und tue so, als wäre das hier nicht der größte Fehler meines Lebens.

Nur ein letztes Mal, denke ich, als ich mich vorsichtig aus der Umarmung löse und ihm in die Augen sehe, mich kurz darin versinken lasse.

»Es tut mir leid«, sagt Alex da auf einmal. »Es tut mir so verdammt leid.«

Ich schüttele den Kopf, verstehe nicht ganz, worauf er hinauswill.

»Der Streit. Was ich zu dir gesagt hab. Das war nicht fair von mir. Und dass ich jetzt hier vor dir stehe. Aber ich konnte ... ich konnte einfach nicht ... verdammt.«

Er zieht mich wieder an sich, noch fester dieses Mal. Verzweifelter.

»Ich wollte nicht, dass es so endet«, flüstert er.

Ich auch nicht. Kein Ton verlässt meine Kehle, stattdessen kann ich nur nicken und hoffen, dass er versteht, was ich nicht sagen kann.

»Lóa. Ich verstehe absolut, wenn du lieber alles hinter dir lassen und in dein altes Leben zurückkehren willst, aber ich wollte nicht, dass du gehst, ohne dass ich dir gesagt habe, dass ich dich liebe.«

Ich stoße überrascht den Atem aus, kann nicht glauben, was ich höre. Mein Herz macht einen Satz.

»Alex ...« Sein Name ist kaum mehr als ein Lufthauch.

»Sorry.« Hastig löst er die Umarmung und weicht einen Schritt zurück, vergräbt die Hände in den Manteltaschen. »Tut mir leid. Ich wollte dich nicht so überfallen.«

Eben noch habe ich keinen Ton herausbekommen, doch jetzt, wo ich endlich wieder das Gefühl habe, etwas sagen zu können, will mir nichts einfallen. Gar nichts. Mein Kopf ist einfach leer. Nichts als Rauschen.

»Lóa.«

Aber dieses Mal führt kein Weg dran vorbei. Ich muss etwas rausbekommen, egal, wie viel Kraft es mich kostet. »Wieso sagst du mir das jetzt, Alex? Hier?«

»Weil ich es dir sagen musste. Wir wollten über alles sprechen, bevor du gehst.«

»Das haben wir doch gestern.«

»Du. Aber nicht ich.« Er atmet tief durch. »Und auch wenn es wahrscheinlich nichts bringt, wollte ich nur, dass du es weißt. Dass du weißt, was ich empfinde und dass ich weitermachen will ...«

»Aber wie?«, frage ich.

»Eine Fernbeziehung? Ich weiß, es ist nicht ideal, aber es gibt das Internet und die Semesterferien. Wir könnten es zumindest probieren.«

»Und dann? Wir leben in verschiedenen Welten.«

»Wir können nicht rausfinden, was passiert, wenn wir es nicht versuchen.«

Nein, können wir nicht. Wir können nichts gewinnen, wenn wir nichts wagen. So wie ich vermutlich nie eine Großstadt gesehen hätte, wenn ich mich nicht getraut hätte, ihn zu begleiten. So wie ich Alex nie kennengelernt hätte, wenn ich mich nicht auf den Abend in der Bar eingelassen hätte.

So viele wundervolle Dinge sind passiert, weil ich einmal meine Bedenken ignoriert und etwas Neues versucht habe. Aber auch Schlechtes. Die Situation mit Luka, mit meinen Eltern. Und dieses Stechen in meiner Brust, wenn ich Alex so wie jetzt ansehe.

Aber vielleicht gehört das einfach dazu ...

Vielleicht kann man nur etwas Gutes erfahren, wenn man die schlechten Seiten in Kauf nimmt.

Und vielleicht kann das mit Alex wirklich funktionieren, wenn wir es nur versuchen ...

»Lóa? Du musst nicht Ja sagen«, erinnert er mich sanft.

»Ich weiß. Ich hab nur so verdammt Angst.«

»Glaub mir, ich auch. Und ich kann dir auch nicht versprechen, dass diese Angst unbegründet ist. Ich kann dir nicht versprechen, dass es nicht anstrengend wird, dass es nicht manchmal wehtun wird. Ich kann dir nur versprechen, dass ich es ernst meine. Dass ich dich liebe. Und dass ich alles tun werde, damit es irgendwie funktioniert. Damit ich mit dir zusammen sein kann.«

Der Tränenschleier vor meinen Augen wird dichter. Aber dieses Mal ist es nicht der Schmerz, der mich zum Weinen bringt, sondern etwas anderes. Überraschung. Erleichterung. Glück. Alles auf einmal. Von allem zu viel, nur ausnahmsweise ist das genau richtig.

Wieder fehlen mir die Worte, aber dieses Mal brauche ich sie nicht. Stattdessen überwinde ich die Distanz zwischen uns, schlinge meine Arme um Alex' Hals und küsse ihn einfach.

ENDE

Nur in der dunkelsten Nacht tanzen die Nordlichter

Der junge Schriftsteller Louay hat alles – seinen Traumjob, Erfolg und den Bestseller-Sticker auf sämtlichen seiner Werke. Doch die Sache hat einen Haken: Er versteckt sich hinter einem Pseudonym und weiß langsam nicht mehr, wer er eigentlich ist. Nach einem heftigen Streit mit seinen Eltern reist er auf die Färöer Inseln, um sich inspirieren zu lassen.

Lina würde die Abgeschiedenheit der »Islands of Maybe« am liebsten hinter sich lassen. Nach dem tragischen Tod ihrer Mutter ist ihr Leben völlig aus den Fugen geraten. Statt wie geplant an die Universität zu gehen und die Welt zu bereisen, muss sie ihre Tage im winzigen Örtchen Saksun fristen, da sie ihren Vater unmöglich mit dem Bed & Breakfast zurücklassen kann. Der mysteriöse Gast ist der erste Lichtblick seit langem für sie. Doch die zarten Gefühle werden auf eine harte Probe gestellt, als Louay von der Realität eingeholt wird …

Emmy Buckley
Of Thunder and Rain
Roman

Klappenbroschur
Auch als E-Book erhältlich
forever.ullstein.de

Forever

Man bereut nur die Dinge, die man nicht getan hat.

Schmerz. Verlust. Depression. Als Ruth an die Uni in Belfast zurückkehrt, will sie genau das hinter sich lassen – ein Neuanfang, nachdem sie vor einem Jahr ihren besten Freund bei einem Unfall verloren hat. Womit sie nicht rechnet, ist Dominic, der nerdige, sarkastisch veranlagte Einzelgänger, der plötzlich immer wieder in ihrem Leben auftaucht und es so tatsächlich schafft, sie allmählich aus ihrer Einsamkeit herauszuholen. Schnell wird klar, dass die Anziehung zwischen den beiden größer ist, als sie zugeben wollen. Doch die Vergangenheit lässt sich nicht einfach verdrängen, und Ruth merkt bald, dass sie nicht die Einzige ist, die mit ihren Dämonen zu kämpfen hat …

»Eine ergreifende Geschichte mit fesselnden, tiefgründigen Charakteren und einzigartigen Gefühlen - ich konnte dieses Buch nicht mehr aus der Hand legen!« Ayla Dade, SPIEGEL-Bestsellerautorin

Emily Bähr
Catching Stardust
Roman

Klappenbroschur
Auch als E-Book erhältlich
forever.ullstein.de

Forever